Reader Takes All.

詞典的兩個世界
A History of Dictionaries

5
Net and Books

在改玄議策的社會裡

文／郝明義

　　這本《詞典的兩個世界》要完稿的十一月下旬，正是政府為了農漁會的政策急轉彎而引起各方話題的時候。一天，電視上幾個人在議論著，突然看到螢幕下方跟著打出的字幕顯示了他們談到「改玄議策」云云。

　　把「改弦易轍」寫成「改玄議策」，很有喜感，但是卻令人笑不出來。近年來臺灣傳播媒體對錯別字的漫不經心，這只是個小小的例子。「文字」成了「文子」；「遣返」成了「潛返」；「幸好」成了「倖好」；「Founding Father」成了「Tounding Tather」的情況，比比皆是。至於在字裡行間看到一些「，，」或「。。」這種怪符號的事，就更不勝枚舉了。

埃及《亡者之書》中相當於「知識」的字

　　在對待文字如此輕率的一個時空環境裡，我們為什麼要做一個和詞典相關的主題？

◎

　　在 Net and Books 的第一本書，《閱讀的風貌》中，我寫過一篇文章〈給大腦的四種飲食〉，提到文史哲類的書籍像是高蛋白質的食品，企管勵志等知識類的書籍像是吃得飽的主食，輕鬆休閒類的書籍像是甜點，而以詞典為代表的工具類書籍則像是幫助消化的蔬菜水果。在日常飲食中，我們非常注意均衡，然而，在閱讀的飲食中，我們卻往往十分偏廢——尤其對蔬菜水果。

　　我們可以想想：如果一個人熱愛飲食，但是從不食用蔬菜水果，會發生什麼問題？或者他家裡的蔬果都是過時發霉的蔬果，會發生什麼問題？或者他買的蔬果都是遍佈農藥，有害健康，那又會發生什麼問題？今天台灣讀者對詞典的忽視，不是根本不知道或忘了使用詞典這回事，就是以為家裡有一本翻用多年的詞典就夠了，再不然，就是無所適從地買一些品質和內容大有問題的詞典。

　　詞典幫助我們解決閱讀的問題。不懂得用詞典的人，談不上閱讀。有了詞典的閱讀，才是完整的閱讀。

◎

　　我們對詞典的需求，還不只個人的理由。

　　從上帝懲罰人類建造巴別塔而擾亂人類的語言開始，詞典的進化，反映著人類的進化；人類的進化，顯示在詞典的進化。如何編輯詞典、如何出版詞典、如何使用詞典，是人類一切進程最

濃縮也最具體的反映。

近年來不少人感嘆台灣亂象叢生。如果我們想到詞典是語文的規範（當語文的溝通出問題時，詞典是最後一道防線），那就應該見怪不怪。一個社會不尊重詞典，不了解語文的規範的重要，因而彼此的議論找不到交集，相互的行為衝突有加，那是正常而不是異常。

◎

為了這本書裡的一個題目，前幾個月去訪問了窮五十年時間編撰《利氏漢法辭典》的利氏學社。那天中午，走出那個佈滿著時間塵沙的空間，在辛亥路的人行道邊，我要盡最大的呼吸才能控制住自己的心情。那不只是因為被一群神父花費半個世紀的心血，不只是因為他們上溯利瑪竇的四百多年傳承而感動。

從他們收集的泛黃的兩百萬張卡片中，從那略帶陰暗的圖書架子間，從那一本本帶著破落書背的參考書籍裡，我突然聽到那些文字輕聲地細語、歡暢地深談、激昂地高論，隨時準備等待你打開一扇門走進去加入，也隨時準備以任何可能的方式、型態重新站到你面前。

不只他們在興奮。

◎

就是這些理由。

《詞典的兩個世界》之主題，特別感謝曾泰元、蘇正隆、止庵先生提供企劃協助。

Net and Books Net and Books 網路與書 5
詞典的兩個世界

經營顧問 Peter Weidhaas　陳原　沈昌文
　　　　　陳萬雄　朱邦復　高信疆
策劃指導 楊渡
業務諮詢 蘇拾平
發 行 人 郝明義
主　　編 黃秀如
編　　輯 李康莉·藍嘉俊·傅凌
北京地區策劃 于奇·徐淑卿
美術指導 翁翁
攝影指導 何經泰
美術編輯 翁金女·鄭玉娟
業務代表 林良麒
行政兼讀者服務 塗思真

出版者：英屬蓋曼群島商網路與書股份有限公司台灣分公司
　　　　臺北市南京東路四段 25 號 10 樓之 1
TEL：(02)2546-7799　FAX：(02)2545-2951
email：help@netandbooks.com
網址：http://www.netandbooks.com
郵撥帳號：19542850
戶名：英屬蓋曼群島商網路與書股份有限公司台灣分公司
總經銷：大和圖書有限公司
地址：台北縣三重市大智路 139 號
TEL：886-2-2981-8089 FAX：886-2-2988-3028
製版：凱立國際印刷（股）公司
印刷：詠豐印刷（股）公司
初版一刷 2002 年 12 月
法律顧問：全理法律事務所董安丹律師
定價：新台幣 280 元

Net and Books 5
A History of Dictionaries
Copyright @2002 by Net and Books
Advisors: Peter Weidhaas　Chen Yuan　Shen Chang Wen
　　　　　　Chang Man Hung　Chu Bang Fu　Gao Xin Jiang
Editorial Consultant: Yang Tu
Marketing Consultant: S. P. Su
Publisher: Rex How
Chief Editor: Huang Shiou-ru
Editors: Karen Lee · Chia-Chun Lan · Fu Ling
Managing Editor in Beijing: Yu Qi · Hsu Shu-Ching
Art Director: On on
Photography Director: He Jing Tai
Art: Judy Wong · 3q
Sales: Alex Lin
Administration: Jane Tu
Net and Books Co. Ltd. Taiwan Branch(Cayman Islands)
10F-1, 25, Section 4, Nanking East Road, Taipei, Taiwan
TEL:886-2-2546-7799　FAX:886-2-2545-2951
Email:help@netandbooks.com　http://www.netandbooks.com

《詞典的兩個世界》之出版，感謝永豐餘、CP1897 網上書店、英資達參予贊助。

Before the Beginning
和詞典，以及這本書相關的 **9** 個問題

1 詞典和字典有什麼差別？

在近代以前，中國並無詞典之說。

中國古代的語文工具書，分研究字形的「字書」，研究音韻的「韻書」，研究字義的「訓詁」三個主要系統。三個系統基本上都以「字」為單位來研究，有互通、重疊之處，也可以泛稱「字書」。至於「字典」的稱呼，始於清朝的《康熙字典》，到民國之前，沒有其他字書敢用（參見本書 Map）。

1915 年陸爾奎主編《辭源》，提出與「字書」有別的「辭書」概念（參見本書第 78 頁）。隨著社會上外來語、新生語層出，加上白話文興起，「字」、「詞」有別的意識越來越普及，乃再出現種種「辭典」與「詞典」。「辭典」與「詞典」，基本上通用。

總之，有「字典」與「詞典」（或「辭典」）的不同說法，是中國特有的一個現象。今天大陸因為有古漢語與現代漢語的定義釐清等因素，對「字典」與「詞典」有嚴格區分——「字典」以解釋「字」的意義與發展為主，也收詞語，但不多；「詞典」則以解釋「詞語」的意義為主，也有對「字」的解釋，但不多。台灣與香港，承襲正體字系統，對古漢語與現代漢語並沒那麼明確的劃分，「字典」與「詞典」的分際也就因而並不嚴格，有些收詞量很大的書，仍然叫「字典」。

2 詞典和辭典有什麼分別？

前面說過，「辭典」與「詞典」一般通用。

3 詞典和辭書有什麼分別？

前面說過，「辭書」原先是早於「辭典」、「詞典」的一種稱呼。不過今天在中國大陸，「辭書」又代表了對文字工具書的總稱，換言之，「辭書」中包括字典、詞典或辭典、百科全書，詞典是辭書的一種。

4 為什麼本書以「詞典」而不以「字典」為書名？

本書談的不只是中文字典，也包括其他外文詞典，並且還包括以地名、人名、其他專有名詞為收錄對象的 dictionary。因此，稱「詞典」比「字典」的容納性還要廣。（請參見下一問的回答。）

本書除了兩個情況之外，一律以「詞典」為通稱——1，引用書名中原書名本來的用法；2，部分邀稿作者在行文中自己對「辭典」、「詞典」、「字典」的選用。

5 詞典有多少種類?

詞典可以分四大類:

1). 語文學習詞典——主要幫助了解、學習一種語文的詞典。（以中文的語文詞典來說,又分兩類:主要是古漢語的詞典、主要是現代漢語的詞典。）

2). 綜合詞典——除了語文詞條之外,還收錄帶有百科性質的知識詞條。（最初以《辭源》為始,近年來以《辭海》為代表。）

3). 雙語及多語詞典——英漢、日漢等詞典就是。

4). 專科詞典——如科學詞典、哲學詞典等等就是。

本書主要談的是第1類、第2類,以及第3類中的英漢部分。不談第4類。

6 詞典和百科全書有什麼差別?

詞典主要是以詞語為收錄對象;百科全書主要是以知識條目為收錄對象。

即使是帶有百科性質的綜合詞典,仍然和百科全書不同。不同之處在於:詞典的作用是要解惑,釋疑,也就是解決閱讀過程中的攔路虎,因此解釋應該力求簡要。百科詞典則是知識主題,因而對同一個詞條的解釋,反而應該求全面,有系統,長一點更好。此外,百科全書的文化面要更強,並且每個詞條應該列參考文獻。

7 Net and Books 這一本《詞典的兩個世界》,希望讀者了解哪些事情?

我們在這一本書裡,不談百科全書,只談詞典,並希望談詞典的四件事情:

1). 詞典與人類歷史、文化的發展,密不可分的關係。

2). 詞典的內部世界,以及編輯詞典的人物與掌故。

3). 怎樣挑選、使用適合自己的詞典——這個部分只限於中文及英文的語文學習詞典,不包括其他種類的詞典。

4). 詞典的未來——談詞典的最新發展趨勢。

8 為什麼每個人都需要詞典?

一句話很難回答。所以才編了這本書。寫在前面的〈在改玄議策的社會裡〉,談了些從個人閱讀所需要的養分理由。後面所有的文章,都是希望說明詞典為什麼與你我每一個人都有密切關係。

9 不使用詞典,到底會錯過什麼?失去什麼?

我們希望讀者在讀完這本書之後能有所體會。 ∎

CONTENTS
目錄

corbis

From Rex

4 在改玄議策的社會裡
郝明義

6 Before the Beginning
～和詞典，以及這本書相關的 9 個問題

Part 1 詞典與文明

12 從1799年11月9日談起
郝明義

22 Map of Dictionaries
編輯部

30 英漢詞典與傳教士
～十九至二十世紀初傳教士編著的幾部重要英漢詞典
周振鶴

34 近代中日兩國的英語詞典
傅凌

36 近代中文詞彙與日本的關係
王彬彬

40 兩岸詞典氛圍的比較
～由《國語辭典》到《重編國語辭典》到《現代漢語詞典》
郝明義

43 國語運動在台灣
KC

44 一位語言學家的辛酸
～陳原與《現代漢語詞典》
薛綏

45 提倡別字的理由
傅凌

46 王同億現象
～大陸詞典熱中的負作用
徐慶凱

Part 2 詞典的內部世界

48 虎騎徽章下的圓桌教士
～《利氏漢法辭典》的故事
李康莉

51 歷史之旅：耶穌會編的詞典

56 wif, wifman 與 woman
～從《牛津英語詞典》的 woman 看女性角色變遷
曾泰元

Didier KLEIN 攝影

利氏學社提供

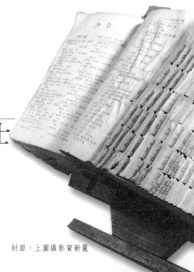

封面・上圖攝影賀新麗

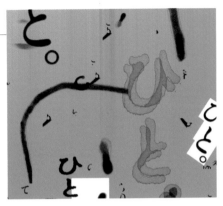

60 lady 與 woman 的階級意識

61 從「打歌」到「打咘」
～八十年前「打」字的用法
傅凌

62 一本中文詞典的文化變遷
～以《四角號碼新詞典》為例
謝泳

66 英語世界的四次詞典大戰
曾泰元

69 「韋氏」詞典商標之戰
傅凌

71 詞典裡的商標
傅凌

72 文字密林中的身影
～九個編詞典的人
曾泰元等

82 法文的捍衛戰士
～《法蘭西學院詞典》
邱瑞鑾

84 菲赫蒂埃的悲情
傅凌

Part 3　使用詞典的人

86 關鍵詞之戰
張大春

93 文字的守護神
～通往知識之海的辭書奧祕
南方朔

96 似識而非的假朋友
～不查詞典你就可能會弄錯的 20 個英文詞彙
蘇正隆

98 詞典漫話
止庵

104 誰是詞典狂？
陳俊賢、李康莉

Part 4　如何使用與選擇詞典

110 如何選擇中文詞典
王濤

111 有關中文詞典與字典的其他說明

113 30 部推薦中文詞典

114 如何選擇英語詞典
曾泰元

118 35 部推薦英語詞典

120 如何選擇電子詞典
傅凌

123 如何選擇網路詞典
劉燈、藍嘉俊等

124 KK 音標是怎麼來的？
劉燈、曾泰元

125 如何聆聽魔鬼與失眠者的交響曲
～18 部稀奇有趣的詞典
蘇正隆等

130 台灣的閩南語字典
～一個讀者的使用感想
楊渡

132 與詞典相關的閱讀
傅凌

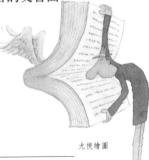

尤俠繪圖

Part 5　詞典的未來

136 語料庫・字頻・詞典
傅凌

140 Interview：
Charles Levine and Wendalyn Nichols
～美國與英語世界的詞典發展趨勢
Rex How

145 朱邦復談漢字基因

146 Interview：陳萬雄
～中文詞典的未來，以及編輯與讀者的準備
郝明義

500,000 種新口味，任君品嘗

英文書目更多更齊

CP1897.com商務網上書店除擁有龐大中文書庫外，最近更新增英文圖書至超過500,000種，網站內容資訊豐富，從實用的語言類、學生考試用書，至專業電腦圖書及學術研究書籍，均一應俱備，讀者更可享折扣優惠。

其他精采內容：

新書快遞 ‧‧‧‧‧‧‧ 第一時間介紹各類最新推出的英文書籍；
新書預售 ‧‧‧‧‧‧‧ 讓您快人一步，率先訂購即將出版之英文新書；
暢銷書榜 ‧‧‧‧‧‧‧ 羅列香港及美國最熱門暢銷英文書籍，供讀者參考；
作家小檔案 ‧‧‧‧‧‧‧ 助您深入了解各英文書籍作家及其作品；
精選優惠 ‧‧‧‧‧‧‧ 定期提供優質書目以優惠價供讀者訂閱。

CP1897.com
商務網上書店

為全世界中國人　找全世界優質書

Part*1
詞典與文明

從1799年11月9日談起

So the LORD scattered them from there over all the earth, and they stopped building the city. That is why it was called Babel - because there the LORD confused the language of the whole world. From there the LORD scattered them over the face of the whole earth. —— Genesis 11

文／郝明義

　　1799年，十八世紀的最後一年，法國，處在變動不安的局面。驚天動地的大革命，不過才過去了十年。國內，有新舊黨派的傾軋鬥爭，國外，則要和英國、奧地利等「反法同盟」在各個戰線上開火。在混雜著新生與顛覆的氣氛中，這一年11月9日，一位年僅三十歲，但已經在對外戰役上嶄露頭角的指揮官，從埃及前線擅離職守，潛返巴黎，把他心中規劃已久的政治藍圖付諸實現——他解散了督政府，組織了一個新的三人執政團，自己擔任首席執政官。又名霧月政變的這個事件，不僅為拿破崙時代正式揭開序幕，同時也把一個最初出現於十七世紀中葉的法國字，全面送進了歐洲以及諸多國家的詞彙中。這個字就是 coup d'état ——今天，尤其在歷經二十世紀中葉中南美洲頻繁地傳來這個字的新聞之後，我們已經耳熟能詳地知道這個字可以音譯

在促成詞典發展的過程中，商業活動的角色越到近代越吃重。西方走出中世紀以後的歷史，這一點可以看得特別清楚。商人遠赴異域，和不同語言與文化的人打交道，從一些簡單的字彙表的匯整，為各種語文的交流、借詞產生推力，也為許多詞典增添了內容。上圖繪於十七世紀，是巴黎一處市集的場景。

Corbis

「苦迭打」，也可以意譯「政變」。

　　法國文字帶給其他語文的外來語，當然遠不止「苦迭打」。早於這之前的一百年，十七世紀末葉的時候，隨著路易十四（說過「朕即國家」那一位）的強盛國力，諸如memoir（回憶錄）、campaign（戰役）、serenade（小夜曲）、lampoon（諷刺文）等源自法國的文字，就已經進入歐洲許多國家的詞彙裡了。

英國人的警覺

　　當時，在這些歐洲國家裡，英國對法文文字的「入侵」是格外敏感的。這種敏感，有兩個主要的原因，一個是由於英國自己的歷史背景。遲到十五世紀，英語的詞彙仍然很少（和今天比起來不可同日而語），因而對於許多英語裡沒有對應詞彙的事物，必須借助其他語言。拉丁文和法文正是他們最常借用的。英國最早期的詞典都是一些雙語字彙集，正是這個原因。

　　第二個原因，則和法國給他們的刺激有關。法國在結束天主教與新教的長期內戰之後，於1635年由權傾一時的黎希留大主教（Cardinal

識字的需求，是字典與詞典產生的源頭動力。在中國，像周朝的《史籀》、秦朝的《倉頡篇》，以及西漢史游的《急就章》，都是為了識字及書寫標準的需要而編寫。西方亦然。1604 年考德里（Robert Cawdrey）所編的《字母排表》（A Table Alphabetical），是公認第一本英語詞典。在這本詞典的前言裡，考德里明確地指出編輯宗旨就是「為了幫助女士（Ladies），婦人（Gentlewomen），以及其他不具技能的人（unskilfull persons）來了解英語中……的日常難字（hard usuall English wordes）」。上圖是一幅中國的童蒙識字圖。

Richelieu）下令成立法蘭西學院，主要目的即在於維持法語的純粹與優勢，「建立這個語言使用的定則」。法蘭西學院成立六十年後，在 1694 年完成了《法蘭西學院詞典》（Dictionnaire de l'Académie française），一下子讓英國體認到法國的強勢，以及自己語言研究的落後。因而包括寫《魯濱遜飄流記》的狄福（Daniel Defoe），以及寫《格列佛遊記》的史威夫特（Jonathan Swift）等人，都紛紛主張英國應該建立權威的語言準則，防止外來語的滲透，以求維持永遠「純淨」的英語，並應付新時代的需求。

就在這樣的氣氛裡，約翰遜（Samuel Johnson）在 1747 年提出《英語詞典編輯芻議》（Plan of a Dictionary of the English Language）一書，分析他認為應該採取的行動，八年後，根據那份編輯計畫完成了《英語詞典》（A Dictionary of the English Language）。

《英語詞典》為近代英語世界的編輯定下了許多範例。譬如首度大量引用文學書證（quotation）來說明詞義；譬如不再像早期英語詞典那樣只關心「難字」（hard words），而把「貓」、「狗」這些一般詞彙也納入；又譬如把拼字、發音、詞源、文法、上下文用法、慣用語句等也納入，這些都是英語詞典裡的創舉。此外，按時間先後順序排列不同的義項（sense），也為後來詞典編纂的「歷史性原則」奠下基礎。而約翰遜在

這本詞典裡還有一個值得一提的動作是：他在固有英語和外來語之間，劃分了一道界線，外來語一律不收——即使在應用上必須也是。總之，約翰遜的詞典，最大的貢獻還是在於確立了英文的自傲，讓很多人接受了英文是和法文一樣值得學習的語文。

美國人的主張

其後七十三年，美國人韋伯斯特（Noah Webster）有鑑於美利堅合眾國已經是一個獨立國家，需要在語言和文字上使用有別於英國人的英文，因而在1828年編成《美國英語詞典》（*An American Dictionary of the English Language*，俗稱《韋氏一版》）。韋氏編輯詞典的原始訴求，就是和《英語詞典》做個明確區隔。而種種主張中，韋氏詞典最鮮明的旗幟，就是強調目的不在於「調整」（fix）出正確或傳統的英語，而在於把社會上各種新生的詞彙納為詞典新生命的一部分。

以《英語詞典》與《韋氏一版》對比，其實可以看出近世西方詞典編輯學最重要的幾種原則對比：是著眼於維持詞彙使用的傳統與規則，因而強調規範性（prescriptive），還是著眼於反映社會上新生的文化與詞彙，因而更強調記錄性（descriptive）；是強調追尋詞彙縱向的歷史（diachronic）意涵，還是更強調解釋詞彙橫向的

斷代（synchronic）意涵。近世詞典的編輯精神，基本上就建立在規範性與記錄性，歷史意涵與斷代意涵的相互對比與結合上。

古騰堡的動力

西方近世詞典的演化，起於古騰堡（Johannes Gutenberg）發明活版印刷術的十五世紀下半。

之前，西方的詞典歷史當然也是源遠流長的。以希臘的詞典來說，最早從公元前第五世紀左右開始出現，略早於柏拉圖在〈克拉提路斯篇〉（Cratylus）中開啟語言與文字的思辨時間。當時的詞典，大多以「字彙」（Glossai）的名稱，針對某個作家（尤其是荷馬）的難字而編纂。

之後，歷經托勒密時代、羅馬時代，以及基督教興起，與再後的中世紀的過程，西方詞典的發展，主要沿著幾個主軸：一是像荷馬這種偉大作家的「深奧」作品；一是希臘文；一是拉丁文；一是希伯來文（很長一段時間，他們認為希

革命，總是讓社會的結構重新洗牌，因而不只給社會各個層面帶來巨大的變動，尤其呈現在語言的使用上。不論是法國大革命、美國獨立革命、辛亥革命、蘇維埃革命，都讓我們看到政治—社會—語言—詞典的相互影響。
右圖是1789年所畫的一幅畫，描繪巴士底獄被攻陷的情形。

Corbis

伯來文是人類最早的文字）。而因為各種語文之間經常需要比對、借用，因而許多詞典又是雙語的。而配合著詞典發展的，則有各種語文的文法與詞源研究。

這樣的詞典內容，加上書籍本身在中世紀之稀貴，以及實際的擁有者與閱讀者都主要在教會之內，因而不難想像：在十五世紀古騰堡活版印刷術出來之前的西方詞典，其實和中國很相似，主要以社會的菁英分子為對象，目的在於協助研讀古代經典與語文，和平民生活與口語使用是很有距離的。

Corbis

十五世紀下半，活版印刷術出現之後，對詞典的進化產生三個推力。第一，不但《聖經》成為最受歡迎，最大量印製的書籍，更重要的是，歐洲各地開始需要自己語文的《聖經》。光是拉丁文《聖經》轉譯成各種語文版本的這一個過程，基於大家對翻譯精確的追求，就催化了各地對自己語文詞典的巨大需求。第二，這些巨大需求，除了代表對自己語文的自覺意識之外，也加大了對其他語文，以及與自己語文源流對照的動力，這又產生對另一些詞典的需求。第三，活版印刷術之出現，雖然對任何手抄本的書籍都是福音，但是就編寫起來耗時耗工，複本（copy）又特別強調精確一致的詞典來說，特別有助於其大量印製與普及。

政治、經濟與社會因素

同一段時間，歐洲在經濟上擺脫中世紀的莊園經濟，往城市經濟發展，並展開大航海時代，向東往印度與亞洲，向西往新大陸展開探索。劇烈的文化交會與衝突，巨幅擴大的商業與貿易，使得各種語言產生異於以往的交流，社會大眾也產生異於以往形態的新的詞典需求。

馬丁路德等發動的宗教革命，又點了另一把火。宗教革命一方面直接點燃了歐洲各個民族對自己語文版本《聖經》以及詞典的需求，一方面對許多歐洲以外地區的語文詞典之誕生，也有間接之功。有感於新教革命在歐洲掀起的巨大浪潮，天主教內

越到近代，科學的發展，以及因而誕生的許多技術、產品越多樣。這些發展越來越被人所倚賴與重視，其相關名稱、解釋與定義，也就在詞典中占有越來越重的篇幅。進入二十世紀之後，科技事物的發明與發展，尤其對詞典的內容產生重大影響。但是，直到十七世紀中葉左右的時候，即使連歐洲的詞典，仍然不願意收納科技名詞，第一版《法蘭西學院詞典》就是代表。上圖是大約成書於1770年的一本《科學詞典》（*The Dictionary of Sciences*）裡，有關工廠相關事物的圖解。

許多有心改革的人士走上另一條路。耶穌會士正是代表。他們遠走亞洲、非洲（利瑪竇來中國正是這個時候的事），和多種不同文化相接觸，為了了解當地文化以求廣傳福音，推動了許多詞典，甚至文字的誕生（譬如越南文字）。

配合著這些變化，歐洲還開啟了由「朝代國家」（dynasty state）轉往「民族國家」（nation state）的階段。在國家意識的發展中，歐洲各國紛紛關切自己語言的純粹，成立國家級的學院來編纂自己的詞典，當然也就毫不足為奇（以法蘭西學院來說，其實又是受到義大利早在1582年，為了保持義大利語言的純粹，在佛羅倫斯成立秕糠學會〔Accademia della Crusca〕，並編出五大卷《秕糠學會詞典》〔*Vocabolario degli accademici della Crusca*〕之刺激）。而近世詞典的許多發展，都和這些國家級的機構有著莫大關係。

十八、十九世紀之交，又多了三個變化。

一個是以法國大革命為代表，產生了政治的變化。一個則是以英國工業革命為代表，產生了財富的變化。另一個，則是以歐洲興起的專科學院為代表，產生了教育觀念與方法的變化。

配合著這三個變化的軸線相互交錯與影響，我們比較《秕糠學會詞典》、《法蘭西學院大詞典》、《英語詞典》以及《韋氏一版》的軌跡，就可以看出詞典內部世界規範性與描述性、歷史

阿拉伯文的詞典，在他們文化力量達到顛峰的時候，花開多面。像是出現在十世紀左右的《眾學之鑰》（*Mafātiḥ al-'ulūm，Keys to the Sciences*）就是一個代表。然而，在中世紀之後，近世的阿拉伯詞典卻沉寂了好長一段時間。其中不免讓人產生一個聯想。

造紙是中國發明，然後經由阿拉伯世界傳入西方，已經是世所公認。然而中國的活版印刷術，雖然早於古騰堡發明五百年，卻沒有經由阿拉伯傳入西方的證明，理由就是隔斷中國與歐洲的阿拉伯世界本身不使用印刷術——阿拉伯文化認為《古蘭經》以及阿拉伯文字，必須經由手寫，印刷太過藝瀆。阿拉伯文化使用印刷術，是很後期的事情。阿拉伯世界不使用印刷術的這段時間，和這段時間他們詞典的沉寂，應該有一定的關係。

下面這幅穆罕默德與天使的圖，繪於十三世紀。

Corbis

涵義與斷代涵義的劇烈交鋒，原來和外部世界的主權、政治、財富、教育的劇烈變動，在相互糾纏又相互影響。詞典的內容在定義、解釋外部世界的同時，外部世界的變化也在形成著詞典的內容。我們根本就可以說：詞典和這個世界的變化，是一體兩面的。

再一百年後，中國更把這一點表現得淋漓盡致。

字書的體系

過去，中國沒有「詞典」的說法。

長期以來，中國對語文的研究，主要分三個領域：以《說文解字》為代表，研究字形為主的「字書」；以《廣韻》為代表，研究音韻為主的「韻書」；以《爾雅》為代表，研究字義為主的「訓詁」（又稱「雅書」）。（至於「字典」的稱呼，則是從清朝的《康熙字典》才開始。請參閱本文之後的 Map。）

「字書」、「韻書」、「訓詁」雖然系統相異，但彼此相通、重疊，並且基本上呈兩點特色：一，對語文的研究，主要還是從「字」出發的。二，這些「字」，和中國文化的本身，形成一個完整的體系。

今天看東漢時期劉熙所著的《釋名》，我們受到的感動，正是由於這本書不為歸類「訓詁」系統所局限，可以同時體會中國文字形、音、義在其中所呈現的網路感覺，以及文化視野。（譬如：「春，蠢也，動而生也。夏，假也，寬假萬物使生長也。秋，緒也，緒迫品物使時成也。冬，終也，物終成也。」再譬如：「戶，護也，所以謹護閉塞也。窗，聰也，於內窺外，為聰明也。」）

每一個中文「字」，自成世界。

鴉片戰爭之後，中國進入近代。開始和西方文化劇烈衝撞的中國，以「字」為主，並且自成文化體系的語文工具書傳統，注定要掀起滔天的變化。

辭書的出現

清末民初的中國，在一段短時間裡，經歷了西方世界兩三百年各種演變

Corbis

十五世紀後半，活版印刷術在歐洲發展之後，一方面普及了《聖經》，一方面普及了詞典這種編寫起來特別耗時耗工，複本（copy）又特別強調精確一致的書籍。把《聖經》與詞典的發展又緊密結合在一起的，則是基督教的傳教士。他們遠走亞洲、非洲，和多種不同文化相接觸，為了了解當地文化以求廣傳福音，推動了許多詞典，甚至文字的誕生。上圖是 1909 年在日本的一座教會。

Corbis

的集中衝擊：國家對朝代，革命與反革命，民主
對專制，新財富對老財富，教育對科舉。

　　1915 年，商務印書館出版了陸爾奎所主編
的《辭源》。那一年，是中華民國成立後的第四
年，也是陳獨秀創辦《新青年》的一年，不論就
時間，或是本身的內容，《辭源》都有劃時代的
意義。

　　首先，《辭源》提出了與「字書」相對的
「辭書」觀念：「積點畫以成形體，有音有義
者，謂之字。用以標識事物，可名可言者，謂之
辭。……凡讀書而有疑問，其所指者，字也。其
所問者，皆辭也。……故有字書不可無辭書。」
第二，大規模融會中西、新舊文化，企圖為讀者
解決「社會口語驟變……法學、哲理名辭稱疊盈
幅」的困惑，開了近代中文「百科詞典」
(Encyclopedia Dictionary) 的先河。

這一幅畫，繪於 1850 ～ 1859 年，大約咸豐年間。從
維多利亞灣帶出的香港，這個時候還帶著一個漁村的
影子，寧謐中，可以嗅得出一種風雨欲來的氣息。再
過大約五十年之後，辛亥革命發生，中國進入一個新
的時代。辛亥革命之後再四年，《辭源》出版，給中
國傳統的字書，帶來一個里程碑的變化。

之後中國出現各種「辭典」、「詞典」,進入了一個完全不同的階段。

中國近代史的縮影

與之相隨的,中國還有些更激烈的變動。

1917 年,胡適在《新青年》上發表〈文學改良芻議〉,揭開文言與白話之爭的序幕。五四把文白之爭帶入高潮,同時也帶出了廢除漢字,改用「國語羅馬字」的運動;進入 1930 年代,出現連五四時候的「白話文」也相形落伍的「大眾語」,以及和「國語羅馬字」同源的「拉丁化新文字」的運動。

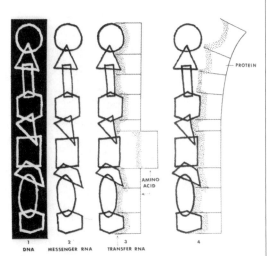

Corbis

進入二十一世紀,網路與生物科技,從根本上影響著人類。人類生活與生存的時間與空間產生重大變化,語言與溝通的方式產生重大變化,詞典的型態與內容,也必將產生重大變化。上圖是一幅 1962 年的 DNA 圖解,原題「生命之碼」(Code of Life)。

這一波波文字改革浪潮,不只和這個階段的各種「字典」、「辭典」、「詞典」相呼應,也和中國的政治,國共之爭,密不可分。

國民政府以中國傳統文化的繼承自居,一路站在「國語羅馬字」、「大眾語」和「拉丁化新文字」的對立面上,並因抗日戰爭的爆發而占據上風到 1940 年代末。1936 年出版的《國語辭典》,以及 1981 年在台灣出版的《重編國語辭典》,正代表了這種文化觀的脈絡。

另一方面,很早就意識到「革命和建設沒有文化是不能奏效的」中國共產黨,在這一波波語文改革的浪潮裡,則一直支持「大眾語」和「拉丁化新文字」等主張,終至於在中華人民共和國成立後,很快就宣布了帶有國策意味的「簡化漢字」、「推廣普通話」、「創定和推行漢語拼音」文字改革三個任務。今天風行大陸的《現代漢語詞典》,是他們長期理念的一個具現。(請參閱〈兩岸詞典氛圍的比較〉一文。)

《辭源》、《國語辭典》、《現代漢語詞典》,這三部書是中國現代史的縮影。

科技與生活的影響

近世詞典的演化,也有非關政治、社會運動的其他層面。

十八、十九世紀隨著殖民帝國的擴張,歐洲人開始對世界其他地區的語言產生興趣,結果不但促使他們開始關注東亞、印度、阿拉伯、非洲

等語文的詞典，同時也激發了比較語言學、比較文法學等的發展，回頭對自己語言產生了更深、更新的探索。1818年，丹麥人拉斯克（Rasmus Rask）出版《古代北方或冰島語言起源的研究》，開啟現代西方語言學研究的序幕；接著1830年代以波普（Franz Bopp）為代表的研究，確認「印歐語系假說」(the Indo-European language hypothesis)。這些研究與發現，對後來的詞典影響深遠。

進入十九世紀後半，詞典尤其還受到另一個因素的影響，那就是科技的發展。隨著科技與工業化的進步，人類大量使用科技，也越來越倚賴對這些科技的了解與知識。因而科技從兩方面影響了詞典的發展。一方面，是給詞典的內容帶來巨大的影響——不但詞典裡新增的詞條壓倒性是和科技相關，甚至科技詞條在整部詞典裡所占的比例也越來越重。另一方面，科技也給詞典的風貌，甚至本質帶來了革命性的影響。用電腦來進行語料庫（corpus）研究，起始於上世紀五〇年代，到八〇年代才因為個人電腦的普及而大放異彩，是一個例子。（詳閱〈語料庫・字頻・詞典〉一文。）而從八〇年代後期開始，詞典以各種掌上型機具、磁碟片、CD-Rom，進而網路、行動電話等各種載體的面貌出現，又是一個例子。

詞典，一路和我們生活的方式與態度，結合前進。

巴別塔以來

《舊約・創世紀》：「那時，天下人的口音，言語，都是一樣。……他們說，來吧，我們要建造一座城和一座塔，塔頂通天，為要傳揚我們的名，免得我們分散在全地上。……耶和華說，看哪，他們成為一樣的人民，都是一樣的言語，如今既作起這事來，以後他們所要作的事就沒有不成就的了。我們下去，在那裡變亂他們的口音，使他們的言語彼此不通。於是，耶和華使他們從那裡分散在全地上。他們就停工，不造那城了。因為耶和華在那裡變亂天下人的言語，使眾人分散在全地上，所以那城名叫巴別（就是變亂的意思）。」

思想、行動和言語的關係，全寫在這裡。大家使用的言語一致，登天的事情也辦得到（連上帝都相信）；大家使用的言語一亂，彼此就只好分崩離析。上帝多麼巧妙地掌握到言語在左右思想與行動的關鍵。

人類對詞典的需求與執著，就從那時開始了吧。

不論有沒有意識到，每天我們在做的最重要的一件事情，就是尋找言語與文字的溝通——在每個人的分散與隔絕中，我們對語文所有的想像、探索，甚至回憶，其實都懸繫於詞典。不然，詞典哪來這許多曲折的故事？

因此，我們發現，詞典，總是有兩個世界在對照著：口語與文字的對照，單語與多語的對照，尋覓與堅持的對照，規範與記錄的對照，封閉與容納的對照，當代和歷史的對照，新奇與古老的對照。

以及，詞典內部世界與外部世界的對照——我們總是在形塑詞典，也被詞典形塑。　■

Map of Dictionaries　一個有待補充的筆記

編輯部

商、周時期，青銅器上出現鑄刻文字，後稱「金文」，又稱「鐘鼎文」。周宣王（前827～782）的史官史籀，把這些文字整理成十五篇《史籀》，用來教學童識字，這是見諸於歷史的最早的一部字彙集。後人稱史籀整理的文字為「籀文」，又稱「大篆」。

戰國時期，各國國政獨立，各自在書寫字體上產生一些變化，或是另創新字，因而出現了「言語異聲，文字異形」的局面。秦始皇統一中國，「車同軌，書同文」，由李斯、趙高、胡毋敬等根據「大篆」來調整，定下固定而統一的寫法，也就是「小篆」。李斯著有《倉頡》七章、趙高著有《爰歷》六章、胡毋敬著有《博學》七章，大約是在當時統一文字之後，用來作為小篆字體的範本。
到秦始皇三十五年（公元前212年）「焚書坑儒」，由於大興戎役，官獄職務繁重，又令程邈整理出「隸書」，以方便書寫，後來則通行民間。照許慎的說法，「古文由此絕矣」。再到秦末，項羽攻進咸陽燒阿房宮，秦朝官藏的書籍化為灰燼，後人與古文的關係更進一步被切斷。日後會出現今文與古文之爭，都種因於秦朝的這些變化。

秦漢之間，一方因為中國文字自大篆、小篆而隸書的演變還在進行，一方面也為了教學實際需要，因而許多字書的編籑，都是為了當作識字及書寫的標準。漢代把李斯的《倉頡》、趙高的《爰歷》、胡毋敬的《博學》這三部書合而為一，統稱《倉頡篇》，就是其中的代表。元帝時，揚雄續《倉頡篇》而撰《訓纂》。和帝時，賈魴又續《訓纂》而撰《滂喜》。（因揚雄的《訓纂》終於「滂喜」二字，賈魴取為篇名。）到晉朝時，以《倉頡篇》為上卷，《訓纂》為中卷，《滂喜》為下卷，合稱《三倉》。

中文世界的詞典與相關大事紀

《易經‧繫辭》最早提到了文字的起源：「上古結繩而治，後世聖人易之以書契。」

前1765～1122 殷商時代刻在龜甲獸骨上的「甲骨文」，是今天能看到的中國最古的文字。

前2697～2599 相傳黃帝史官倉頡造字。

前484 62歲的孔子周遊列國後回到魯國，開始編輯六經。與孔子大約相當時間，老子著《道德經》。

商		西周		春秋

4000BC.　　3000BC.　　2000BC.　　1200BC.　　　　　1000BC.　　　　　　800BC.　　　　60

以歐洲語言為主的詞典與相關大事紀

前4000～3500 蘇美人在兩河流域發展出楔形文字，是人類最古老的文字。
　　前3000 埃及發展出象形文字。

前2100 巴比倫帝國漢摩拉比主政時期，出現《漢摩拉比法典》。同一段時間，還有些閃米人也向西往地中海發展。這些海上的閃米人就叫作腓尼基人。
前2000 現存最早的埃及紙草捲（Papyrus）可溯至此時期。
前1200 腓尼基人發明拼音字母，對後來各種拼音文字影響重大。

前1000～900 阿拉米文字出現，是為希伯來文字及阿拉伯文字的源頭。

前八世紀 荷馬創作口傳史詩《奧德賽》與《伊里亞德》，這時的希臘人還沒有文字。
前七世紀 雅典、斯巴達等希臘城邦開始建立，開始最早的民主型態。

公元前六世紀，西方最早的詞典約在此時編成，是一份美索不達米亞地區的阿卡迪亞文（Akkadian，亞述和巴比倫人所用的語言）的單字表。

希臘的詞典，最早從公元前第五世紀左右開始出現。當時的詞典，大多以「字彙」（glossai）的名稱，主要針對荷馬作品的難字而編纂。之後，歷經托勒密時代、羅馬時代，以及基督教興起，與再後的中世紀的過程，西方詞典的發展，主要沿著幾個主軸：一是像荷馬這種偉大作家的「深奧」作品；一是希臘文；一是拉丁文；一是希伯來文（很長一段時間，他們認為希伯來文是人類最早的文字）。而因為各種語文之間經常需要比對、借用，因而許多詞典又是雙語的。而配合著詞典發展的，則有各種語文的文法（grammar）研究。

前700～600年，巴比倫建巴別塔。「那時，天下人的口音，言語，都是一樣。……他們說，來吧，我們要建造一座城和一座塔，塔頂通天，為要傳揚我們的名，免得我們分散在全地上。……耶和華說，看哪，他們成為一樣的人民，都是一樣的言語，如今既作起這事來，以後他們所要作的事就沒有不成就的了。我們下去，在那裡變亂他們的口音，使他們的言語彼此不通。於是，耶和華使他們從那裡分散在全地上。他們就停工，不造那城了。因為耶和華在那裡變亂天下人的言語，使眾人分散在全地上，所以那城名叫巴別（就是變亂的意思）。」（《舊約‧創世紀》）不過，這應該也是人類出現對詞典的需求，彼此需要溝通的開始。

《爾雅》十九篇，前三篇〈釋詁〉、〈釋言〉、〈釋訓〉，解釋字詞的意義與用法；後面的〈釋親〉、〈釋天〉、〈釋地〉、〈釋蟲〉、〈釋草〉等十六篇，則分別解釋人事、天文、地理、動物、植物，帶有百科詞典的性質。因此，以「字書」、「韻書」、「雅書」代表中國研究文字的形、音、義三種書中，《爾雅》是「雅書」（訓詁）最早的一部書。「爾雅」的意思：「爾，近也；雅，正也」，由此可以看出這部書之命名在於重視訓詁，以期近於「雅正」。（「訓」，是指用比較通俗的話去解釋某個字詞；「詁」，是指用當代的話去解釋字的古義，或者用普通通行的話去解釋方言的字義。「訓詁」泛指解釋古書中詞句的意義。）
《爾雅》的最早作者，有周公、孔子等傳說，是這部書淵源甚早，後來在相當長的時間裡經過許多人增補，最後成書於漢代。
《爾雅》之後，著書補充《爾雅》所沒有的內容，或者模仿《爾雅》的體例來編寫訓詁的，歷代皆有。這些書全以「雅」字命名，一脈相傳，自成系統。其中最早出的一部是《小爾雅》。《爾雅》解釋詞義的特質，加上獨特的分類方法，也影響了日後「類書」的編輯。（「類書」相當於中國的百科全書。）

西漢元帝（公元前49～33）時的史游所編的《急就篇》，是識字啟蒙字書的另一個代表。

東漢時候，劉熙的《釋名》，是中國第一部音訓詞典（「音訓」，又稱「聲訓」，就是以同音字或聲音近似的字來解釋字義）。

《通俗文》是中國第一部解釋通俗用語的字書。作者相傳為東漢時的服虔。

超越識字讀本的範圍，真正稱得上中國第一部「字書」的著作，是《說文解字》。
許慎（約30～124）的時代，因為先秦的古文已絕，因而有「古文經」與「今文經」之爭。許慎自己是古文經派，因此編寫《說文解字》，有一個很大的目的是從文字的整理，來駁斥當時的今文經派。《說文解字》主要以小篆為主體，根據《史籀》、《倉頡篇》等書，並旁徵博引古書中的材料，把小篆為止的中國文字演化做了梳理。《說文解字》的一個貢獻在於成為研究中國古文字學與古漢語的必備材料，然而另一個更大的貢獻，則是總結了前人「象形」、「指事」、「會意」、「形聲」、「轉注」、「假借」的「六書」理論，首創部首方法，不但首開部首制字書的濫觴，也奠下解釋中國文字的一種理論基礎，影響後世深遠。
《說文解字》的部首共五百四十部。文字，終於開始有一個系統化的歸納方法。

前26年，成帝河平三年，劉向、劉歆父子開始編《別錄》與《七略》，歷時21年完成，成為中國古典目錄學奠基之作。《七略》首次把《史籀》以下，包括《倉頡篇》等凡十家四十五篇文章，編為「小學」，列於《詩》、《禮》、《樂》、《春秋》、《論語》、《孝經》之後。之所以稱作「小學」，是因為識字是當時小學教學的主要課目。

西漢的文學大家揚雄，不但擅長辭賦，有《法言》之傳世，還喜愛訓詁之舉，除了《訓纂》之外，歷時二十七年收集黃河流域和長江流域絕大部分地區方言，編成《輶軒使者絕代語釋別國方言》（「輶軒」是一種輕便車子的意思），後簡稱《方言》。《方言》是中國第一部方言詞典。

前91 司馬遷撰《史記》。

前138 張騫出使西域，12年後回來。「七音之傳，肇自西域」。

105 大約相當於《說文解字》成書的年代，蔡倫造紙。
東漢時代，開始翻譯佛經，大量外來語從此開始進入中土，融為中土文化。《四十二章經》是現存佛經中最早的譯本。

隸書到漢朝演化成「章草」（有別於後來書法中龍飛鳳舞的狂草），到公元三世紀（漢末魏初），王次仲創「楷書」字，成為後來中國人最通用的書寫方法。
東漢末年以及三國時代，由於戰亂頻仍，國家藏書在大亂中損失慘重。西晉時，朝廷大力收集典籍，荀勗把書籍分為經子史集四部。

戰國	秦	西漢	新莽	東漢	三國 西晉	東晉
400BC.	200BC.		1		200	400

前491 大流士進攻雅典，開始波斯與希臘的戰爭，前479年以波斯戰敗收場。後來這些故事都寫入希羅多德的《歷史》。
前477 釋迦牟尼去世。
前五世紀 希臘文字系統建立，成為拉丁字母的源頭。從記錄中可以得知這時他們已經大量閱讀，並且雅典已經有書的市場。希羅多德《歷史》成於此時。

前四～五世紀 希伯來聖經，也就是《舊約聖經》寫成。
前399 蘇格拉底以「擾亂民心」為由被處死。
前334 亞歷山大開展一個新的帝國。
前三世紀 拉丁字母系統形成。

前264 羅馬與迦太基戰爭開始。
前263 印度阿育王皈依佛教，親民愛物。印度文字在這時出現，其中婆羅米文字成為今天印地語的重要基礎。

前二世紀 小亞細亞的波加蒙（Pergamum）國王由於埃及禁止出口紙草，結果成功地發展出羊皮紙。
前一世紀 羅馬的文學大盛。
前30 渥大維被尊「奧古斯都」，羅馬共和國成為羅馬帝國。
30 耶穌被釘十字架。

第二世紀 基督徒為了希望能和異教徒閱讀紙草捲的傳統有所區隔，開始使用一頁頁裝訂成冊的書（Codex）。

公元前三世紀，希臘詩人Philetus of Cos為珍奇的詩歌用詞，編纂了一本著名的字彙表（glossary）。

公元前二世紀，拜占庭的亞里斯多芬（Aristophanes of Byzantium）編纂了有組織的詞典，裡面收有通行和已經不再用的詞彙。墨涅的卡利馬楚斯（Callimachus of Cyrene，希臘詩人）為一些專業科目和地方用語，編纂了一系列的單詞群。戴奧尼修斯（Dyonysius Thrax）著作了相當重要的希臘文文法。

公元前四世紀，柏拉圖在〈克拉提路斯篇〉（Cratylus）中討論詞彙的意義和詞源（etymology），開啟語言與文字的思辨。

公元前一世紀，瓦羅（Varro）所編相當完整的《論拉丁語文》（De lingua latina）詳細解說了詞的來源與衍生詞以及語法。
同一世紀，伏拉可斯（Verrius Flaccus）編纂了第一部拉丁文詞典《Libri de significatu verborum》。到第二世紀時，羅馬詞典學家費斯特斯（Festus）將伏拉可斯的詞典加以簡縮。第八世紀，倫巴底地區的歷史學家保羅（Paulus Diaconus）摘錄了費斯特斯所編纂的伏拉可斯詞典，讓這部詞典得以有部分內容傳錄後世。

第一世紀，亞歷山大城的希臘文法家哈普克雷松（Valerius Harpocration）編了一本豐富的詞典，收錄阿提克（Attic）演說家的用語。同一世紀，已知最早對希伯來文詞彙研究的著作，在此一時期出現，一般認為是猶太哲學家菲洛（Philo Judaeus）所著。

第二世紀，諾克拉底斯（Naucratis）的希臘詞典學和文法學家（Julius Pollux）為古典希臘文的單詞和片語編纂了一本詞典，其中特別著重專業技術詞彙。

三國時期，魏國張揖編《廣雅》。張揖博采群書，一方面把《爾雅》所沒有的語詞、名物加以增廣，一方面又對其已有的解釋補充說明。書名《廣雅》，即取推廣《爾雅》之意，是雅書中很重要的一部。

南朝梁代顧野王編撰《玉篇》，可以說是南北朝字書中最值得重視的一部。《玉篇》可說是《說文解字》的增訂本，也因為當時楷書已經出現，是中國現存的第一部楷書字典。《玉篇》把《說文解字》的部首作了些增刪，總數增加兩個，但是部首順序大部分都作了更動，改按內容相關的互相編在一起；並且在每個字下面，先以反切來注音，再解釋字義。《玉篇》是說文系統的字典一個重要的傳承。

自東漢末年隸書、楷書通行以後，古今文字的形體又有了比較大的差別，各種異體字、簡化字、新字出現很多，到了南北朝中國長期分割之後，文字的使用更進一步失去了統一的規範。唐朝代隋之後，因為訂正經典中文字的需要，產生了專講「字樣」的字書。如顏師古《字樣》、杜延業《群書新定字樣》、顏陽孫《干祿字書》、歐陽融《經典分毫正字》、唐玄宗《開元文字音義》、張參《五經文字》、唐玄度《新加九經字樣》等。唐朝辨析字樣與字形的字書，後來發展到宋朝，就有郭忠恕的《佩觿》、張有的《復古編》、李從周的《字通》。其後遼僧人行均的《龍龕手鑑》、元朝李文仲的《字鑑》等，也都是這一類的字書。除上述以校正俗偽為主的字書外，宋人所編還有專辨古史文字的，如婁機的《班馬字類》。

晉朝呂忱的《字林》，從許多典籍中搜求異字，以補《說文解字》之缺，是上承《說文解字》，下啓《玉篇》的一部承先啓後的字書。

六朝周興嗣撰〈千字文〉。

南北朝時期在文字形體上產生的許多異變，也呈現在讀音的異變上。如此在閱讀古籍上產生讀音、識字的困難，不能光靠韻書來解決，因而到唐朝有陸德明撰《經典釋文》，考證字音，也兼及字義的辨識。全書共注了《易經》、《論語》、《老子》等三十卷，保存了唐代以前經書中文字的音讀，為研究古音提供了許多素材。

龐大的抄書與閱讀需求，到七世紀末，武則天時期催生了雕版印刷術，為世界雕版印刷之始。

627 玄奘赴西域取經，歷時19年後回到長安，之後完成75部佛經之翻譯。

581～618 歷經近三百年的分離隔絕，相互仇恨之後，隋將南北中國統一。

806 憲宗元和元年，白居易作〈長恨歌〉。

768 代宗大曆三年，杜甫作〈喜聞官軍已臨賊境二十韻〉。

751 玄宗天寶十年，高仙芝率七萬人與大食國（今阿拉伯）二十萬人交戰，兵敗。唐朝軍隊被俘的人中有造紙工匠，造紙術因而傳入撒馬爾罕（今天烏茲別克境內）。

737 李白作〈將進酒〉。

420～581 南北朝對立，中國長期分割。

383 淝水之戰。

304 五胡亂華開始。

東晉	南北朝	隋	唐
400		**600**	**800**

395 羅馬帝國分裂為東西羅馬帝國。

512～513 阿拉伯文字出現。

622 穆罕默德逃到麥加避難，回教紀元開始。

第九世紀 造紙術由中國傳入大馬士革，十一世紀傳到埃及，之後再傳到西班牙。

第四世紀，文法和修辭學者杜納特（Aelius Donatus）寫了一本文法書，在後來的一千年裡成為廣被使用的教材。

第五世紀，文法及詞典學家Hesychius編了一本上古時期最好、最龐大的希臘文詞典。

第六世紀，印度文法學家Amarasimha編了一部重要的梵語詞典。

第七世紀，愛爾蘭的《Auricept》編撰完成，是最早談論西歐語言的理論書籍。聖伊西多多主教（St. Isidore of Seville）在他所編的百科全書裡，用一卷的分量，收錄一部以字母順序排列的詞源學詞典。

第三世紀，百濟王國遣使到日本，帶去《論語》、《千字文》等書，中國文字傳入日本。之後很長一段時間通用中國的字書。835年空海的《篆隸萬象名義》，是由日本人撰寫，現存最古的漢字字書。源順的《新撰字鏡》（892）是第一部漢和文字並用的字書。其後有《倭名類聚抄》（934）、《類聚名義抄》（1100）等代表性字書。

第八世紀，Al-Khalīl編纂了第一本通用的阿拉伯文詞典。第九世紀，Joshua ben Ali編纂了一部敘利亞—阿拉伯文對譯的詞典。第十世紀左右的《衆學之論》（Mafātiḥ al-'ulūm），更是一個顛峰的代表。十三世紀，阿拉伯文法和詞典學家Ibn Manẓūr編纂《Lisān al-'Arab》，是現存該時期最大的阿拉伯文詞典。阿拉伯文詞典花開各地多面地發展一段時期，在中世紀之後，近世的阿拉伯詞典卻沉寂了好長一段時間，其中有一個原因，可能和阿拉伯文化有很長一段時間排斥印刷術有關。

書籍本身在中世紀十分稀貴，實際的擁有者與閱讀者主要都在教會之內。詞典自然也是如此，和平民生活與口語使用很遙遠。中世紀之後，最早當詞典編輯者（lexicographer）的人，都是一些教師（schoolmasters），他們為了給自己學生教學輔助工具，在沒有外物可以借助的情況下，就自己動手編了許多詞彙集（glossary）和詞典。在早期歐洲各地自己的語言和文字並不發達的狀況下，詞彙集大多是雙語型態，要仰仗拉丁語和其他語言來提供一些已認知曾有的解釋。也因為這些語言上的互通現象，後來歐洲各國又紛紛注意到保護自己語言的純粹性，強調自己語言的優越性，因而在進入十七世紀後後，以義大利最早成立了枇糠學會（Accademia della Crusca）為首，各國紛紛成立國家級的學院來編纂自己的詞典。

突厥人馬赫穆德·喀什噶爾（1008～1105，北宋年間）以阿拉伯文字編成《突厥語大詞典》。

佛教從東漢正式傳入中國，隨著佛教的傳播與佛經翻譯的增加，南北朝時已有了注釋佛經音義的著作，如北齊僧人道慧撰《一切經音》。
貞觀年間，長安的譯經僧釋玄應撰《一切經音義》（簡稱《玄應音義》），從四百五十四部大小乘經律論中，除了選梵文譯讀，或比較難懂的義譯的佛教專門語詞之外，還有一般文字訓詁（所占篇幅幾為全書一半），因此兼有佛學詞典和普通詞典的作用。
到了德宗時，釋慧琳撰《一切經音義》（一名《大藏音義》，簡稱《慧琳音義》）。《慧琳音義》除了修訂、保留《玄應音義》的佛經音義之外，另外增加了幾近一千部佛經的音義注釋（全部從一千三百部佛經中選取字詞），因而「浩然如海、吞棄流似成深；皎今若镜，照物均以無卷力」，而被譽為徵引古籍種類最多，保存佚文的內容最豐富的一部古代辭書。
其後，再有遼代釋希麟的《續一切經音義》。

中國最早的韻書，是三國時期魏國李登的《聲類》。之後，有晉朝呂靜的《韻集》，其後韻書著作甚多。到了隋朝，陸法言集前人之成，編了《切韻》。唐朝孫愐予以整編、修訂之後，更名《唐韻》，盛行一時。
韻書雖然主要為審音辨韻而編，但是從唐朝起就兼顧文字的形音義，到宋朝的時候，作為字書的用途就更明顯，可以視作依韻安排的字典。
宋朝由陳彭年、丘雍負責官修《廣韻》（取增廣《切韻》之意），成為韻書的大成，不僅分別韻部，標注反切（為日後對中古音的研究提供重要依據），兼顧文字的形義，還帶有百科詞典的性質。今天由《切韻》、《唐韻》都已經失傳，所以《廣韻》事實上是中國現存最早的韻書了。
之後，再有丁度、司馬光等據《廣韻》以增修的《集韻》。之後，再有丁度的《禮部韻略》。之後，再有據《禮部韻略》而增修的《增韻》。

宋代字書有司馬光整理的《類篇》，繼承《玉篇》的傳統，以講音義為主，後代字書，多繼此而發展。《類篇》和當時同時進行的韻書《集韻》，是相輔相成的。另有戴侗打破《說文解字》的部首，另立門類撰《六書故》，雖講六書，卻取鐘鼎文字，不再以小篆為主。
宋代的《爾雅》訓詁系統，有陸佃的《埤雅》和羅願的《爾雅翼》。

唐朝中葉，顏真卿撰《韻海鏡源》三百六十卷，是以韻統字的書，和後來清朝的《佩文韻府》遙相呼應。今已失傳。

王安石曾不顧《說文》的字書，《爾雅》的訓詁之別，隨意釋字而成《字說》，今已失傳。

宋朝王應麟撰《三字經》（一說為區適子撰），與〈千字文〉同為中國重要的童蒙課誦讀物。

宋以來，出土的鐘鼎等古器物較多，因而有薛尚功撰《歷代鐘鼎彝器款識法帖》，解釋鐘鼎彝器的文字，也是字書的一種。

中國的銅活字印刷，創始於明代中葉。

1403 解縉等纂修《永樂大典》，至永樂六年成，為中國古代最大的一部百科全書式的類書。

明初定「八股」科舉，規定在四書五經中出題，並要依照題義揣摹古人語氣，代替古人說話，不准發揮自己的意見。因此顧炎武說：「八股之害，甚於焚書。」

羅貫中在元末明初寫《三國演義》。

宋代有程頤上接周敦頤，下傳朱熹而發展出理學，成為儒家的重要流派。

司馬光主編《資治通鑑》，歷時18年成，為中國第一部編年體通史巨著。1086年奉旨下杭州雕版印行。

1041～1048 北宋仁宗慶曆年間，畢昇發明膠泥活字印刷術，為世界最早的活字印刷術。

1275～1295 馬可孛羅來中國。
1205 辛棄疾作〈永遇樂〉。
1074 蘇東坡作〈水調歌頭〉。

五代	北宋	南宋	元	明
	1000	**1200**		**1400**

907～960 阿拉伯故事《一千零一夜》的年代。

十一世紀 日本《源氏物語》。
1095 為了解救被土耳其人占領的耶路撒冷，十字軍東征開始。
1113 柬埔寨開始建造吳哥窟。

十二世紀 西班牙：《熙德之歌》。
十四世紀 義大利：但丁的《神曲》。
十五世紀 韓國世宗大王發明韓文。

十二世紀，希臘《文字源大詞典》（Etymologicon magnum）編纂完成：這本詞典的影響力一直延續到了二十世紀。百科全書編纂者Alexander Neckham編了一套三語（拉丁文—法文—英文）專業詞典。John Garland編纂《同義詞典》（Synonyma），是現存最早的同義詞典。

十三世紀，Joannes Balbus Januensis所編的百科詞典《正典》（Catholicon）成為中世紀最具權威的詞典之一。

對英語民族而言，最早的文字工具書都是些雙語的詞彙集（glossary），提供拉丁文或法文中相當的英文字。早自第八世紀的中世紀時代，有人就把一些書稿裡的難字（gloss）收集起來，以另外一些比較容易的拉丁文或語義相當的字來解釋。學校老師有時候把這些難字收集起來，集中列表，就叫作難字表（glossarium），也就是今天的glossary。
英語世界裡和詞典相關的字dictionarium，最早用於1225年，指一些表列的拉丁字。但是要到1538年，Thomas Elyot的拉丁—英語詞典書《Dictionary》，才最早使用到dictionary這個稱呼（不過此書後來又改稱《Bibliotheca Eliotae》）。英語詞典本身的重要性，要在那之後才開始受到重視。

十～十一世紀，佚名作者所編纂的百科全書式的詞典《斯維達斯》（Suidas，又稱Suda），編纂完成。字母排序、精簡解釋，並且以圖加圖表來輔助說明，兼顧百科與詞典的特質，是後世百科詞典的濫觴。尤其書中還收了許多現已流佚的名著內容。《斯維達斯》不論從內容還是形式上，都影響後世深遠，不斷為歐洲各個時代編輯詞典的人拿來當作楷模。

十三世紀之後，書的類型和數量開始增多，新的文學型式受到歡迎。諸如但丁等作家開始用他們自己的民族語言寫作，使不懂拉丁文的人也有機會讀他們的作品。

十四世紀，伊朗學者al-Fīrūzābādī編了一本著名的詞典《al-Qāmūs》，至今仍廣為應用。

十一世紀，倫巴底的帕皮亞斯（Papias）編纂了一部拉丁文詞典，其中已有許多現代詞典的樣貌。

1455年古騰堡在歐洲發展出活版印刷，五年後印製巴布士（Joannes Balbus）的《天主教義》（Catholicon），是歐洲第一本以印刷方式出版的詞典。活版印刷出現，催化了對詞典的巨大需求，也提升了詞典編寫、大量印製的精確與效率。（參閱本書第12頁）

文藝復興之後，也激起了許多人對拉丁文研究的興趣。之後重要的拉丁文詞典有1502年，Ambrosius Calepinus的《詞典》（Dictionarium）；1678年，Du Cange的中世紀拉丁文標準詞典；1771年，弗彻里尼（Forcellini）的《拉丁文大詞典》（Lexicon totius latinitatis）；1834，弗羅因德（Freund）的拉丁文詞典；1883年，五所德國學院出資編輯的《拉丁文寶庫》（Thesaurus linguae latinae）。

1582年，萬曆十年，張居正當政。利瑪竇 (Matteo Ricci) 東來，帶來《萬國輿圖》，從此中國始知有五大洲。十六世紀末，利瑪竇和羅明堅 (Michele Ruggieri) 編了一部《葡漢辭典》。其後，1626年，耶穌會士金尼閣 (Nicolas Trigault) 編寫世界最早的漢法辭典。

清朝，康熙有鑒於「《字彙》失之簡略，《正字通》涉於泛濫」，因而在康熙四十九年 (公元1710年)，命張玉書、陳廷敬等三十人「增《字彙》」之關漏，刪《正字通》之繁冗，新編一部字典，至康熙五十五年成書，即為《康熙字典》。《康熙字典》完全仿照梅膺祚《字彙》、張自烈《正字通》的體例，沿用二者的部首，在這兩本書的基礎上集大成，再作了許多豐富、嚴謹的改進。全共收近四萬七千零三十五字，比《字彙》和《正字通》多出一萬多字。釋字也是先音後義，但是在每個字底下採輯《唐韻》、《廣韻》、《集韻》等各韻書的反切來注音，分合異同，以供參考，這是《康熙字典》的創舉。由康熙自負此書「善美兼具，可以奉為典常而不易者」，因而命之為「字典」。中國字書有「字典」之說，始於此。這也是中國現存的第一部官修字典。

明朝《爾雅》系統的字書，重要的有方以智窮三十年心血而撰成的《通雅》以及朱謀瑋撰的《駢雅》。後來清朝的《佩文韻府》，就是主要從《通雅》取材。

明朝梅膺祚撰的《字彙》，對中國字典有不少創造性的發明。第一是把可以合併在同一部的字進行合併，因而把《說文解字》五百四十個部首一口氣精刪為二百十四部，簡化了從《說文解字》以來字典部首部首過於繁瑣的毛病；第二，不論部首是各部中的文字排列，都按筆畫多少為先後，成為字典排字的一種主要方法；第三，是在首卷後附「檢字」，排列不容易辨明的部首的部首，使讀者可以按照筆畫檢索。《字彙》的這些創舉，為後來的字典編輯者襲用，影響至今。
後來張自烈為了補正《字彙》的缺漏和錯誤，撰《正字通》。

明清兩代編輯方言俗語詞典的，大致可以分為二種：一種是考證一般的常言俗語，如明朝陳士元的《俚言解》、張存紳的《雅俗稽言》，以及清朝翟灝的《通俗編》、錢大昕的《恆言錄》、郝懿行的《證俗文》之類，解說字詞，略似《通俗文》，但偏重引證，標目分門，和類書相似。其釋字的採輯範圍，則由經史子集擴大到類書、歷代筆記雜著、小說、戲曲，以及巷里村言。另一種是考證某一地區的方言，如明朝李實的《蜀語》、清朝吳文英的《吳下方言考》、章炳麟的《新方言》之類，應該算作方言詞典的正宗。
至於清朝厲荃的《事物異名錄》、史夢蘭的《異號類編》、梁章鉅的《稱謂錄》之類，雖然各輯各專門材料，更像類書，可是仍然以解釋語詞名物為目的，所以還是應把它們看作字書的一種。

「小學」代表中國的文字學，由漢朝劉向、劉歆父子編的《七略》開始，但當時指的只是研究字形相關的字書，像《爾雅》之類研究訓詁 (字義) 的書，還不包括在內。到唐朝長孫無忌等撰《隋書‧經籍志》，已經把《聲類》等韻書列入「小學」，但《爾雅》等研究訓詁的書，仍然另屬一類。五代劉昫的監修《唐書‧經籍志》時，仍把「詁訓類」和「小學類」分為兩類。到北宋宋祁、歐陽修重修《新唐書‧藝文志》，才把「詁訓類」併入「小學類」之中，「小學」的涵義這才擴大到文字、音韻、訓詁、書法四個方面。到了清朝乾隆年間，《四庫全書總目》則在經部「小學類」下分為「訓詁」、「字書」、「韻書」三小類 (書法著作另歸他類)：「惟以《爾雅》以下編為訓詁；《說文》以下編為字書；《廣韻》以下編為韻書。庶體例謹嚴，不失古義。」
到了清末，章炳麟發表〈論語言文字之學〉一文，指出作為訓詁、文字、音韻總稱的「小學」，「其實當名『語言文字之學』，方為確切」，才為中國的文字學正名。

1558 吳承恩 (1500～1582) 寫《西遊記》。

1547 施耐庵在嘉靖年間寫《水滸傳》。

1637 崇禎十年，宋應星《天工開物》刊行。

1596 萬曆二十四年，李時珍《本草綱目》刊行。

明

1400   **1500**   **1600**

1503 達文西的《蒙娜麗莎的微笑》，文藝復興的年代。
1517 馬丁路德點燃宗教革命。

1588 西班牙無敵艦隊進攻英國失敗，英國取代西班牙成為海上強權。

1611 Covarrubias y Horozco出版了第一本大型的西班牙文詞典。

1539年，由艾斯蒂安 (Robert Estienne) 出版的《法拉詞典》(Dictionnaire françois-latin)，是法國第一部詞典，對法文的詞典編修貢獻卓著。1606年，尚‧尼古 (Jean Nicot) 的《詞庫》(Thresor de la langue françoyse) 在巴黎出版，是第一部真正的法文詞典。
1635年，黎希留大主教 (Cardinal Richelieu) 成立法蘭西學院，以求「建立這個語言使用的定則」，1694年出齊了《法蘭西學院詞典》(Dictionnaire de l'Académie française) 四卷，另以科乃里 (Thomas Corneille) 所編兩卷本的《藝術與科學詞典》當作附錄，同時出版。至今共出了九版，一直維持其保衛法語純正的傳統。與此同一時期，法國另有李區列 (Pierre Richelet) 和菲赫蒂埃 (Antoine Furetiére) 的詞典。(參閱本書第82頁)。

1480年，考克斯頓 (William Caxton) 編輯並印製了第一本英法雙語詞典。1500年，第一本印刷本的拉丁－英語詞典出現：《Hortus Vocabularum》(Garden of Words)。1538年，Thomas Elyot的拉丁－英語詞典書最早稱為Dictionary。其後，英文的自我性和重要性日益受到重視，歷經1565年Thomas Cooper、1582年Richard Mulcaster、1587年Thomas Thomas等人所編的詞典之後，終於在1604年科德瑞 (Robert Cawdrey) 編了三千字的《字母表》(A Table Alphabetical)，被認為是第一本純英文的詞典。
1755年，約翰遜 (Samuel Johnson) 的《英語詞典》(Dictionary of English Language) 於倫敦出版。在此之前，英國一直缺乏好的詞典：英語詞典的出版，一向似乎不上歐陸的主流語言。該詞典出版後，影響力立刻遍及全世界，不但為他樹立起英語權威的形象，也為之後英語和其他語言詞典的編纂立下了典範。英語作為強勢語言的地位，才算是正式確立。同時，由於《英語詞典》正式界定了現代英語 (十六世紀末葉的英語) 的拼字及詞義，約翰遜也被尊為現代英語詞典的開山始祖。

1603年，《日葡辭書》。略晚於1583年利瑪竇和羅明堅 (Michele Ruggieri) 所編的《葡漢辭典》。

1821年，強波利昂 (Champollion) 開始解讀「羅塞塔之石」(the Rosetta stone) 上的埃及象形文字。

1574年，第一本印刷版的俄文文法書在勒沃夫 (Lvov) 出版。約1586年，第一套俄文詞典編成，但將近四個世紀從未付梓。1596年，第一本印刷出版的俄文詞典——由烏克蘭語言學家Zizanii所編的《詞典》(Leksys)，於維爾拿 (Vilna) 發行。

1582年，義大利最早成立了枇糠學會 (Accademia della Crusca)，並於1612年出版了《枇糠學會詞典》。之後各國紛紛關切自己語言的純粹與優越，成立國家級的學院來編纂自己的詞典。法蘭西學院 (Académie Française) 成立於1635年；西班牙學院 (Academia Española) 成立於1713年；丹麥學院成立於1743年；葡萄牙學院成立於1779年。

1786年，瓊斯伯爵 (Sir William Jones) 提出梵語、希臘文和拉丁文這三種語言，可能都來自某一共通但未知的源頭。此一假說稱為「印歐語系假說」(the Indo-European language hypothesis)，進入十九世紀之後，漸漸獲得了證實。

1828年，韋伯斯特 (Noah Webster) 出版了《美國英語詞典》(俗稱《韋氏一版》)，奠定了美式英語的基礎，也在語言上正式宣告與英式英文分離，在美式英文的發展史上有決定性的地位。(參閱本書第74頁)
1860年伍斯特 (Joseph Worcester) 出版了《英語詞典》，廣受好評，甚至有人譽之為約翰遜之後最好的詞典，聲勢凌駕韋氏詞典。韋氏詞典與伍斯特詞典之爭，被稱為英語世界的第一次詞典大戰。(參閱本書第66頁)

清朝《爾雅》系統的訓詁書，有吳玉搢撰的《別雅》、洪亮吉撰的《比雅》、史夢蘭撰的《疊雅》。

清朝康熙年間劉淇撰《助字辨略》，開中國虛字字典的先河。其後，到嘉慶年間，再有王引之撰《經傳釋詞》，以研究經傳中的虛字為主，以子書和其他書籍的材料為輔。

唐朝陸德明的《經典釋文》雖然開集經典文字的先河，但是内容不免零星瑣碎，系統不夠嚴密。到清朝乾隆年間的阮元，則在《經典釋文》的基礎上進一步發展，編成《經籍籑詁》，是第一部彙輯經傳字史的引證於一書的大型訓詁詞典。

1646 清代内府刻印《滿文洪武要訓》，為今存滿文的最早印本。

康熙四十三年 (1704)，張玉書奉命編《佩文韻府》，在元代陰時夫《韻府群玉》、明代淩稚隆《五車韻端》「事繫於字，字統於韻」的體例下大加修訂增補，於康熙五十年而成。《佩文韻府》先按平上去入四聲依韻目分作數十部，每部收入同韻的單字當字頭，再收列兩字、三字、四字不等，但最後一字與這個字頭相同的詞語。（類似於今天以字尾排序的詞典。）由於體例中還有「對語」、「例句」，尤其方便文人查找典故，覓取對偶、調藻。
《佩文韻府》書成後八年，再由大臣編撰《駢字類編》，至雍正四年 (1726) 書成。《駢字類編》按類收詞，專收兩個字的詞，按字首排列。
清朝的重要韻書，有和《佩文韻府》成書約同時的《佩文詩韻》（也就是《佩文韻府》的單字簡本）；又是由康熙下令，李光地承修的《音韻闡微》，以及道光年間，何萱撰的《韻史》。

1807年，仁宗嘉慶十二年，英國傳教士馬禮遜 (Robert Morrison, 1782～1834) 到澳門，繼赴廣州，在廣州以木版印刷《使徒行傳》1,000部。到1815年離開時，馬禮遜編成中國第一部英語學習詞典，即《華英字典》。《華英字典》全書分三個部分：第一部分名「字典」，漢英對照，共三卷。第二部分名「五車韻府」，共兩卷，於1819年出版。第三部分是英漢字典，單卷本，1822年出版。馬禮遜也最早完整地翻譯了《新舊約全書》。
此後大約六十年間，在中國參與英語學習詞典編輯的重要人物，有衛三畏 (Samuel Wells Williams)、麥都思 (Walter Henry Medhurst)、羅存德 (Wilhelm Lobscheid)、盧公明 (Justus Doolittle)、陸禮遜 (W. T. Morrison)、那爾敦 (M. J. Knowlton)、司登特 (George Carter Stent) 等人。（參閱本書第30頁）

中國人編的第一本英語詞典，則是一位鄺其照先生編的《華英字典集成》（成書約於1867～68年間）。周作人寫的一篇文章裡提到，據說連日本福澤諭吉學英文的時候，都是用這本詞典的。《華英字典集成》目前所知唯一的一部，收在東京御茶之水圖書館裡。）後來1899年日本由增田藤之助翻譯校訂的《英和雙解熟語大辭彙》，即是由鄺其照原著而來。
鄺其照是廣州聚貿村人，曾任清朝政府派駐新加坡的商務領事、駐美商務參贊助理等職，並著有《台灣番社考》一卷。

1718 康熙五十七年，中國最早用新法測繪的中國地圖《皇輿全覽圖》，歷時十年而成，以西洋銅版刻印。

1701年，陳夢雷開始編纂《古今圖書集成》，至雍正六年 (1728年) 完成。後由蔣廷錫修訂。為中國現存最大的一部類書。

1791 程偉元將曹雪芹、高鶚所撰《紅樓夢》120回本，首次用活字排印出版，被稱為「程甲本」。

1773 高宗乾隆三十八年，清廷開四庫全書館，編纂《四庫全書》，由紀昀為總裁官，全部完成於乾隆五十二年 (1787年)，是中國最大的一部叢書。

1900 敦煌遺書發現；八國聯軍攻入北京。

1899 光緒二十五年，美國提出「門戶開放」政策；義和團運動開始。

1897 光緒二十三年，商務印書館創立。

1894 甲午戰爭。

1889 光緒十五年，河南殷墟發現甲骨文。

1876 德宗光緒二年，中國開始有鐵路。

1872 中國第一批留學生出國；上海設招商局。

1862 清廷在北京設立同文館，翻譯出版西方著作。

1860 新教教士在上海創立美華書館，近代機器印刷輸入中國。

1840 鴉片戰爭。

清

1700　　　　　1800　　　　　1900

1704 耶穌會的《Dictionnaire de Trévoux》首次出版。
1751 達連伯 (d'Alembert) 及狄德羅 (Denis Diderot)《百科全書》(L'Encyclopédie) 開始出版，1765年全部出齊。
1769 工業革命。
1771《大英百科全書》開始出版。
1789 法國大革命。

1838年離開哥廷根大學之後，格林兄弟 (Jacob and Wilhelm Grimm) 開始著手編輯他們的《德語大詞典》(Deutsches Wörterbuch)。格林兄弟去世時，這部詞典只編到F部，後來由德語世界大批頂尖的語言學家遵循他們所訂下的編輯體例持續下去。1960年，總共八十卷的《德語大詞典》終於完成，前後花了120年時間。（參閱本書第75頁）

1853 美國軍艦打開日本長達兩百多年的鎖國政策。
1853 迪茲 (Diez) 出版羅曼語系 (Romance language) 的語源學詞典，為此類詞典設立新標準。
1859 達爾文出版《物種起源》。
1879 愛迪生發明電燈。
1880 杜登 (Konrad Duden) 在鐵血宰相俾斯麥的支持下，出版了《德意志語言正字法大詞典》。這是著名「杜登詞典」的肇始。
1891 日本大槻文彥出版《言海》。

1852年，羅傑 (Peter M. Roget) 出版了《英語詞彙及片語寶庫》(Thesaurus of English Words and Phrases) 一書，後來成為了著名的《羅傑同義詞典》(Roget's Thesaurus) 的藍本，也成為同類書的典範。

《牛津英語詞典》(The Oxford English Dictionary，俗稱OED) 由1857年起籌備，1879年，莫瑞 (James A. H. Murray) 擔任主編，埋首36年，做出了決定性的貢獻。《牛津英語詞典》經過了前後共計71年時間，終於在1928年出齊，其影響力超越英語世界，成為全世界大型詞典的典範。（參閱本書第76頁）

日本最早的兩本英和詞典：堀達之助的《英和對譯袖珍辭書》(1862)、美國人James Curtis Hepburn (日本名「平文」) 的《和英語林集成》(1867)。平文為日文訂下的羅馬字拼音法，不但影響日本深遠，對日後中文羅馬拼音法也有相當的影響。
明治維新開始的第二年，也就是1869年，上海美華書館的美國活版技師，把活版印刷術帶入日本，引發了日本的印刷及出版革命。同年，衛三畏 (Samuel Wells Williams) 的《英華韻府歷階》，在日本翻刻為《英華字彙》出版。其後，羅存德 (W. Lobscheid) 所編的《英華字典》，在日本也被改編為《英華和譯字典》、《訂增英華字典》等出版過。
明治維新開始之後，日本焦急於富國強兵之道，覺得漢學無用，因而在十九世紀末葉出現漢字亡國論，因而有假名文字運動，以及羅馬字運動等等「國字改良」的爭論，預示了三、四十年後中國所發生的種種現象與爭論。隨著明治維新有成，中午戰爭後兩國國勢逆轉，日本人對語言、詞典的各種理論、形式，回頭對中國產生深遠影響。（參閱本書第36頁）

十九世紀隨著殖民帝國的擴張，歐洲人開始對世界其他地區與族群的語言產生興趣。比較語言學、比較文法學，以及印歐語系理論的提出，都是此一時期語言學的特色。其代表人有拉斯克 (Rasmus Rask，1818年發表《古代北方或冰島語言起源的研究》)、雅各·格林 (Jacob Grimm，1822年發表格林律 (Grimm's Law))、伯普 (Franz Bopp，1816年發表《論梵語的動詞變化系統》)，1824年首次使用「聲音律」(phonetic law) 一詞、波特 (August Pott，1833年出版《字源學研究》)。

十九世紀末葉，法國出現兩本重要詞典，一是利特雷 (Emile Littré) 的《法語詞典》(Dictionnaire de la langue française)，一是拉魯斯 (Pierre Larousse) 的《萬有大詞典》(Grand dictionnaire universel)。拉魯斯的詞典，以每一個條目都有例句，加上大量解說性的圖解、百科性質的内容，以及部分彩色頁的印製，為全世界的詞典編輯開啓了一派所謂糅合了「指導與娛樂」的「拉魯斯風格」。

1887年，柴門霍夫 (L. Zamenhof) 創制世界語 (Esperanto)。

1912年，商務印書館出版陸爾奎等編的《新字典》，是第一部收錄現代科學新字的字典。同時附中國歷代紀元表、中外度量衡表、檢字表，後為後來詞典所沿用。同年，中華書局創立。

1917年，胡適在《新青年》上發表《文學改良芻議》，文言與白話之爭由此展開。同年，錢玄同在《新青年》上，刊載致陳獨秀的公開信，首次提出漢字書寫「豎改橫」的見解。

1928年，王雲五四角號碼檢字法完成。1930出版《王雲五大辭典》，1931出版《王雲五小辭典》，風行一時。1936年成立《中山大辭典》編纂處，但也同樣因為抗日戰爭爆發而沒能完成，僅於1938年由商務印書館出版《中山大辭典一字長編》，為日後大型中文辭典的編輯，提供了理論借鏡和經驗參考。（參閱本書第80頁）中共建政後，《王雲五小辭典》被改為《四角號碼新詞典》，流傳至今。

南京條約開放五口通商之後，有些外國傳教士為了走入中國的群眾，開始以羅馬字拼音代表漢字，推動「教會羅馬字」，以求建「一條達到文盲心中去最直接的道路」，後來雖沒有普及，但還是產生一些影響。
1892年，盧戇章仿拉丁字母筆畫，自造「中國切音新字」字母，但不要求廢除漢字，而是「切音字與漢字並列」，是清末提倡中文拼音的最早方案。1900年，王照創制「官話字母」，以求「漢字旁邊音著字母，借著字母就讀得漢字」。這些都預示後來注音字母的出現。
1913年 教育部召開「讀音統一會」會議的成果之一就是擬定了一套「注音字母」，但沒有立即推行，要到文白之爭掀起之後的1918年才正式公布。
五四之後，急於對文化與社會改革的人士由於認為漢字「最糟的便是它和現代世界文化的格格不相入」，因而提出「廢除漢字，採用新拼音文字案」，也就是「羅馬字運動」。「羅馬字運動」最終就給了注音字母，注音字母後來正名為「注音符號」（說明它的任務是給漢字注音而不是新文字），羅馬字拼音則改稱為「注音符號第二式」。
1930年代，由左派人士發起的拉丁化新文字運動又興起，直到抗戰開始，被國民政府查禁。此後國民政府統轄區內通行與注音符號結合的國語運動，拉丁化字母則流傳到延安地區，到中共建政後與漢語拼音等運動結合出另一波高潮。

1912 中華民國建立。

1915年，商務印書館出版《辭源》，標示了兩種新的時代意義。第一，首先提出與「字書」相對的「辭書」的說法，也預示了後來各種「辭典」與「詞典」之出現。第二，大規模融會中西、新舊文化，企圖為讀者解決「社會口語驟變……法學、哲理名辭稱疊盈幅」的困惑，開了中文「百科辭典」的先河。（有關《辭源》，請參閱本書第78頁。）
同年，中華書局出版由陸費逵、歐陽溥存主編的《中華大字典》，在承續《康熙字典》的基礎上，一方面吸納了清朝乾嘉考據、文字學的成果，一方面加入新時代的編輯思想（如注音簡化、字頭分列、正俗字詞並收），在「字書」上建了新的成果。

1926 錢玄同、趙元任創制「國語羅馬字」。

1919年，五四運動，文白之爭進入高潮，同時還有注音字母與「國語羅馬字」之爭。

1936年，中華書局出版《辭海》，是繼《辭源》之後中國第二部綜合性現代百科性質的詞典。不過《辭海》以語詞為主，兼收百科，《辭源》則以百科為主，兼收語詞。語詞方面也進一步強調近、現代新生詞彙，以及科學、藝術類的詞彙。

1928年，「國語統一籌備委員會」下成立「中國大辭典編纂處」，著手編輯《中國大辭典》，主其事者有黎錦熙、魏建功、錢玄同等人。《中國大辭典》從各種語料源頭進行搜集，歷時四年後，因為日軍進犯北平而移守，後終至停頓。《中國大辭典》雖然終未編成，但是在1936年出版《國語辭典》，成為國民政府時期所出版的第一部現代漢語概念的詞典。另外十多種中、小型詞典，也為教育之普及貢獻了很大的力量。

1931 九一八事變：瞿秋白、吳玉章等創制「拉丁化新文字」。此後，並有「大眾語運動」。

1928年，陳鶴琴做詞頻統計，編成《語體文應用字彙》。

1951 大陸開展「鎮壓反革命運動」，台灣開始「耕者有其田」。

1949 中華人民共和國建立。

1937 七七事變。

1934 黎錦熙著《國語運動史綱》。

1900

1900 華沙大詞典（Warsaw Dictionary）開始出版。
1911 《The Concise Oxford Dictionary》出版。
1914 第一次世界大戰開始。

二十世紀開始，科技發展飛速，詞典裡新生詞條、科技名詞占的比重日益加大。有學者估算，在美國大學詞典裡，有百分之二十五到三十五的詞條是科技詞彙。

1901年，德國進行這個世紀第一次的正字法（orthography；Rechtschreibung）改革，確立了現代德文的樣貌。1996年，德國推行第二次正字法改革，但引起眾多爭議。

1905年出版的《小拉魯斯詞典》（Le petit Larousse）由《拉魯斯詞典》縮編而成，為一般大眾設計，便於攜帶，在頭四個月就賣出了十萬本，成為後來各種縮編版小詞典的典範。列寧在十月革命成功後，曾經盼兹在兹地希望蘇聯也能編出一本這樣的詞典。

1913年，美國芬克與瓦格納（Funk & Wagnalls）出版《新標準詞典》（New Standard Dictionary），與梅里亞姆（G. & C. Merriam）韋氏詞典展開英語世界的第二次詞典大戰。（參閱本書第66頁）

1920

1917年，俄國十月革命，「布爾什維克」、「蘇維埃」、「自我批評」、「五年計畫」等詞彙進入全世界各種語言之中。十月革命後，蘇聯總人口的百分之七十二是文盲，甚至有115個民族和部族根本沒有文字，因而列寧發出「一個充滿文盲的國家不能建成共產主義」的概嘆，啟動長達15年的「文字拉丁化運動」。後來中共在這種影響下，很早就意識到「革命和建設沒有文化是不能奏效的」。

1917年，Daniel Jones編的《An English Pronouncing Dictionary》出版。

在英語學習詞典的方面，日本進入二十世紀後百花齊放，1915年齋藤秀三郎所編的《熟語本位英和中辭典》（日英社），對英語搭配法（collocation）的重視，是經典性的代表作。其後研究社、三省堂、岩波書店等推出各種英語學習詞典，不一而足。

1942年，洪恩比（A. S. Hornby）等人在東京研究編輯以日本人為對象的英語學習詞典，出版《Idiomatic and Syntactic English Dictionary》（簡稱ISED），不但開啟EFL（母語非英語的人士學習英語）詞典的先河，並且在諸如「可數名詞」與「不可數名詞」等文法上的創見也回頭對英語世界產生重大影響。1948年，牛津大學出版社重出這本詞典，更名為《A Learner's Dictionary of Current English》，然後在1963年修訂，再度更名為《Advanced Learner's Dictionary of Current English》，廣受歡迎至今。

1928《牛津英語詞典》第一版出齊。

1932 埃及國王弗亞德一世（Fuad I）論令成立皇家阿拉伯語學院（Royal Academy of the Arabic Language）。

1939 德軍攻波蘭，第二次世界大戰開始。「法西斯」、「納粹」、「閃電戰」、「裝甲」進入世界各種語言之中。

1945 「正字法協定」（Acordo Ortográfico Luso-Brasileiro）在8月10日簽訂，將葡萄牙和巴西所用的葡萄牙語統一起來。

1948 日本朝日新聞出版《新聞用語事典》、自由國民社出版《現代用語之基礎知識》，開啟新一波新詞詞典的熱潮。

二次大戰結束後，輟學或失學從軍的美國軍人回國，紛紛在政府的鼓勵下進入大學校園，因而掀起「大學詞典」（College Dictionary）的熱潮，進而成為美國詞典的主流。

1951年，侯貝（Paul Robert）出版了法語詞典，之後於1967年出版《小侯貝詞典》（Le Petit Robert）。

挪威由於長久接受丹麥統治（一直到1814年），因此挪威人一直使用著丹麥語做為書面語言。後來挪威使用一種稱為「丹挪語」（Dano-Norwegian）的書面語來拼寫自己的語言。二十世紀初期，挪威政局發生重大變化，1917年挪威通過拼字法案，要求全面採行新的拼字方式，以便讓書面語能貼近挪威人民當所普遍使用的口語。

1957年，喬姆斯基（Noam Chomsky）發表《語法結構》（Syntactic Structures）。
語言學原來一直是和歷史研究（字源學、歷史語言學、比較語言學）及詞典編纂（lexicography）分不了關係。到喬姆斯基的《語法結構》出版後，語言學開始大幅轉向，成為一種科學的、偏重語言抽象結構的研究，正式跟古典、傳統的人文學科分離，他也贏得「現代語言學之父」的美稱。

1949年，中共接收北京，政權交替，原來散居中國各地的外籍神父，南遷澳門。羈旅中開始一個中文對五國語文的詞典編輯計畫。1952年，工作團隊移往台中。1960年代，五國語文計畫僅剩法語詞典的小組在繼續。再四十年，2002年，《利氏漢法辭典》得以成功。（參閱本書第48頁）

自1956年起，《現代漢語詞典》（第一任主編呂叔湘）的編輯方針就設定為推廣普通話、促進漢語規範化的中型詞典。到1973年，由北京商務印書館出版，旋即成為鬥爭對象，後來文革結束後的1978年底才再度出版。嗣後多次修訂，至今銷四千萬冊。
1976年，台灣的教育部則展開重編《國語辭典》的工作，設立以葉公超為首的指導委員會，歷時五年，在1981年編成《重編國語辭典》，由台灣商務印書館出版。

由於長期歷經各種政治運動，大陸的字、詞典編輯陷入停頓。等文革進入末期，1975年，大陸由政府制定了十年內編寫出版160種中外語文詞典的規畫。《漢語大字典》和《漢語大詞典》是其中的代表。前者以收字為主，力求全備，不避辭字、怪字，於1990年出齊；後者以收複詞、固定詞組為主，1993年出齊。這兩部書出版後，大陸不但免除長期「大國家，小字典（新華字典）」的尷尬，更為中文辭書出版立下了新的里程碑。
與這同一時期，由於大陸進入改革開放階段，出版者和讀者同時爆發了對工具書供給與需求的高峰，造成近二十年來的大陸工具書熱潮。不只漢語辭書，英語學習詞典也有《足本世紀英漢詞典》等代表作問世。

中共建政後，很快就宣布了以「簡化漢字」、「推廣普通話」、「創定和推行漢語拼音」的文字改革三個任務。同時，標了「以啓蒙為目的……適應解放全中國以後新形勢的需要」，成立「新華辭書社」，請魏建功主編《新華字典》，於1953年出版第一版，至今前後修訂十次，總銷量3億冊。

1957年，毛澤東視察上海時，舒新城重修《辭海》的主張獲得同意，次年起，大陸分別開始《辭海》與《辭源》的修訂工作。《辭海》被定位為百科詞典，於1979年出齊三卷本修訂版，其後每十年修訂，迄今銷售600萬套；《辭源》則被定位為古漢語詞典，於1983年出齊四卷本修訂版。

1960年代，台灣由中國文化學院在政府部門支持下，以諸橋轍次《大漢和辭典》為藍本，出版了《中文大辭典》。在嗣後相當長的一段時間裡，成為中文世界的一個標竿。

1990年代起，掌上型電子詞典開始流行。

1958 中共人大通過「漢語拼音方案」；大陸開始「大煉鋼、人民公社、大躍進」；八二三砲戰。
1956 大陸開始「百花齊放，百家爭鳴」，次年開始反右運動。
1954 大陸開始進行漢字簡化方案，1964 年編成「簡化字總表」。

1977 大陸光明日報發表《實踐是檢驗真理的唯一標準》。
1966 文化大革命開始。
1964 中共首爆原子彈。
1962 台灣文星雜誌引發「中西文化論戰」。

1989 天安門事件。
1987 台灣解嚴，通過大陸探親辦法。
1986 大陸發表《簡化字總表》，1988年《常用字表》、《通用字表》。
1979 朱邦復公布「倉頡輸入法」，次年與宏碁電腦合作推出「天龍中文電腦」，開啓中文電腦的時代。

2000 台灣第一次政黨輪替。
1997 香港回歸中國。
1992 鄧小平南巡講話。

1960

1956 日本岩波書店出版《廣辭苑》。
1976 蘋果一號個人電腦問世。

1980

1990 提姆‧柏納李開啓World Wide Web時代。
1997 複製羊「桃莉」在英國誕生。
2000 DNA密碼被破解。

2000

1956年，杜登出版社開始出版全套的《杜登德語大詞典》（Große Duden），這套詞典一共有十卷，一直到1965年才出齊。杜登出版的德語詞典編輯方向，不但一直是德語詞典界的標竿，他們出版大量名詞圖解的詞典還被譯為其他語文，成為圖解詞典的代名詞。

1960年代，「法國國家科學研究中心」（CNRS）開始進行了另一個巨大的詞典工作：《法語寶典》（Le trésor de la langue française）。《法語寶典》針對十九及二十世紀的法語詞彙做了最完整的整編，從1972年出版第一卷，以二十多年時間出版了十六卷紙本。進入1990年代，更進一步將它電子化，並於2002年推出網路版。在網路上簡稱Trésor。

1921年，桑戴克（Edward L. Thorndike）為了出版《教學字彙本》（Teacher's Word Book），建了現代第一個大型英語語料庫，並導出「字頻」（frequency of words）的觀念。1930年代，致力開發ESL（母語非英語的讀者）學習詞典的人物，諸如洪恩比、韋斯特（Michael West），以及帕爾瑪（Harold Palmer）等人，都紛紛投入相關的研究，開始「詞彙控制運動」（Vocabulary Control Movement）。
到1950年代末，由於語言學研究巨擘喬姆斯基對語料庫的研究抱持反對態度，語料庫研究陷入低潮。
1960和70年代，雖然也有電腦建的「布朗語料庫」（Brown Corpus），和倫敦一倫敦（London-Lund）語料庫，但是電腦真正和語料庫相結合，還是1980年代之後，電腦普及與進步之後的事情。COBUILD語料庫計畫首先成立後，不但改變了詞典編修的方式，也促成許多其他語料庫ESL/EFL詞典風行，蔚為主流。（參閱本書第136頁）。同樣的編寫理念也影響到其他語言的詞典，例如德國的Langenscheidt，法國的Le Robert，都有供外國學習者所使用的「簡易版」詞典，有的甚至會為外國人全新編輯一套專供學習使用的詞典。

1963年，Sadnik和Aitzetmüller的斯拉夫語系比較詞典開始印行。1975年，Herman的斯拉夫語族詞典出版。

1989年，由J. A. Simpson和E.S.C. Weiner所領軍的《牛津英語詞典》第二版終於編輯完成，開始出版。

1961年，《韋氏新三版國際詞典》（Webster's Third New International Dictionary）出版，因為對於當時流行的美式英文，採取了一種較寬鬆的態度，引起相當大的爭議。韋氏第三版與輿論及《美國傳統英語詞典》（The American Heritage Dictionary of the English Language）之爭，是為英語世界的第三次大戰。（參閱本書第66頁）

1990年起，CD-Rom的普及、掌上型電子詞典的出現，以及後來網路的興起，又進一步改變了詞典的許多面貌。1991年，藍登書屋出版光碟版的《足本藍燈書屋韋氏詞典》（Unabridged Random House Webster Dictionary），是電子詞典的代表之一。

1995年，柯林斯（Collins）、朗文（Longman）、牛津、劍橋四家出版公司幾乎在同一個時間推出各自的新版本詞典與新詞典，不但在市場上激烈較勁，許多研究學習詞典的專家也從各個角度加入論戰，因而成為英語世界的第四次詞典大戰。

英漢詞典與傳教士

十九至二十世紀初傳教士編著的幾部重要英漢詞典

文／周振鶴

馬禮遜《華英字典》的最後一個部分才是英漢字典，出版於1822年。本書為周振鶴收藏。（張偉然／攝影）

馬禮遜《華英字典》

英國倫敦佈道會（the London Missionary Society）傳教士馬禮遜（Robert Morrison）於1807年9月隨美國商船至澳門，並繼而赴廣州。由於當時新教諸教會在中國並無傳教基礎，兩年後，馬禮遜到東印度公司任職翻譯，直至1815年離開。《華英字典》就是在東印度公司期間編著而成的，共分三個部分。第一部分名「字典」，漢英對照，按部首排列，共三卷，分別於1815、1822、1823年印出。第二部分名「五車韻府」，依韻部排列，共兩卷，於1819、1820年出版。第二部分卷末還附有索引及楷書、行

書、草書、隸書等多種書法的例字。第三部分是英漢字典，單卷本，1822年出版。

馬禮遜在倫敦時曾在一名中國人的指導下學習過一年漢語，抵廣東後在編著出版字典之前曾翻譯過《三字經》、《大學》，編過漢語語法書，因此對中國的文化背景及中文字詞、語法的特點都有一定的認識。在字典的英漢部分，作者單列一章，比較表音文字和表意文字的優缺點。他認識到漢語是「形所言之義而不達語音」的言語，學人須「音義俱心記」，但同時漢字可表形，並且「字樣可恆存」而「不以各地語音不同則輒要更改」。在對英文的例解中，作者常舉《論語》、《紅樓夢》中的句子為例句，如 learn（學習）的例句是「學而不思則罔，思而不學則殆」；face（臉）的例句是「平兒自覺面上有了光輝」。作者敏銳地觀察到其時佛教在百姓人家中的影響，收錄了大量的佛教用語。亦對中國文化的獨特之處作了介紹，如解釋 actor 為做戲的、裝扮做戲的人之後，進一步講到「分作生、正生、武生、旦、丑、末、正旦、婆腳、花旦、跌旦」，並在 drama 一詞後將傳統戲曲的「十二科」也一一列出，以與西洋戲劇相對照。

《華英字典》是世界第一本英漢—漢英對照字典，篇幅巨大，內容浩繁。英漢部分對所收的每一個英語詞條都有豐富的例解，並大量收錄了成語、俗語，使讀者得以透過字面放眼深厚的文化背景。由於兩種語言的基本構詞法和語域的差異，以及作者編書當時所在地粵方言的影響，使得字典的翻譯用語與當時通行的漢語書面語與官話還有一些距離。但著實為早期來華的新教傳教士學習漢語提供了很大的便利，並成為後來其他

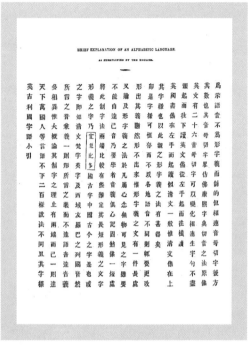

馬禮遜《華英字典》的英漢字典部分的前言。請注意直排中文自左至右。（張偉然／攝影）

洋人編著較有系統的英漢字典的參照基礎。

此後的二十年（即1823～43年）中，幾乎無人問津於編著系統的大部頭的英漢字典，直至1844年衛三畏（Samuel Wells Williams）的《英華韻府歷階》和1847～48年麥都思（Walter Henry Medhurst）的《英漢字典》的出版。

衛三畏《英華韻府歷階》與麥都思《英漢字典》

美國公理會（the American Board of Commissioners for Foreign Missions）傳教士衛三畏青年時代在紐約曾學習過出版印刷，1833年至廣東後不久被派任為東印度公司澳門印刷所的負責人。1842年，因長期在中國南方和南洋一

帶傳教工作的關係，衛三畏對粵語和閩語都有一定認識。他把這兩種「令陌生人摸不著邊際」的方言字詞編入《英華韻府歷階》的索引，即漢字按部首排列在先，粵語、閩語、官話三種讀音分隨其後，但字典的主體部分仍按官話系統編寫。採取這種方法的原因，衛三畏認為，粵語和閩語中的一些方言字詞讀音很難用現行漢字寫出，即使寫出，也不一定符合這個方言字詞的本義。而如用音標對漢字注音，只要懂得從索引中循音查字，便可以在字典中找到相應的英語意思和官話的書面表達了。為此，他在導言中還編寫了一套「正音體系」，用表格形式列出了一部分方言字的音標注音，以使人們更方便地查尋使用。

倫敦佈道會傳教士麥都思 1816 年離開英國，早年在南洋一帶傳教，是米憐（William Milne）在馬六甲開辦的印刷所的主要負責人之一。 1843 年底他與雒魏林（William Lockhart）一同到達上海，隨後將他在巴達維亞（今印尼雅加達）建立的印刷所也遷至上海，定名墨海書館。麥都思一生從事出版印刷工作，本人亦著有宗教書物、歷史和地理的知識性讀物，編有《特選撮要每月統記傳》等綜合性雜誌，著述共計近百數之多。他通曉漢語方言和日語、馬來語，編有《福建方言字典》（1832 年）、《英日─日英字典》（1830 年）、《漢英字典》（1842 ～ 43 年）、《英漢字典》（1847 ～ 48 年）及一些供入門之用的漢語日常用語會話集和基礎性的語言教科書。在《英漢字典》的序中，麥都思提到了他在編寫字典的過程常感困惑的一個問題，即語詞的多義性，很難找到在兩種語言中能恰好對應的概念，一些英語詞的引申義用幾個漢字似乎也說不太清楚。如果少部分術語名詞在漢語中還不能

找到，作者便不得不「發明創造」了。如 botanist（植物學家），麥都思的字典中就譯作本草家、識花草者、花師，用「家」、「師」表示精通熟悉這一方向的人，而此前馬禮遜字典裡的解釋乃是頗為冗長的「諸草花總理之人」。但這種發明情況並不多遇，麥都思在他的序中還提到，這本字典是在馬禮遜的英漢字典的基礎上編定的，還參照了一位無名氏的拉丁漢譯手稿，同時得到了很多中國人的幫助。

羅存德《英華字典》

1866 年，香港出版了一部兩卷本的《英華字典》（*English and Chinese Dictionary*），十開，兩千餘頁，由禮賢會（Reinischen-Missionsgesellschaft）傳教士羅存德（Wilhelm Lobscheid）編寫。羅氏乃德國人， 1848 年至香港傳教， 1853 年成為香港的中國福音傳道會（Chinese Evangelization Society）的主要負責人。在香港工作期間，羅存德除編寫過一些宗教雜誌及教科書外，在語言方面，著有《英話文法小引》、《英華行篋便覽》及漢語語法、粵方言詞彙方面的手冊。系統地編寫一部英漢字典是因為數次重印的舊版字典已與「時代需求」不相符合，對英文的漢譯總是那些陳舊的詞語。西方近代工業革命後產生的新學科、新技術、新事物，使新的術語名詞不斷添入到英語的字典裡。同時，門戶開放以後，沿海城市受到了西方文明的衝擊，新事物很快就對港澳、通商口岸及租界周圍人們的生活方式和生活態度產生了直接的影響。 1853 ～ 55 年發行於香港的綜合性月刊《遐邇貫珍》就常常以大量的篇幅介紹「水氣船」（用蒸汽機發動的輪船）、火輪車（火車）、電氣

線（電線）及生物和地質方面的知識。然而這一時期的詞彙手冊卻大多沒有收入這些科學術語。正如羅存德在序中所言，一些新事物雖已為中國人知曉，卻沒有固定的命名收入字典；特別是近代學校如京師同文館、上海廣方言館等的建立，使學生們系統地學習到了外語和西學知識，然而在閱讀翻譯西方最新的科學著作時，還沒有一套完整的學科術語以備查用。因此，羅存德在編著過程中不僅對先前字典中的漢譯進行了篩選，主要還添加了各個學科分支的專門術語名詞，並將天文部分交給偉烈亞力（Alexander Wylie）負責。如首次收入了 photograph（照片）—影相；temperature（溫度）—天氣；譯 heat（熱、熱度）為熱、熱氣；將 electricity（電，電學）譯作電氣、電氣之理、電氣之道，而此前麥都思的《英漢字典》將其解釋成琥珀磨玻璃發火之法，顯然還算不上一個專門的名詞。

盧公明《英華萃林韻府》與睦禮遜《字語彙解》

六年後，美國公理會傳教士盧公明（Justus Doolittle）編寫出版的《英華萃林韻府》更系統地收集了專門學科的術語名詞。編者在下卷中列出了五十多個條目，分別介紹物理學、代數學、幾何學、地理學、生物學等有關學科的專門術語，另有中西度量衡的轉換、方言字詞的舉例、海關通商專例、佛教及道教中的概念，還以大量的篇幅收集了漢語中的習字俗語，甚至涉及了京城的街道名稱和鋪面的稱呼。一些西方出現的新事物，在這裡已有了中文名字的「雛形」，如 steam engine —汽機；valve —舌門。當然，具體條目的編寫不是只他一個人能完成的工作，編者在序中提及一些「中國專家」功不可沒。這位長期居住福建的傳教士，到過天津後方才知道閩方言與北方方言竟然形同陌路。在《英華萃林韻府》

十九世紀末澳門耶穌會教堂。

Corbis

的導言中，盧公明列舉了兩地語音的主要不同，以便讀者在查閱過程中相互參照。

日本東洋文庫將 1876 年在上海出版的睦禮遜（W. T. Morrison）的《字語彙解》列位於方言字典，因卷首就有對寧波土話的音標注音表，對解釋英字的中文亦按表格中的規範注音。但細察字義的中文表達，多不是寧波土話，而僅是用方言的讀音標注書面的官話翻譯，因而這裡也將其列入英漢（官話）字典的考察範圍。在這本冊子的封二上，工整地寫著著者的名字「睦禮遜惠理」，但序卻不是作者的親筆，因付梓之前睦氏已於 1870 年在北京病故。他在中國的時間不長，1860 年由美國長老會（the Board of Foreign Missions of the Presbyterian Church in the United States）派遣到寧波傳教，十分盡職盡責，1865 年初因身體狀況不佳回美國。兩年後，睦禮遜將傳教注意力放到中國北方，但在北方居住不久便亡故了。《字語彙解》是以睦氏在寧波收集的方言材料和最初輯成的手稿為基礎，經傳教士那爾敦（M. J. Knowlton）修訂後出版的。序言無署名，序前有睦禮遜寫的關於寧波方言的字母表。其中說道，地方方言不盡能以一般的漢語書面語表達，因而對其意義的理解往往就會間隔一道屏障；而用羅馬字母拼音的一套系統，人們只要識字母拼字音，便可直接知曉意思。沿海城市開埠後，許多抵達寧波的外國人對當地並無一本用來學習方言的字典或教科書表示出驚訝，睦氏編寫《字語彙解》正是為了滿足人們的需要。他初到寧波時便將羅存德、麥都思、艾迪瑾（Joseph Edkins）等人編著的字典、詞彙手冊拿來對照，選取基本字詞，志在編成一本供人日常生活會話的字典。所以在編選過程中，詞義並不求面面俱

近代中日兩國的英語詞典

日本最早的兩本英和詞典：堀達之助的《英和對譯袖珍辭書》（1862）、平文（James Curtis Hepburn）的《和英林集成》（1867），雖然晚於 1820 年代馬禮遜在中國編的《華英字典》，但是和第一本中國人編的英漢字典，也就是鄺其照編的《華英字典集成》（成書於 1867 至 68 年間）相比，則年代相當。後來 1899 年日本由增田藤之助翻譯校訂的《英和雙解熟語大辭彙》，即是由鄺其照原著而來。（鄺其照事，請參閱本書第 81 頁。）明治維新開始的第二年，也就是 1869 年，上海美華書館的美國活版技師，把活版印刷術帶入日本，引發了日本的印刷及出版革命。同年，衛三畏（Samuel Wells Williams）的《英華韻府歷階》，在日本翻刻為《英華字彙》出版。其後，羅存德（W. Lobscheid）所編的《英華字典》，在日本也被改編為《英華和譯字典》、《訂增英華字典》等出版過。

進入二十世紀後，日本在英語學習詞典方面百花齊放。1915 年齋藤秀三郎所編的《熟語本位英和中辭典》（日英社），對英語搭配用法（collocation）的重視，是經典性的代表作。其後研究社、三省堂、岩波書店等推出各種英語學習詞典，不一而足。由此而觀，到 1940 年代，洪恩比（A. S. Hornby）等人在東京開始研究編輯以日本人為對象的英語學習詞典，日後不但開啟 EFL（母語非英語的人士學習英語）詞典的先河，並且在諸如「可數名詞」與「不可數名詞」等文法上的創見也回頭對英語世界產生重大影響，也就其來有自。而今天風行大陸的《英華字典》，台灣的《大陸簡明英漢辭典》都本出日本，也就不足為奇了。（傅凌）■

到，對於英語詞的漢解，也盡量挑主要的意思講，並更貼近生活用語。因此在這本字典中，幾乎找不到十分專業的術語名詞。

司登特《漢英合璧相連字彙》與赫墨齡《官話字典》

接下來要講的一本字典不是由傳教士所編，而是出於開埠後一位到中國海關任職的英國人之手。他叫司登特（George Carter Stent），1869 年來華，曾在煙台、上海、溫州及汕頭等口任職，1883 年任台南代理稅務司。他研究過北京土語，編有《A Chinese and English pocket dictionary》(《漢英袖珍字典》)、《漢英合璧相連字彙》(Chinese and English Vocabulary in the Pekinese Dialect)。後者第一版於 1871 年付梓，1877 年出增訂版。1905 年出的版本是為了紀念他的去世二十週年，由海關稅務司赫墨齡（Karl E. G. Hemeling）在前兩版的基礎上修訂的，增補了專業詞彙近千條。赫墨齡本人自 1898 年進中國海關後長期在沿海埠口任職，1905 年任盛宣懷的秘書，1917 年中國對德宣戰後，北洋政府將其解職。赫氏研究漢學頗有成就，編有《南京官話》、《官話字典》及《翻譯手冊》等，其中 1916 年出版於上海的《官話字典》就很值得一提。

在《官話字典》的序中，作者說明他的意圖是將這本字典編成日常會話用語和專業名詞術語兼備的大字典。特別要收入的是「新詞」，盡可能地涉及到所有學科的細小分支，將軍事、科技、宗教、民俗、商業、政治等方面的用語全部包含。這樣，不論是在街頭叫賣的商業小販，還是書齋裡的專業人士，都可從這本字典中受益匪

淺。於是，赫氏從在京任海關稅務司起便開始收集各方面的詞彙材料，包括口語的和書面語的，並請來南北各地的十位中國學者共同編纂。在收入的字詞類型上，有「俗」、「文」、「新」、「部定」四種，分別在中文解釋的末尾用大括弧標出。「俗」是俗語，「文」是書面語。「新」是新詞，包括漢語中原有詞彙的「舊詞新解」和日語借詞，作者指出，這些詞在其時的日常會話語中占了很大一部分。字典中收入的「部定」詞是 1909 年嚴復任教育部「審定名詞館」總纂時對專門的學科術語名詞作出的「標準」翻譯。共近三萬條，涉及代數學、邏輯學、心理學、倫理學、經濟學、歷史學、植物學、有機化學、無機化學、動物學、物理學、機械學、地理學、醫學等五十一門學科。如 economics（經濟學）—富國策，經濟學｛新｝，理財學｛新｝，計學｛部定｝，國計；economist（經濟學家）—計學家｛部定｝，經濟學者｛新｝，大體是這一格式。在專門詞彙前還註明是哪一門學科的術語，如 abstract —〔代數學〕懸數｛部定｝，不名數｛部定｝；〔邏輯學〕獨立之名｛部定｝，懸名｛部定｝，虛字。和以前的一些傳教士編寫的英漢字典及同一時期的其他英漢字典相比，赫墨齡的《官話字典》算得上收錄詞條最多、學科門類最齊全、規模最大的一部了，並且體例比較靠近現代字典的模式，對一些概念的解釋在這裡也發生了重要的轉變，或先前飄忽不定的詞義在這裡也有了歸納總結。 ■

本文作者為復旦大學歷史地理研究所教授

近代中文詞彙與日本的關係

文／王彬彬

進入十九世紀中葉的中日兩國，都為西方的衝擊所苦，踏上求新求變之路，但際遇大不相同。甲午戰後，日本人對語文的各種理論、應用，回頭對中國產生深遠影響。明治維新時期焦急於富國強兵之道，因而出現的漢字亡國論，以及羅馬字運動等等，也預示了日後中國的種種現象與爭論。

Corbis

1853年美國艦長培利打開日本兩百多年鎖國政策。之後日本就加快對西方文化的吸收，不但納入了許多西方詞彙、概念的外來語，也回頭輸入了中國。上圖是1861年所繪，外國人在橫濱一處貿易區活動的情況。

中日之間的文化交流史上，有著許多有趣味也有意味的事，其中有兩個時期的情形特別引人注目。一是在中國唐代，一是在近代。在唐代，先是漢字和漢語詞彙進入日本，並造就了日本的書面語；到了近代，當日本與西方相遇後，便大量使用漢字和漢語詞去譯相應的西方名詞、術語，這些譯語在清末又潮水般湧入中國，成為中國人日常語言的重要組成部分。

據統計，我們今天使用的社會和人文科學方面的名詞、術語，有百分之七十是從日本輸入的。誠如雷頤先生在〈「黃金十年」〉文中所言：「這些幾乎涉

及各類學科的新詞彙或是現代日本新創造的，或是使用舊詞而賦以新意，現在又被廣大中國知識分子所借用，這大大豐富了漢語詞彙，並且促進了漢語多方面的變化，為中國的現代化運動奠定了一塊非常重要的基石。現在我們常用的一些基本術語、詞彙，大都是此時自日本舶來。如服務、組織、紀律、政治、革命、政府……，還有像經濟、科學、商業、幹部、健康、社會主義、資本主義……。」

日人漢譯西文的方式

日本近代學人用漢語詞譯西文概念的過程，大體有以下幾種方式。

第一種方式，仍是向中國學習。中國接觸西方文化遠比日本早，七世紀就有基督教僧侶來中國傳教，十六世紀的利瑪竇，更是廣為人知的西方文化使者。傳教士與中國合作者所從事的西方漢譯的工作，尤其是漢英詞典的編纂，為近代日人翻譯西文提供了借鑑。中日今天所共同使用的譯語，如數學、理論、銀行、保險、批評、電氣等，正是當初在中國的傳教士和中國的合作者共同創造的譯法。

第二種方式，是將漢語詞的原意改造成適合於作西文概念的譯語。通過這種方式產生的譯語很多，例如革命、藝術、文化、文明、封建、國家、演說、自由等都是。其中有些漢語詞輸入日本後，意義已自然發生變化，例如「經濟」一詞，原意為「經世濟俗」，但傳入日本後，則專指財務經營、財政措施；再如「自然」，原指不依賴人力，或人對之無能為力的現象，在日文中卻有「偶然」、「萬一」、「意外」這幾種意思；又如古漢語中的「社會」，原指每年春秋兩季鄉

村學塾舉行的祭祀土地神的集會，但到了江戶末期，日本已將以教會為中心的教團、教派稱作「社會」。日人在選定這些漢語詞來譯economy、nature、society時，該不會有過多的猶豫。而更多的時候，日人必須對漢語詞的原意進行有意識的加工，才能成為合適的譯語。將漢語詞的語意抽象化，是其中一種途徑。例如「階級」原指台階和官位俸給的等級，當日人把class譯為「階級」後，便將這個詞大大抽象化了。另一種途徑則是將漢語詞的原意縮小，取其部分原意來譯西文概念。例如「文學」，漢語原泛指一切文字形態的書籍文獻，在漢唐，「文學」還是一種官職。而當日人用來譯literature時，只取了其中的部分含義。還有一種途徑，便是對漢語詞僅僅假其字而完全不取其義，甚至賦予一種與原意完全相反的意義。例如「民主」，漢語原指「庶民之主宰」，而當日人用以譯democracy時，便與漢語原意截然對立。

第三種方式，是新造漢語詞。在現有漢語詞彙中實在找不到相應的詞可作譯語時，日人便利用漢字組成新詞。「電話」（telephone）即為一例。本世紀初，一群包括魯迅在內的日本留學生聯名給家鄉寫信，在詳細介紹日本近代化的情形時，便曾提及：「以電氣傳達言語，中國人譯為『德律風』，不如電話之切。」至於「俱樂部」則是日本人對club的音譯，無論音、形、義，這幾個字都是絕佳的選擇。其他諸如個人、民族、宗教、科學、技術、哲學、美學等等，都屬日人生造的漢語詞。例如「哲學」（philosophy）一詞，為在西文東譯方面做出卓越貢獻的西周所造；「美學」（aesthetics）則出自有「東洋盧梭」之譽的中江兆民之手。

此外，另有一種情形是，被日人從漢籍中選取用作西文譯語的詞，在漢語中原本並不構成一詞。例如日本現代學者指出，日人用來譯英文詞尾 ism 的「主義」一詞，出自《史記‧太史公自序》中的「敢犯顏色以達主義」一語。但所謂「達主義」，不是說自己要堅持實現某種信念，而是說使主上（指漢文帝）抵達義的境界，此處的「主義」根本不是一個獨立的詞。日人有可能是誤讀，望文生義，再以之譯西文的 ism。不過，也可能「主義」是他們新造的詞，與「以達主義」中的「主義」無關，只是後來的考證者誤讀罷了。

值得一提的是，今天在中日兩國被廣泛使用的那些西文日譯，在日本也並非一開始便被普遍承認的。往往同一個西文名詞有數種譯法，且在相當長的時期內數譯並存。例如，literature 一開始在日本至少有「文章學」和「文學」兩種譯法，最後「文學」獲普遍認可。再如 art 這個概念，一開始有「藝術」、「美術」、「文學技藝」等數種譯語，直到本世紀初，「藝術」才最終取得牢固地位。

日譯外來語大量輸入中國

1898 年秋，戊戌變法失敗後的梁啟超亡命東瀛。為打發海上無聊時光，借來了一本日本作家東海散士的小說《佳人之奇遇》，翻開一看，除了一些日文格助詞外，竟滿紙都是漢字，不通日文的梁啟超不但能看懂大概，並且還看出興趣來，同時也悟到，用小說啟發民智，宣傳變法維新思想，是一種極好的方式。後來他創辦的《清議報》，在創刊號上即發表了《佳人之奇遇》的漢譯連載，以及緊接著的日本作家矢野龍溪的小說《經國美談》——兩部小說的譯文，都出自梁啟超之手。

此時大量的西方名詞、術語已進入日語中，《佳人之奇遇》等小說自然也不例外。不通日文的梁啟超對這些譯語，當然只能原樣照搬——這便是所謂日語「外來語」進入中國的開端。

於此同時，雷頤先生所說的近代中日關係史上的「黃金十年」也展開了，舉國上下掀起了一股向日本學習的熱潮。已被譯成日文的西方著作，也在此時被轉譯成漢語，甚至日本的中級教科書都被譯成教材。魯迅留日歸來、任教師範時，就曾翻譯過日本教科書和教員講義。日語「外來語」也就是在這時候大規模地進入了中國。

本來，洋務運動是要向西方學習，翻譯西方著作便顯得很必要。但一轉向以日本為師，人們學習西文的勢頭也就頓減。向日本學習，無非是希望通過學習日本間接地學習西方。那時朝野普遍認為，這樣做可以收事半功倍之效。但對這股向日本學習的熱潮，中國近代第一譯家嚴復卻持堅決反對的態度。

嚴復強調要深切了解西方思想學術，須直接讀原著。借助翻譯已是萬不得已，借助翻譯的翻譯，就隔塵更多，去真更遠。他認為日本對西方概念的翻譯，多不準確，例如「經濟」一語，原意比西文 economy 寬泛，因此不宜作譯語，應代之以「計學」，理由是：「言計，則其義始於治家。引而申之，為凡料量經紀撙節出納之事，擴而充之，為邦國天下生食為用之經。」再例如，他堅持把 society（社會）譯作「群」，將「社會學」譯作「群學」。此外，capital 日譯「資本」，嚴譯「母財」；evolution 日譯「進化」，嚴譯

「天演」；philosophy 日譯「哲學」，嚴譯「理學」；metaphysics 日譯「形而上學」，嚴譯「玄學」……。

中國的翻譯觀點

在怎樣翻譯西方術語的問題上，當初在中國是有過爭議的。大體有三種觀點：一種主張盡可能有中國自己的譯法，反對無條件地借用日譯，嚴復可為代表。一種則主張盡可能借用日本已有的譯法。王國維便在〈論新學語之輸入〉一文中，強調借用日本譯語的可行性和便利之處，並指出日譯並非隨意造作之詞，而是「經專門數十家之考究，數十年之改正」才最終確定，且日人習用雙字和雙字以上的片語，因此比中國人的習用單字更能精確地傳達原意。

此外還有一種觀點，則主張對西文術語進行音譯，章士釗為代表。實際上，有些西文術語也曾以音譯的方式廣為流行，如「德謨克拉西」（民主）與「賽因斯」（科學）。嚴復也有過成功的音譯嘗試，如將 logic 音譯成「邏輯」，在音、形、義三方面都堪稱絕妙。至於日本則意譯為「論理」，但後來還是音譯更流行，而且「邏輯」也傳入了日本，經常出現在現代日本著作中，不過注的是日語譯音。在日本，「邏輯」一詞是中、日、西三種文化的混血兒，即中國的字，日本的音，西方的義。

同樣用漢語譯西文，論西文水平，嚴復絕不遜色，且其漢文造詣無疑遠在日人之上，但他卻敗給了後者。原因之一應在於漢語是嚴復的母語，對母語語意的精細體察和深切理解反而成為一種束縛，翻譯時便被原意牢牢限制。而對日人來說，漢語再精通，畢竟只是一種外語，他們絕不會懷有嚴復那般的感情，因此也就能自由驅遣漢語，大膽改造漢語原意，根據需要賦與漢語新義，利用漢字生造新詞，甚至讓一個漢語詞傳達與原意完全相反的意義。

嚴譯被淘汰的重要原因，還包括以過於古雅的單字翻譯西文術語，將原意傳達得很模糊，讓人不易把握。相形之下日本人自由度大得多，為了盡可能準確傳達原意，他們可以用雙字以上的片語，選擇譯語時也並不在意雅與俗，如此自然使譯語更明快更直白，讓人一見就懂，而且不知不覺地就用了起來。遇上這樣的競爭者，嚴譯自然就只能被冷落。

百年來的思維影響

日語「外來語」的大量湧入，對百年來中國人的思維、文化與歷史進程，肯定產生了影響。假設當初沒有日本這樣一個近鄰，那也許在很長時期內，人們只能使用嚴譯概念，或比嚴譯更合適、但與日譯迥異的譯語，如此一來對西方思想的理解和對中國問題的思考，是否會產生差異？百年來中國的歷史進程是否也會不同？具體地說，當「政治」、「經濟」、「文化」、「革命」、「階級」、「社會主義」、「資本主義」這些概念換一種方式出現在我們眼前，我們對這些問題的感受、理解，是否會隨著變化？

由於我們使用的西方概念，基本上是日本人替我們翻譯的，在中國與西方之間，也就永遠地隔著一個日本。不知這說法，是否能成立？ ■

* 本文為摘錄，全文刊登於 www.netandbooks.com。

本文作者為南京大學中文系教授

兩岸詞典氛圍的比較

由《國語辭典》到《重編國語辭典》到《現代漢語詞典》

文／郝明義

近二十年來，台灣社會對詞典出版與閱讀的種種不足，
相對於大陸的詞典熱潮，其實都可以從《國語辭典》、
《重編國語辭典》與《現代漢語詞典》這三部詞典的本身，
及其時代背景的對比中找到解釋。

賀新麗攝影

大陸從 1980 年代開始的詞典熱潮，至今不退。《現代漢語詞典》已經銷售四千萬冊，重編的《辭海》銷售六百萬套，連一些法學詞典、近代史詞典也都能創下一百萬冊以上的紀錄。相形之下，台灣近二十年來出版與閱讀的發展儘管十分蓬勃，但是詞典的這一塊，則無法與之相比。

對於這種現象，最簡單的一種解釋，就是大陸人口多，市場大。不過，如果我們回顧一下歷史，也許可以另外發現一些理由。

各自的時空背景

民國初年，眼見國家積弱不振，知識分子對社會與文化改革之急切，很清楚地反映在不同的語文改革立場上。因而，1920 年代除了有文言白話之爭以外，還有注音字母及國語運動與「國語羅馬字」（廢除漢字）運動之爭。後面這場戰爭，國語運動獲勝，注音字母正名為注音符號，表明它的任務是中文注音，不是新文字。而「國語羅馬字」則被改名為「注音符號第二式」。

1928 年，教育部「國語統一籌備委員會」在這種時代背景下成立「中國大辭典編纂處」，著手編輯《中國大辭典》，主事者有黎錦熙、魏建功、錢玄同等人，希望「給四千年來的語言文字和它所表現的一切文化學術等等結算一個詳密

1936年出版的《國語辭典》。利氏學社收藏的這部辭典，把多卷捲成一個無止盡的圓形。

賀新麗攝影

的總帳」。這部詞典的編輯歷時四年後，因為日軍進犯北平而停頓，沒有編成，替代而行的，是在1936年出版了一部以「寫定詞形」與「正音」為兩大特點的《國語辭典》（原名《國音普通辭典》）。

國民政府來台，休養生息一段時間之後，1976年，教育部展開重編《國語辭典》的工作，設立指導委員會（以葉公超為首）與編輯委員會，歷時五年，在1981年編成《重編國語辭典》。《國語辭典》與《重編國語辭典》，是國民政府治下以國家之力編輯詞典的代表。

另一方面，中國共產黨一直支持激進語文改革，雖然20年代的羅馬字運動挫敗，30年代的拉丁字運動也因為抗日戰爭的爆發而轉入地下，但終究在建政之後開始實現自己的語文改革理念，很快就宣佈「簡化漢字」、「推廣普通話」、「創定和推行漢語拼音」三個文字改革任務。1956年起，大陸開始由中國科學院（社科院的前身）語言研究所詞典編輯室負責，開始進行《現代漢語詞典》的編輯工作（第一任主編呂叔湘）。《現代漢語詞典》設定為推廣普通話、促進漢語規範化的中型詞典，於1973年第一次出版後，因為政治因素的干擾而停止發行，到文革結束後的1978年底才再度正式出版。《現代漢

語詞典》不只是大陸以國家之力編輯詞典的代表，也是他們種種語文主張的一個歸納。（中國近代史上語文改革之爭的過程，請參閱〈從1799年11月9日談起〉一文，以及本書Map。）

近二十年來，海峽兩岸詞典出版與閱讀的環境對比，其實可以從以上這些脈絡中找到一些解釋。

五個解釋

第一，兩岸使用中文的環境與需求不同。大陸除了使用簡化字，和傳統的中文書寫產生很大的不同之外，還做了古漢語與現代漢語的區隔。因而上自推動政策的政府，下至實際應用的個人，整個社會都產生對文字使用規範的警覺與需求，進而重視詞典的意義與作用。台灣由於承續使用正體字（繁體字）的傳統，也沒有嚴格區分古漢語與現代漢語的敏感，相形之下就沒那麼強烈地意識到詞典的意義與作用。

第二，大陸基於語文激進改革的傳統，一直沒有放鬆對漢語文字演化的理論，以及各種字詞、語料使用的調查研究，進而對詞典的編輯與出版形成良性因素。台灣則不然。

第三，兩岸政府的指標性詞典的作用不同。大陸的《現代漢語詞典》，雖然也經過文化大革命的種種干擾與波折，但畢竟是在上有「國家語言文字工作委員會」這樣的指導機構，下有「中國社會科學院語言研究所詞典編輯室」這樣的長期執行單位而形成。詞典的定位、精神、內容以及方法，都有一套貫穿的理念，規範（prescriptive）功能強烈而鮮明。除此之外，《現代漢語詞典》不論在篇幅上（共一本）還是內容上，都

具現了「中型詞典」的特質，因而適合全民閱讀，在商業上也暢銷風行，給後進者帶來了出版詞典的動力與典範。

台灣的《重編國語辭典》，則是在教育部下設立「指導委員會」與「編輯委員會」，以1936年的《國語辭典》為底本而進行。因而《重編國語辭典》是「重新編輯的，既不是改編，也不是新編。不是改編，就不能只把原書需要改正的地方改過來；不是新編，就不能擺脫原書的體例，甚至其編排方式。」除此之外，這部詞典龐大的篇幅（共六大卷）也限制了流通的範圍，在商業上無法普及暢銷，沒能給後進者帶來刺激的動力。

第四，大陸近二十年詞典熱開始興起，正好相當於重開高考，改革開放之時。高等教育的大門重開以後，喚起了文革一整代人對失學十年之後再補充自己知識的飢渴感。而素有「個人老師」之稱的詞典，正是任何人要重新拾起書本的時候，最重要的工具與陪伴。（美國在二次大戰結束後，因為參戰而失學的一代急於重回大學，也有過詞典熱，造成「大學詞典」〔College Dictionary〕的興起。）遑論改革開放的本身又需要大量語文與知識的補充。相對而言，近二十年的台灣社會，不但對詞典缺少了這種時代性的急迫感，甚而近年政治與社會的種種變化，還可能破壞了許多需求詞典的動機。

第五，因而，兩岸對於詞典的閱讀，形成十分對比的氛圍。大陸，在高漲的詞典熱中，出現一些過頭的現象（參閱本書第46頁）；台灣，則在對詞典的冷漠與忽視中，「改弦易轍」為「改玄議策」。∎

國語運動在台灣

二戰結束，台灣光復後，當時的台灣省長官公署決定大力推行「國語」，因而由教育部國語推行委員會派遣魏建功、何容及王玉川、齊鐵恨等人來台，負責國語教育推行工作。

1946 年 4 月 2 日，「台灣省國語推行委員會」正式成立，由魏建功擔任主任委員，何容為副主任委員。1948 年 7 月，魏建功完成初期部署工作後，結束與台灣短暫的因緣，返回大陸述職。（魏建功返回大陸後，是《新華字典》的第一任主編。）

1948 年，台灣省各縣市國語推行委員會成立，推行國語的全面性行政體系才建構起來。組織架構完成，這個委員會秉持教育部實行中國字讀音標準化、推行注音符號及注音國字等政策綱領，又依據台灣現況，擬訂「台灣國語運動綱領」，並且推出一些具體做法，例如將 1947 年創刊於北平的《國語小報》移至台灣，在 1948 年 10 月 25 日創辦《國語日報》，做為推行國語的輔助工具。

1949 年後，台灣推行國語教育持續進行，省教育廳公布各級學校國語正音補救辦法，尤其要求師範學校加強國語教育，成立國語實驗小學，研究各種教學方法。此外還有其他各種國語文標準測驗、競賽活動，以促進相關工作的推展。

教育部為了訂定一套學習國語的遵循標準，陸續公布國語注音符號、國字標準字體等多種標準字體，並依照字頻調查分級訂出國小學童識字標準，目前國小畢業時應識字量為國字 3,500～4,500 字。

不過，正如曾任國語推行委員會常務委員多年的國立台灣師範大學教授張孝裕表示：台灣的部訂標準並無強制性，出版業者未必落實在詞典編纂工作中，再加上參與者水平、詞典功能不一，以致市面上國語詞典的品質良莠不齊。

值得一提的是，1981 年《重編國語辭典》出版之後，1987 年教育部再成立專案小組進行修訂工作，至 1994 年修訂完成，除了在 1997 年出版光碟版之外，目前也將完整內容公開呈現在網路上，供各界檢索查閱。（KC）

相關網址：

國語推行委員會 http://www.edu.tw/mandr/

國語辭典 http://www.edu.tw/mandr/clc/dict/

一位語言學家的辛酸

陳原與《現代漢語詞典》

文／薛綏

　　陳原先生著作等身，尤其是語言學著作。他的文集《語言與社會生活》等三部都一百三十餘萬言（台灣商務出版），自為經世名作。而在此書的第一篇論著卷首，卻有一段頗為辛酸的話：

　　我對語言學本無研究，只不過是個門外的愛好者。不過在「文化革命」中，姚文元藉著一部詞典狠狠地給我打了一棍子，黑線回潮啦、復辟啦、大帽子鋪天蓋地而來，暈頭轉向之餘，很不服氣。於是一頭扎進語言現象和語言學的海洋。

　　「一部詞典」，指的是《現代漢語詞典》。由中國科學院語言研究所詞典編輯室編輯，商務印書館出版。陳原當時剛從「牛棚」出來，被分配到商務印書館，成為編輯方面的負責人，未久，即印行了這部詞典，原以為可為「大革命」後枯萎的文化界添點生氣，而且出詞典應是風險較小的工作。不料剛出未久，1974年，工人群眾便打上門來了。說這《詞典》「不看還罷，看了反而會中毒受騙」。一個例子是《詞典》裡四條名詞的釋義：

　　〔聖人〕舊時指品格最高尚、智慧最高超的人物，如孔子從漢朝以後被歷代帝王推崇為聖人。

　　〔聖誕〕1.舊時稱孔子的生日。

　　〔聖廟〕奉祀孔子的廟。

　　〔聖經賢傳〕舊時指聖人寫的經，賢人寫的傳（闡釋經文的著作），泛指儒家經典。

　　儘管點明是「舊時」，工人同志們仍然指陳這些註釋「陳腐不堪」，有「嚴重資產階級傾向」。

　　過不多久，知識分子也發難了，首先是商務內部的「革命群眾」。他們對自己單位的「走資本主義道路當權派」責難說，這《詞典》的出版，正是「劉少奇一夥為了復辟資本主義，反對總路線、大躍進、人民公社三面紅旗，掀起尊孔逆流」，從而是「反革命修正主義路線的反映」。他們還指出下面這些條目的「謬誤」：

　　〔工人〕：個人不占有生產資料，依靠工資收入

文革中，一切政治掛帥。詞典也受影響。

Corbis

為生的勞動者（多指體力勞動者）。

〔佃農〕：自己不占有土地，租種地主土地的農民。

〔憲兵〕：某些國家的軍事政治警察。

〔租借地〕：一國以租借名義在他國暫時取得使用、管理權的地區。

這些基本按照普通常識乃至馬列和毛澤東的語言編寫的解釋，竟然被判定為「模糊勞動人民階級意識、為反動統治階級開脫的手法」，是「宣傳階級合作、剝削有功」，「替帝國主義掩蓋了強盜面目，是地地道道的帝國主義腔調」，因此，這部《詞典》被認為「深深地打上了資產階級的烙印」。此外，《詞典》未收「大躍進」、「大寨」、「大慶」、「人民公社」、「八字憲法」、「毛澤東思想」、「中國共產黨」等詞條，也「暴露了資產階級對於生氣勃勃的社會主義革命和社會主義建設的偏見和仇視」，「進一步戳穿了純工具書觀點虛偽性」。

於是官方的「寫作組」寫出重頭文章來作結論，判定這是部「大肆頌揚反動沒落階級意識形態，孔孟之道和有其他嚴重政治錯誤的詞典」，予以出版是「極其嚴重的政治立場錯誤」。據說，這篇文章是秉承姚文元的相關「批示」寫成的。

《現代漢語詞典》現在是大陸最常用的詞典，我每次查閱它時，終會想起這些故事，甚至想到批鬥兩陳大會上的陣陣口號聲。唉！人為什麼非要做傻事不可呢？ ■

本文作者為大陸作家

提倡別字的理由

網路上的談話與書寫開始之後，別字跟著流行起來。最常見的，當然就是以「粉」代「很」，以「素」代「是」，以「偶」代「我」等等。這絕不是二十一世紀新生代才掀起的浪潮。上個世紀三○年代，就有人揭起了旗幟，並且，有一套完整的理論。其中最有名的，就是後來成為中共黨政大老的胡愈之、胡喬木等人。1934 年 9 月，胡愈之先是提倡用別字，以及分詞連寫的方法來寫文章，並以胡芋之的筆名，身體力行地寫了一篇文章〈怎羊　打到　方塊字？〉（怎樣打倒方塊字），發表在《太白》半月刊的創刊號上，成為「擁護別字最徹底的宣言」。

接著，1935 年 2 月，上海一些文化界人士和雜誌社發起了推廣手頭字（手頭常用的簡體字）運動，發表了三百個常用的手頭字。其後不久，1936 年 6 月，胡喬木以「喬木」的筆名，在《芒種》上發表了一篇文章：〈向別字說回來〉。

胡喬木這篇文章的理論出發點是：「我們不但承認別字的存在權，而且還要積極的發揮它，發展它。我們要求別字的生長，因為別字的生長將引我們一直走到方塊字的衰亡。」然後，他從手頭字的使用談起，引出「這裡的手頭字＝那裡的別字」，再導出結論：「手頭字跟別字一樣把方塊字的命運嚴密的安排定了，這命運不是別的，就是趕快讓位給拼音。提倡手頭字或別字，就是催促方塊字的崩潰，催促拼音字的勝利：這就是它的意義所在。或者有人說，這是陰謀！是的，這正是陰謀；這是歷史的陰謀，我們只是它的見證。」 ■

（傅凌）

王同億現象

大陸詞典熱中的負作用

文／徐慶凱

王同億現象，指的是王同億在其主編的詞典中大肆抄襲剽竊、胡編亂造的現象。近十年來，它引發了中國辭書界最大的著作權訴訟和空前的集體批評。

由於王同億主編的《語言大典》、《現代漢語大詞典》和《新現代漢語詞典》大量抄襲《辭海》、《現代漢語詞典》等詞典，商務印書館、辭海編輯委員會等相關出版社及作者，在 1993 年分別狀告王同億和海南出版社侵犯著作權。經三年審理，北京市第一中級人民法院於 1996 年宣判，責令被告立即停止侵權，並賠償原告經濟損失 46.81 萬元、訴訟費用 21.33 萬元，並承擔各案的受理費、鑑定費共 6.49 萬元。被告雖提起上訴，卻遭北京市高級人民法院駁回，維持原判。

和法律制裁同樣有力的是輿論的批評。這次批評持續數年，參加者廣泛，發表論文四十餘篇（商務印書館彙編為《我們丟失了什麼》）、短評八十餘篇（上海辭書出版社彙編為《發人深思的笑話》），以及不計其數的新聞報導與述評。

輿論批評重點主要在兩方面：其一是關於抄襲剽竊。詞典的著作權問題，過去頗有認識模糊、界限不清之處，經過這次批評，有所突破。其二是關於胡編亂造，批評焦點則是《語言大典》。該書主要抄自《英漢辭海》，不但將詞目亂摘一通，例如從「加牛奶的雜燴」中摘出「奶的」做為詞目，從「由火車改為乘公共汽車」中摘出「改為乘」做為詞目等等；且詞目的釋義也常和詞目對不上號，例如將「婆母」釋為「妻子的母親，亦稱岳母」，「牛鞭」釋為「用公牛陰莖製成的鞭」，「神差鬼使」釋為「由神和鬼派出的使者」。一部兩千多萬字的詞典，充滿著這類誤人子弟的內容，怎能不激起公憤？

一度銷聲匿跡的王同億並未悔改，反而繼續炮製劣質詞典。2001 年，他主編的《新世紀現代漢語詞典》由京華出版社出版；不久後還另以《高級現代漢語大詞典》之名由內蒙古大學出版社出版。這回王同億在抄襲剽竊方面有所收斂，但仍繼續胡編亂造。他不僅收入大量罵人和低級的詞目，釋義中也充滿胡言亂語。例如將「暴卒」（突然死亡）釋為「兇暴的士兵」，將「蜂王漿」（工蜂分泌的黏糊狀液體）說成是「主要由白糖、麥精、奶油、蜜蜂、食用香料等構成」，將「不破不立」（不破除舊的東西，新的東西就建立不起來）釋為「公安機關受理的刑事案件，能偵破的，就立案，不能偵破的，就不立案」。

王氏新詞典的出籠顯示，王同億現象絕不會輕易退出歷史舞台。這裡不僅有個人道德品質的因素、有出版社見利忘義的現象，還有行政管理部門對劣質詞典整治不力，以及讀者鑑別能力不足的問題。對王同億現象必須綜合治理，這不僅是為了辭書界，也是為了子孫後代。■

本文作者為上海辭書出版社編審

dedans
dedans

Part*2
詞典的內部世界

虎騎徽章下的
圓桌教士

《利氏漢法辭典》的故事

這個故事不只長達半世紀，也持續了四百年，
訴說的是耶穌會士為了探索追尋生命的溝通方式，
永不停歇的執著……

文／李康莉　攝影／賀新麗

　　1964年夏。香港皇家警察在香港外海的南丫島岸邊發現一具屍體。死者是高加索男性，年約四十，屍體在烈日下曝曬多天，已呈焦黑。

　　這並不是屬於推理小說的情節。這是一部詞典的一個間奏。

耶穌會的傳承脈絡

　　1949年，中共接收北京，政權交替，原來散居中國各地的外籍神父，均被視為帝國主義的反動分子，被迫南遷，集聚澳門。澳門頓成了流亡者的城市，街上滿是茫然無措的靈魂，空氣裡飄浮著浮躁和抑鬱的味道。兩位在內地耕耘多年的青年神父也隱身於此。那就是在河北傳教的法籍神父杜隱之（André Deltour），和來自北京的匈牙利神父馬駿聲（Eugène Zsamar）。

　　耶穌會士秉持著傳播上帝的意旨，在世界各地和各種文化相接觸的時候，一向有編輯當地語言的詞典的熱情與傳統。耶穌會士在十六世紀末進入中國時，即有感於文化差異對傳教造成的阻礙，煞費苦心地研究中國古籍，期待能透過對儒家思想的解讀，使其和西方人文主義接壤，建立一套可以讓中國人接受的傳教語言。編詞典，同時反映了教士的宗教熱忱和對中國文化的傾慕。十六世紀末，利瑪竇（Matteo Ricci）和羅明堅（Michele Ruggieri）的《葡漢辭典》，就是在這樣的情形下誕生。其後，經過近四百年的傳承脈絡（參見附文），到1949年這個兵荒馬亂，所有的變動都在同時發生的時刻，在澳門相遇的這兩位耶穌會士發現了彼此相合的志趣。馬神父很早就發下了編一部漢語詞典的宏願，因而將《辭海》、《辭源》、

1950 年代末‧台中‧埋首工作的漢法辭典小組的神父。

《國語辭典》等兩百多部詞典從戰火中攜出到澳門。無獨有偶，杜神父也長時間廣泛收集中國百科史料，開始詞典的編纂。兩個互不知情，都因為南遷而中輟的計畫，因為一次偶然的會面，而有了新的開始。

在煙霧瀰漫，方言錯雜的小茶館裡，兩位神父在友人的引介下相見，兩位神父一見如故，用略嫌生澀的中文，談起彼此的初衷。新一代耶穌會教育極少形式束縛，年輕的修士本就是呼吸著自由的空氣成長，從內心細微處體察天主的聖召以決定奉獻的目標。編詞典的想望，不但反映了本身對中國文化的追尋，也順應了實際參與傳教工作後，親身體認的時代所需。兩個因為歷史的板塊移動而滯留在異鄉的旅人，在最低潮、前途未定的時刻，得到了彼此的安慰與激勵。簡單的去與艱難的留之間，當下有了清楚的決定。兩位青年神父重新燃起編輯詞典的希望。

一切從剪刀漿糊開始

詞典計畫在耶穌會士間快速傳開。不同國籍卻有志一同的神父們陸續加入。時局無法影響耶穌會士奉獻的熱忱，不到一年的時間，已經擴大到中文對五國語文的計畫——法文、匈牙利文、英文、西

班牙文與拉丁文。

　　1952年，詞典團移往台中。沒有影印機，沒有電腦的時代，一切只能從剪刀和漿糊開始。以傳教為業的神父們，全搖身一變成了拼貼作業線上的工人。在聚會所一個腳踏車輪製成的大圓桌上，兩百多部漢語詞典堆得像小山一樣高。神父們每天的工作，就是把詞典裡字詞的條目剪下，依照發音的順序編排，一個字製成一張卡片。五組團隊，二十多位神父，憑著單一的熱情和信念，用這個最笨的方法剪剪貼貼，三年之間，竟累積了兩百萬張卡片。

　　而詞典團的成員人才濟濟，儘管有對漢文化一知半解、單憑一股傻勁投入的年輕神父，卻也有白髮蒼蒼，對於音韻、佛學等研究有成的漢學家。當時，團隊成員都樂觀的相信，剪貼完成後，編譯成五國語言，增修校對，整個計畫最晚在六、七年後即可完成。但是當詞典進入實際的中外語文編譯工程，神父們遭遇了前所未有的難題。

　　工作方式以一位外籍神父搭配一位中國學者，兩人一組的方式進行，將從古到今的中文字詞，以法文編譯。收錄範圍包括從甲骨文、金文、《說文解字》、經史子集，到市井俚語、歇後語、當代用語和百科知識的專門用語。這時神父們才猛然驚覺，計畫的龐大遠超過想像。

　　有些專門用語，連中國學者都一頭霧水。法文是講求精確的語言，為了清楚

（左頁圖）雷煥章神父。賀之緘神父意外過世後，他不但接手工作，也走上了研究甲骨文和金文的路途，自成一家之言。（上圖）台北利氏學社主任，魏明德神父。在最後完工階段，一度面臨難關。

歷史之旅：耶穌會編的詞典

十六世紀末，利瑪竇和羅明堅編了一部《葡漢辭典》。

1626年，耶穌會士金尼閣（Nicolas Trigault）編寫世界最早的漢法辭典。

1884年，顧賽芬（Seraphin Couvreur）神父發行《法漢辭典：漢語最常用的慣用語》。全一冊，1026頁。

1899年，戴遂良（Léon Wieger）神父發行《中國字：字源、字形與辭彙》。

1904年，梅沐舟（Auguste Debesse）神父出版了一部《漢法小辭典》。

1936年，陶德明（Charles Tarranzano）神父出版了兩大本的《數學、物理與自然科學字彙》。

1966年，甘易逢神父領導台北利氏學社出版《漢法辭典》、《漢西辭典》。

1976年，台北利氏學社出版《漢法綜合辭典》。

1999年，台北利氏學社出版《利氏漢法大字典》。

2002年，台北與巴黎利氏學社合力推出七大冊的《利氏漢法辭典》。

的用法文表達中文的含義，神父們打破砂鍋問到底。「小姑獨處」，這樣的小姑到底是幾歲？中國武術的「旋風腳」、道家練氣的「三花聚頂」，還有平劇《四郎探母》的「擱調」，究竟是什麼意思？這些難題，較之更為艱澀的中醫術語、甲骨文的字義辨識等，已算平易可親，卻還是讓頗具漢學素養的專家瞠目結舌，無法作答，非找專家來演練一下不可。於是，每當詞典團發現一個無法理解的詞彙，就找來專門的學者或演練，或解說。

於是，台中一條日常的巷弄裡，不時有票戲人士、道教法師、針灸師傳出入，各路人馬匯集，街坊鄰居經常聽聞南腔北調、武打吆喝，甚至還有神父們操著異國的口音朗誦《金瓶梅》，從尋常的住所傳出。

在這樣費時費力，不求快、但求精的完美堅持下，時間一晃而過，本來負責五組語言的神父，有的過世，有的改往牧靈的方向，再加上財源缺乏的問題，到進入六○年代時，只剩下甘易逢（Yves Raguin）神父和賀之緘（Tom Carrel）神父所領導的漢法詞典小組仍在苦撐，其他四組語文的編輯小組都已解散。

賀神父的猝死

1964 年香港外海南丫島岸邊的那具屍體，經過身分比對，證實了是賀之緘神父。

擁有柏克萊大學博士學位的賀神父，本著一股對中國文化的熱情，遠道東來，長期在台從事漢語百科詞典的編纂工作。遇到和考古相關的議題，不時利用餘暇，前往山區海邊開鑿史前人類遺蹟。賀神父的聰明機智和推斷能力，展現在一連串重大史蹟的發現上，其地點判定之準確，往往讓台大的考古學教授都自嘆弗如。而此次遠赴香港，便是藉由陶器的挖掘，驗證港台史前文明的臍帶相連。

然而命運卻開了一個殘酷的玩笑。最頂尖的考古學家，卻忽略了最基本的維生能力。賀神父

滿腦子考古的疑惑，卻在缺乏飲水和帽子等基本配備，且無助手隨行的情況下，獨自深入孤島，最後被烈日活活曬死。

賀神父在南丫島意外過世後，有關漢語詞典這個部分的工作，由同屬利氏學社，和賀神父最親近的友人，雷煥章（Jean Lefeuvre）神父接任。這時，雷神父面臨了整個計畫最艱難的兩個部分：甲骨文和金文。中國出版的甲骨文字典多屬上乘，且有徐中舒編的《甲骨文字典》（四川辭書出版）做為根基，尚好整合。然而專治金文的字典卻馬虎許多，一個單字頂多收錄三、五家說法，且闡釋不周、定義不清。雷神父花了三年的時間全力鑽研，才將商代、西周、東周的文字用法詳分細究。（金文研究一直到 1990 年代，馬承源任上海博物館館長，籌了

（左頁圖）十六世紀末利瑪竇和羅明堅編的《葡漢辭典》的新版本。（上圖）成書於二十一世紀初的《利氏漢法辭典》。

一個五人小組致力鑽研成書，才出現具體突破的學術成果。）

　　如今翻開《利氏漢法辭典》，那些像小螞蟻排列、趣味盎然的甲骨文，和宛如星座符號的金文古字，無疑成為這本詞典最大的特色。以一個最常見的「大」字為例，二十一個甲骨文用法，超過四十個金文的解釋，都是經過雷神父一一研究、考察、校對的成果。做為唯一一位從頭參與，至今已年屆八十的詞典團員，雷神父毫不諱言，金文是他一生最大的驕傲。

危機與轉機

　　1966 年，台北利氏學社正式成立（利氏取「利瑪竇」之意）。巴黎利氏學社與國際利氏學社也分別於 1972 與 1989 年陸續成立。詞典工作在各地學社的組織下，緩慢但卻逐漸向前推動。 1980 年代末期的時候，他們將已有的全部資料鍵入電腦，藉由新科技的輔助，來改善工作的速度。在趙儀文（Yves Camus）神父的推動下，他們先把全部索引與詞彙分為兩百個專門學科（太空學、佛學、物理、動物學等等），然後由巴黎利氏學社主任顧從義（Claude Larre）神父帶領，邀請漢學家組成一個個團隊，逐步進行校正工作。

　　這期間的艱苦之情，難以為外人道。事實上，進行了四十多年後，在 1996 年左右，整個計畫已經進入最後關頭，但也面臨最嚴重的難產問題。這裡面固然有經費與作業上的種種難題，也摻雜著一些

因為太過投入，詞典編纂已與自己生命結合，無法予以結束的複雜情懷。今天台北利氏學社的主任魏明德（Benoît Vermander）神父在回憶這段經過時，這樣記錄了自己的心情：

　　整個會議過程進行得相當困難。……在中場休息的時候，我到這個園子走走，在這般決定的過程中，面對原有的種種複雜的問題，不禁心覺氣餒。公園的中央，種著一棵雪松，我在這棵樹前駐足片刻，欣賞著它樹身的伸展，枝葉的多采，品味著和諧的味道，有一筆垂直線條的伸展，也有組成一體無數豐富的細部。那時，我想，這般類似的工程，如此豐繁，如此完美，成長得如此自然，直達到頂峰，而我們可憐的大辭典，儘管也是相當豐富，永遠無法像這棵樹來得這樣豐繁，一言以蔽之，實在歷經苦痛，曲折，在甚為不順利的情況下，成長。

　　但，魏神父也同時從其中獲得了另一種不同的體會：

　　的確，仔細想想，這番體驗同樣令人稍感寬慰，因為它給予了一個佳喻，來形容這個工程的過程：這部雙語大辭典就像一棵樹。它就像兩枝巨型的根，一邊伸入法語肥沃的土壤，一邊伸入中文肥沃的土壤，而吸取同樣的養份。這份沃土，是語言、源流的沃土……因著如此，大辭典立於高峰之巔。所謂高峰，是人類的思潮，在語言境界的拓展，藉由字彙與用法的獨特性，顯示出人性的普遍性。

半世紀無償的堅持

　　他們終究突破了那道關卡，1999年，編成出版《利氏漢法大字典》，接著在大字典的基礎上再進一步，《利氏漢法辭典》於2002年在巴黎付梓出版了。

　　七大冊古樸厚實的《利氏漢法辭典》，包含一萬三千五百個漢字、三十萬個中文詞組，不但是歷史上規模最大的漢法詞典，也是全世界唯一收錄漢字古典用法、書寫方式和現代用法的詞典。當西方世界最新的一部漢英詞典還停留在哈佛大學於1930年代編輯的版本時，《利氏漢法辭典》一推出，自然馬上成為全球漢學研究的寶庫。除了對中國文化有興趣的法國人如獲至寶，也成為歐陸各大中文系學生、漢學家理解漢文化必備的工具書。

　　台北市辛亥路一棟大樓的一隅，白色的磚牆，紅色虎騎徽章下古舊的圖書館，靜謐的空氣中飽含著神父們埋首書堆的影像，漢字充滿意象的回音。……這裡在訴說的不只是一部編了五十二年的詞典的故事，不只是在中國已經有將近五百年時光的一群傳教士的故事，這裡在訴說的是人類永遠不停在追尋、探索生命的溝通方式，以及其中意義的極致的故事。

五十年間，累積了兩百萬張卡片，編成42本
「原料」辭典。到1980年代，才開始電腦化。

wif, wifman 與 woman

從《牛津英語詞典》的 woman 看女性角色變遷

透過在英語世界地位崇隆的《牛津英語詞典》，
我們循著 woman 這個詞在語言上的演化軌道，
看到了千年來女性角色與地位變遷的痕跡……

文／曾泰元

　　《牛津英語詞典》（The Oxford English Dictionary，通稱為 OED）的一頁比 A4 的紙略大，每頁有密密麻麻的三大欄，詞目（head-word）、定義的字體大小才八級左右，佔最多篇幅的書證（quotation）更只有六級左右（一般電腦英打字體皆預設為十二級）。在詞典資訊密度如此高的 OED 裡，woman 這個詞條（entry）竟然還佔了整整三大頁半，若加上衍生詞則共長達五大頁半，巨細靡遺地描述這個詞由公元 766 年

十七世紀中期的丈夫與妻子。　　　　corbis

最早的書證起，迄今共計一千兩百多年，歷經古英語、中古英語、早期現代英語，直到現代英語所有詞形、語義的演化，以及為此演化佐證的豐富書證。透過閱讀這樣一本備受推崇、按歷史原則編纂的超大型詞典，我們可以了解千年來woman 這個詞在語言上演化的軌跡，以及女性的角色與地位在英語裡變遷的痕跡。

故事從 wif 說起

　　OED 所記錄的 woman 除了現在的核心義「女人」、「女性」、「女子」、「婦女」、「婦人」之外，還包括了「執行某種任務、從事某種職業的女子」（用於複合詞）、「女性特質」、「女性的一面」、「老婆」、「情婦」、「女友」、「女傭」、「侍女」等引伸義。在外來語高達七成左右的英語詞彙中，woman 是少數的「純種」之一，是個古英語時代由 wif 和 man 構成的複合詞，當時常拼成 wifman（其他不同的拼法在此省略，下同）：wif 本來是「女人」的意思，為現代英語 wife（妻子）的前身（現在的 old wives' tale〔老太婆的故事，亦即「無稽之談，迷信」〕、midwife〔助產士〕都是古英語的 wif 在現代英文裡留下的語言化石）；而 man 原先只是「人」，兩性皆可，後來才狹義化為「男人」，廣義化為「人類」。wifman 的 f 在古英語（約 450～1100）晚期被後面的 m 同化，拼法變為 wimman，而後於中古英語（約 1100～1500）早期，i 受到了前面圓唇音 w 的影響而變成 u 或 o，發音和拼法在 wumman 與 womman 間擺動，兩個 m 再逐漸簡化為一個，而 woman 最後勝出，從 1400 年左右開始就成為標準了。

至於古英語已經有了表「女人」的 wif，為什麼還要造一個累贅、不合邏輯的「女人人」wifman？這個英語特有的表達方式，並不見於同語系的其他印歐語言（Indo-European languages），讓許多專家覺得費解。不過根據 *OED* 所提供的文獻我們可以確定，這個新造的 wifman 後來卻成功地取代了原有 wif 的地位，而 wif 的語義也逐漸由一般的「女人」轉為販賣商品、職業「卑微」、地位「低下」的「……婦，……女」。由 *OED* 的書證我們得知，之後 wif 的語義窄化，於 888 年起專指「妻子」，通行至今。

woman 由 wifman 而來，以前有人望文生義，誤以為 wifman 就是 wife-man（當妻子的人），認為女人的價值依附在男人之上，覺得女人要有丈夫，人生才算完整。也曾經有人突發奇想，誤認為 woman 是由 womb-man（有子宮的人，會生孩子的人）而來，把女人的角色與懷孕生產、傳宗接代畫上等號。這些人所主張的「俗詞源」（folk etymology），禁不起語文學（philology）的檢視以及歷史語言學（historical linguis-

侍女正為女主人戴上假髮。　　　　　　　corbis

tics）的分析，已經漸漸沒有人理會。另外，由於 woman 的語音與 woe-man（悲痛男人）類似，複數 women 的語音與 we men（我們男人）相近（複數 women 的 o 念 [I] 十分不尋常，很有可能是根據 foot [fut] / feet [fit] 母音對立所做的類推），所以在十六、十七世紀常常是文字遊戲的熱門題材。例如 *OED* 就記錄了一條 1653 年的書證，作者是既憤怒又無奈：Say of woman worst ye can. What prolongs their woe, but man?（你們儘管詆毀女人好了。除了男人，還有什麼東西延長她的悲痛？）；1601 年也出現了像這樣對於性別角色的反省：Women, what are they? We men, what are we?（女人，她們是什麼？我們

男人，又是什麼？）

　　根據 *OED* 所提供的書證，woman 以 wifman 的形式於公元 766 年古英語時期首次見諸書面，不過卻不是「女人」，而是「侍女」之意；「女人」這個意思要遲至 893 年才有文字紀錄，為非統稱的個別女性（或許可譯「女子」）。我認為這兩條書證給了原先看似累贅、不合邏輯的「女人人」一個合理的解釋空間：wifman 的本義似乎應當是「女人的人」，也就是名媛淑女的「隨身僕人」，這才能與文獻紀錄的「侍女」呼應。woman 先表「侍女」後表「女人」的原因，我推測可能是當時已有表「女人」的 wif（725 年首度見諸文獻），造一個語義相同的新詞動機過於薄弱；為了給名媛淑女的僕人一個專屬的稱呼，才會出現 wifman 這樣一個新的說法。wifman 和 wif 在語義上彼此競爭調整，一百多年後的 888 年，wif 的語義首先窄化，專指「妻子」，隨後於 893 年，表非統稱的 wifman（女子）才

有了第一次的書面記載，所以九世紀結束前，現代英語裡 wife 和 woman 的語義分化就已經完成。而表統稱的 wifman（或許可譯成「女性、婦女」）這個意思更晚至 950 年才首度出現於文獻中。

從侍女到動物的雌配偶

　　woman 由「侍女」起家，進而發展出「女人」的意思，搶了原先 wif 的地盤，再由「女人」這個意思的基礎上，逐步衍生出「情婦」、「老婆」、「女性特質」、「女性的一面」、「清潔婦」等意思。比較有趣的是，woman 在 *OED* 裡還收錄有「亂搞女人」、「動物的雌配偶」、「硬幣的反面」等較特別的引伸義。「動物的雌配偶」首見於 1577 年，出現於「情婦」（十四世紀）、老婆（1450）之後，是個很自然的跨界挪用。「硬幣的反面」首見於 1785 年，指的是英國硬幣反面，頭帶盔、一手執盾、一手執三叉戟、象徵大英帝國的女性坐像「不列顛」（Britannia），這種換喻（metonymy）的修辭技巧也是一種常見的語義引伸。特別值得注意的是「亂搞女人」這個意思。此義首見於 1200 年的一本書《惡與善》（*Vices and Virtues*），想當然是被歸為「惡」的一種。這是 wifman 由「侍女」（766）演變為「女人」（893／950），確立其核心義之後的第一個引伸義，時間上出現在其他的引伸義之前。這個意思全部都是以複數形出現，與表統稱、泛指的意涵相符。只不過為什麼在那個時間點上，在那個語義發展的過程中，會出現如此貶損女人的意思，目前由 *OED* 所提供的書證並無法得知。

　　OED 裡收了一百多個 woman 這個名詞的複合詞以及固定組合，此外，還記錄了 woman 做

象徵大英帝國的「不列顛」。　　　　　　corbis

為動詞用的幾個意思，其中包括「以 woman 來稱呼……」、「配置女性員工於……」、「使……與女性為伍」、「行為舉止像個女人」、「使……成為『女人』」（也就是「不再是處女身」），還有貶抑女性的「使……像女人一樣柔弱順從」。在慣用語裡也出現了一些貶抑女性的痕跡，如 to make a woman of 本指「使……不再是處女身」，現在卻是「使……馴服」；而對應的 to make a man of 卻是「使……成為堂堂的男子漢」。這種男高女低、男尊女卑的刻板印象在 woman 這個詞及其複合詞、慣用語的發展上俯拾皆是，*OED* 的書證也都忠實地作了記錄。

被扭曲的女性角色

相對的，1985 年 Pandora 出版社出版的《女性主義詞典》（*A Feminist Dictionary*，Kramarae 與 Treichler 合編），則由女性主義的觀點出發，檢視了 *OED* 裡對女性有負面含義的書證，再大量採用不同女性作家、學者所寫的文章段落，提出女性主義者對於 woman 一詞的重新界定。例如其中的 Grace Shinell 就認為古英語 wifman 的 wif（該詞在 *OED* 裡的詞源為「來源不詳」）很有可能與古英語的動詞 wefan（織布，現代英語作 weave）有關，是「織布者」的意思，似可反映出當時女性主要的社會角色。另外，該詞典也收錄了「激進女性主義者」（Radical Feminists）這個團體為 real woman（真正的女人）所下的既真實又反諷的定義：A "real woman" is, in the end, one who wants to please men.（「真正的女人」最終就是想要取悅男人的人）。

當然，*OED* 藉由 woman 所呈現出來的女性面向是父權社會下的產物：編輯幾乎全是男性，

畫家筆下的 1950 年代女性至上主義者。　corbis

而做為定義、用法佐證的書證也大都出自男性作家之手，內容觀點當然是父權社會的縮影，而呈現出來的女性角色、經驗也多半在父權的夾縫中受到了扭曲。1994 年出版的《英語帝國：*OED* 的王朝》（*Empire of Words: The Reign of the OED*）延續了《女性主義詞典》的精神，提出了許多統計數據，對 *OED* 偏頗的編纂方針提出理性的批判與建言。*OED* 第三版預計將於 2010 年全新問世，希望編輯能因此而有所反思，讓我們屆時可以看到多元、客觀、全面的 woman 史。■

本文作者為東吳大學英文系副教授兼系主任

lady 與 woman 的階級意識

　　長久以來，英語裡的 lady 和 woman 一直都有明顯的階級區隔，如 1847 年，討論文藝科學的英國學術雜誌《雅典娜神殿》（The Athenaeum）就曾經出現過這樣一個句子：

> Defendant pleaded that the person described as a woman was in fact a lady.
> 被告辯稱，所描述的那個人事實上不是個女子（woman），而是位女士（lady）。

這種情況與 man 和 gentleman 之間的語義劃分頗為類似：lady / gentleman 表系出名門、地位較高、有氣質有家教的女士／先生，傳統上是個文雅客氣的用法；而 woman / man 則指一般的女子／男子。這樣的區隔其實是其來有自的。lady 跟 woman 一樣，也是個「純種」的古英語詞彙，原本也是個複合詞，也不見於同語系的其他印歐語言。lady 的本義為「麵包揉製者」（la-：麵包，與 loaf〔長條麵包〕同源；-dy：揉製，與 dough〔生麵團〕同源），原指相對於僕人的「女主人」（男主人 lord 的本義為「麵包守護者」），社會經濟地位高。至於「麵包揉製者」與社會經濟地位高的「女主人」有什麼關係，OED 的史料不足，編輯自己也承認無法自圓其說。woman 的本義是「女人的人」，原指依附在 lady 身上，為其服務的 lady's maid（侍女），社會經濟地位低，後來雖然語義轉變，用來通指一般的「女人」，不過這個歷史上「無產階級」的背景卻冥冥中影響了相關詞彙的發展。

　　lady 和 woman 都各自衍生出了不少複合詞，如由 lady 衍生出的 lady-love（心愛的女人）、lady's maid（侍女）、lady's-slipper（拖鞋蘭）等，由 woman 衍生出的 woman-chaser（向女性獻殷勤者）、women's liberation（婦女解放〔運動〕）、women's studies（婦女研究）等，樣本雖小，不過還具些許代表性，可以讓我們嗅出一絲「貴族 vs. 平民」的分野。此外，lady 和 woman 亦可當後位構詞成分，表「女……」之意，不過 -lady 的構詞能力卻遠不及 -woman：在現存常見的複合詞中，歷史最悠久的當屬 landlady（女房東、女地主、〔客棧、酒店的〕女店東。為 landlord 的陰性形），本身也是個資產階級色彩濃厚的一個詞。-woman 則不然，衍生出了眾多表籍貫、職業等的相關詞彙，如 Englishwoman、Frenchwoman、saleswoman、businesswoman 等。另外，woman 亦可置於職業的名稱前當修飾語，表示「女……」之意，如 woman doctor、woman driver、woman teacher 等，而 lady 則較少這樣用，若出現 lady doctor 這樣的用法，女性一般會對此感到生氣（據我推測，原因可能來自於 lady 和 doctor 的地位不相稱：職業是平民所從事的，用一個貴族色彩的 lady 來修飾，會讓人覺得講者刻意施恩，自以為高人一等）。lady 和 woman 衍生詞數量上明顯「少 vs. 多」的分布，可以說是 woman 平民色彩的體現，這個「少 vs. 多」的分布也回過頭來深化了社會大眾對 woman 含義的認知定位。

（曾泰元）

從「打歌」到「打咘」

八十年前「打」字的用法

文／傅凌

五四運動文白之爭中，劉半農是白話文派的主將之一。1926年11月23日，他在《世界日報》上寫了一篇談「打」字的〈打雅〉，擬了一百條有關「打」字的詞，到同年12月，《世界日報》前後又刊登了二十二次各方讀者有關〈打雅〉的補充與續作。

劉半農之會想到談「打」字，主要是他認為「打」在中文裡是個「混蛋字」：「這年頭兒『打』字是很時髦的。你看，十五年來，大有大打，小有小打，南有南打，北有北打，早把這中華民國打得稀破六爛，而嗚他媽的呼，打的還在打！無論那一種語言裡總有幾個意義含混的『混蛋字』，有如英語中的 take 與 get，法語中的 prendre 與 rendre。我們中國語裡，這『打』字也就混蛋到了透頂。」

時隔將近八十年後，看當時社會「打」字的種種用法，有許多饒富興味之處。譬如：「打歌」在當時就用了，並且「此語似由台灣流入」，只是意義和今天大不相同：「男女在山田中以歌謠唱和也」。又，今天所流行的「打啵」（接吻），顯然語出四川話，因為有兩名讀者分別以「打咘」和「打ㄅ乙」來表示在四川話裡這是「男女接吻」。其他一些有趣的例子如下：

【打底】 上海妓院中語，娘姨大姐代倌人侍寢也。

【打砲子】 吸雅片時燒烟膏爲烟砲也。

【打砲】 伶界語，客串也。

【打熱捶】 輕佻語，情打之謂也，普通有所謂越打越親熱，此即情人越打越親愛也。

【打咘】 接吻也。（四川方言）

【打溜】 叫人讓路也，此語常爲力夫在湧擠中所呼喊者。

【打翻天印】 生徒反對其師之謂也。

【打虎】 婦人嫁人後，又騙物私逃也。

【打屁】 放屁也。

【打夢鎚】 睡後發不規行之動作也。

【打坐】 伶界語。謂令人預備座位也。例：「丫頭，打坐！」

【打圍】 考試時偷看旁邊人的卷子。例：我事前並未看講議，這著打圍倒答得很好。

【打眼】 破女子瓜也。

【打碟子】 接吻也。

【打礮】 （一）放礮也。（二）男女交媾也。

【打撈】 無事遊行鄉里，以冀竊人東西，或誘姦異性也。

【打嘴股】 相罵也，例：她每每和鄰婦打嘴股。

【打歌】 男女在山田中以歌謠唱和也，此語似由台灣流入。

【打醬油】 忘八也。

【打ㄅ乙】 男女接吻也。

【打樣】 議婚時，彼此須見面，一方恐露醜，而易人以代也。

一本中文詞典的文化變遷

以《四角號碼新詞典》為例

文／謝泳

　　1926年，王雲五發明四角號碼檢字法，接著從《王雲五大辭典》開始，到後來《王雲五小辭典》的出版，使中國文化的普及真正進入到了人們的日常生活中。《王雲五小辭典》雖然是一本以識字為主要目的的大眾工具書，但王雲五意識到自己工作的文化意義，所以他要盡可能表現出一個將要融入世界文明體系的民族，對於現代文化的基本認同。小辭典從三〇年代中期出版，歷經八年抗戰，直到四〇年代末，還是中國大眾日常生活中最主要的文化工具書。

　　五〇年代初，大陸對於四角號碼檢字法還有相當的認同，在沒有新式檢字法出現和普及之前，要讓它退出大眾日常文化生活中還是困難的。但對於這樣一本詞典，如果讓它原樣出現又是不可能的。於是出現可以說完全是在《王雲五小辭典》上修訂或者說重編的《四角號碼新詞典》，以及以後多次對四角號碼詞典的修訂。今天把歷年出版過的《四角號碼新詞典》放在一起，與《王雲五小辭典》對比一看，真是感慨萬端，幾十年的文化滄桑盡在其中，這次第，怎「詞典」兩字了得！

共產主義、蘇聯、美國

　　舉一個最簡單的例子。對「妓女」這個詞的解釋，王雲五的釋義是：「賣淫的婦女。」（1947年版）修訂以後的釋義分別是：「娼妓，封建社會和資本主義社會中被迫出賣肉體為生的婦女。」（1950，1963）「舊社會中被迫賣淫的婦女。」（1983）比較起來，還是王雲五的解釋可取，因為做為一種社會現象，娼妓與意識形態的關係，並不是那麼簡單，而且也不是封建社會和資本主義社會特有的現象。

　　再舉幾個複雜的例子。

　　對於「共產主義」，王雲五的解釋是：「欲消滅私有權，以社會財產尤其是生產工具為社會公有，並建立無產階級政權的主義。」到了《四角號碼新詞典》裡，同樣一個詞就成了：「是無產階級的整個思想體系，也是社會發展的最高階段，在那個時代，人對人的剝削消滅了，生產資料為社會所公有，生產力可以無限的發展，人類的個性和能力也能作充分的發展，每人都過著高度文化和富裕的幸福生活，實現『各盡所能，各取所需』的理想。」（1957）

　　到六〇年代變成了：「是人類社會發展的最高階段，是共產黨領導工人階級勞動人民奮鬥的目標。共產主義分低級和高級兩個階段，社會主

義是它的低級階段，實行『各盡所能，按勞分配』，在實施全民所有制以後，再經過一段時間，社會生產力更大地發展了，社會產品極大地豐富了，全體人民的共產主義思想覺悟和道德品質都極大地提高了，全民教育普及並且提高了，工農差別、城鄉差別、腦力勞動和體力勞動的判別都逐步消失了，這時就進入『各盡所能，按需分配』的共產主義高級階段。」

進入八〇年代，這個詞又變成：「指無產階級的整個思想體系，即馬克思主義。指共產主義制度，包括社會主義和共產主義社會兩個發展程度不同的階段。在高級階段的共產主義社會裡，階級和階級差別消滅了，實行共產主義公有制，生產力高度發展，社會產品極大豐富，人們具有高度的思想覺悟，勞動成為生活的第一需要，消滅了三大差別，分配原則是『各盡所能，按需分配』。」

可以設想，一本詞典，對同一個名詞的解釋，這樣變來變去，讓接受這些知識的人會產生什麼樣的感想，他們的知識還有沒有相對的穩定性，在這樣的文化接受系統中，人們的思維會產生什麼樣的變化。如果說對政治詞彙的解釋，隨著意識形態的變化而不同，人們還可以理解的話，那麼對於一些客觀性較強的名詞，也變來變去，就不能不讓人產生疑惑。

王雲五解釋「蘇聯」這一名詞：「俄羅斯的新國名，即蘇維埃社會主義共和國聯邦的簡稱，為工農社會主義的國家，領土跨歐亞兩洲，原由

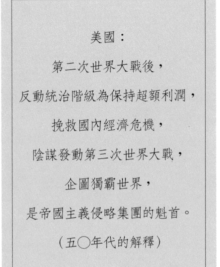

美國：
第二次世界大戰後，
反動統治階級為保持超額利潤，
挽救國內經濟危機，
陰謀發動第三次世界大戰，
企圖獨霸世界，
是帝國主義侵略集團的魁首。
（五〇年代的解釋）

十一個共和國組成，一九四零年又加盟五國，共計有十六國，面積 21,352,572 方公里，人口 180,000,000 人（1941年，新加盟的五國不在內）。」

在《四角號碼新詞典》裡，同樣一個國家就成了這樣：「蘇維埃社會主義共和國聯盟的簡稱，成立在 1922 年。橫跨歐、亞兩洲，面積 22,300,000 方公里，人口 210,000,000 人，共包括十六個加盟共和國，首都莫斯科，是世界第一大國，一切生產資料全為公有，農業採集體生產方式，生產力飛速發展，正由社會主義向共產主義邁進，是世界上最先進的、人民生活最幸福的國家。」

到了六〇年代，因為中蘇關係的變化，這個詞就成了：「蘇聯是世界上第一個社會主義國家，位於歐洲的東半部和亞洲的北部，面積 2,240 萬方公里，首都莫斯科。蘇聯是十五個加盟共和國的聯盟，最高權利機關是蘇聯最高蘇維埃，最高管理機關是蘇聯部長會議。」以後再出版的《四角號碼新詞典》就不收這個詞了。對蘇聯是這樣，對美國就更有意思了。

王雲五的解釋：「北美洲的大共和國，面積本部 7,839,000 方公里，屬地 1,627,400 方公里，人口本部 131,669,275 人（1940年）。」

五〇年代的解釋：「美利堅合眾國的簡稱。位在北美洲南部，是少數金融寡頭專政的法西斯國家，面積約 784 萬平方公里，國都華盛頓。第二次世界大戰後，反動統治階級為保持超額利潤，

挽救國內經濟危機，陰謀發動第三次世界大戰，企圖獨霸世界，是帝國主義侵略集團的魁首。」

六〇年代，中國人仇美的高潮稍減，這個詞就成了：「美利堅合眾國的簡稱。位在北美洲南部，是一小撮壟斷資本家統治的日益走上法西斯化道路的國家，面積 9,374,717 平方公里，國都華盛頓。第二次世界大戰後，反動統治階級企圖獨霸世界，是帝國主義侵略集團的魁首。」有人奇怪，9-11 事件發生，為什麼許多中國人會對美國是那樣的態度，特別是青年學生，如果我們能知道他們獲取知識的歷史局限性，就能解釋出他們意識深處的動因。

太平天國、義和團、宗教自由

解釋一個詞彙，看起來是意識形態制約文化態度的現象，但它在很大程度上體現了中國知識分子的歷史觀念。在他們看來，也許歷史真的成了任人打扮的小姑娘。同樣一件歷史事件，在不同時期就有不同解釋，對於初次接觸歷史知識的學生來說，如此隨意的描述帶給學生知識上的缺陷是很顯然的。長時間以這樣的方式獲取知識，人的思維中就會產生對歷史的一種評價態度。

王雲五他們那一代人，在對歷史的態度上應該說還是受到了好的訓練，所以在他們筆下，你很難看到對歷史事件的隨意解釋。他對「太平天國」的解釋是：「清朝道光咸豐年間洪秀全所建的國，定都南京，據有東南十餘省，凡十三年（西元 1851 年至 1864 年）後為清朝曾國藩所滅。」這個解釋對於學生來說是適當的，因為教育不是宣傳，而詞典在承擔文化傳承的功能時，也不能強加給學生某種意識形態，因為他們的知識和思想還正在形成之中，簡單的意識形態教育對他們是有害的。這一點，胡適、王雲五他們是有清醒意識的。

《四角號碼新詞典》對於同樣歷史事件的解釋就是另外一回事了。太平天國「是中國歷史上規模最大的一次農民革命所建立的政權，這個革命，由洪秀全等領導，從廣西起兵，下湖南、湖北，直達江蘇，鬥爭普遍到東南各省，時間持續了二十八年（1850-1878 年）。它並且提出了平分土地、男女平等等資產階級性質的民主要求，是中國人民爭取民主的鬥爭開始。」六〇年代的解釋幾乎一樣，只除了最後的「鬥爭開始」改為「鬥爭序幕」。

八〇年代的解釋：「我國近代反帝反封建的農民革命運動。1851 年，洪秀全等在廣西桂平縣金田村起義，成立太平天國。1853 年定都天京（即南京），其後分兵西征和北伐，革命勢力擴及十八個省，攻克六百多個城市，1864 年，在中外反動派聯合反撲下失敗。」

王雲五對義和團的解釋：「清朝祕密會黨，始於乾隆年間，光緒 26 年（西元 1900 年）在天津起事，倡扶清滅洋的主義，慈禧太后為其所惑，加以贊助，滅教堂，攻使館，致釀八國聯軍入北京，而有辛丑年（西元 1901 年）的不平等條約。」五〇年代初，《四角號碼新詞典》的解釋是：「清末的會黨，是農民和城市貧民反抗帝國主義的原始鬥爭組織，1899 年（光緒二十六年），倡扶清滅洋說，發動反洋暴動。國際帝國主義藉口聯合進攻中國，叫做八國聯軍。義和團暴動雖然具有民族鬥爭的意識，但因為缺乏先進階級的領導，帶有濃厚的封建色彩，終於失敗。」

六〇年代：「義和團本是山東一帶農民和手工業工人的反清祕密結社，組織很多，帶有濃厚的宗教色彩，在人民反抗帝國主義侵略的強烈要求下，豎起了『扶清滅洋』的旗幟，吸引了廣大的群眾。1900 年初，義和團勢力擴及山西、東

北和西北許多地區,並發展到了北京。他們對在各地以傳教為名而侵略及欺壓我國人民的外國教堂和傳教士進行了勇敢的反抗和打擊,並進攻北京的外國使館和教堂,聲勢非常浩大,後因清政府的欺騙和出賣以及帝國主義的聯合進攻而告失敗。義和團運動顯示了中國人民巨大的力量,打擊了帝國主義者;削弱了清政府的統治。」

到了八○年代,義和團又成了:「1899-1900年我國北方以農民為主體的反帝愛國運動。它沒有統一的組織,最先發生在山東省,後擴展到華北、東北各省,京津一帶聲勢尤為浩大,沉重打擊了帝國主義的兇焰。後為八國聯軍、清軍鎮壓而失敗。」

關於資本主義,王雲五認為:「是一種經濟制度,在該制度下,生產的工具都屬私人所有。」

五○年代:「是以資產階級剝削無產階級為基礎而建立的社會制度和生產方式,它的基本特徵是:生產資料完全被資產階級占有,而勞動者則一無所有,除出賣勞動力給資本家外,無法生存;另一方面,因為生產採用機器並且是集體進行的,所以生產力比較發達,資本家為追求利潤而互相競爭,造成生產的無政府狀態,由於社會化的生產和個人占有的矛盾,加重剝削,使工人階級日趨貧困,結果社會購買力降低,造成週期性的經濟危機,工人因失業而飢寒流離,為生存而起來鬥爭。覺悟逐漸提高,組成自己的政黨——共產黨,向資產階級進行鬥爭,並最後消滅資本

義和團:
1899-1900年
我國北方以農民為主體的反帝愛國運動。
它沒有統一的組織,
最先發生在山東省,後擴展到華北、東北各省,
京津一帶聲勢尤為浩大,
沉重打擊了帝國主義的兇焰。
後為八國聯軍、清軍鎮壓而失敗。
(八○年代的解釋)

主義,所以說:資本主義是歷史上最後一個階級社會。」

六○年代:「替代封建主義的一種社會制度,它的基礎是生產資料的私人資本主義占有制和對雇傭工人的剝削;它的基本矛盾是生產的社會性與產品的私人占有;它的經濟建立在生產的無政府狀態之上,因此,當勞動者購買力日益下降,市場不能容納生產出來的商品時,就必然發生週期性的生產過剩的經濟危機。十九世紀末,資本主義進入帝國主義階段;第一次世界大戰開始後,進入總危機狀態;二次大戰期間,開始了總危機的第二階段。」

八○年代:「以資本家占有生產資料並剝削雇傭勞動為基礎的社會制度。資本家最大限度地榨取工人創造的剩餘價值是資本主義生產的本質。無產階級和資產階級是兩個基本的對抗的階級。生產社會化和生產資料私人占有之間的矛盾,是資本主義的基本矛盾。」

比較王雲五辭典和後來新詞典的變化是一件很有意義的事,除了變化之處,還可以看出增加了什麼,減少了什麼,而這一加一減也體現著一個時代的文化變遷,王雲五辭典裡有「宗教自由」這個詞,他解釋這是「人民信仰宗教,不受國家干涉的自由。」但在以後的詞典裡,這個詞就消失了。　∎

本文作者為大陸作家

英語世界的四次詞典大戰

三次發生在美國本土，一次戰火遍及全世界

文／曾泰元

第一次詞典大戰

韋伯斯特 vs. 伍斯特

韋伯斯特（Noah Webster, 1758-1843），俗稱韋氏，在 1828 年出版了《美國英語詞典》（*An American Dictionary of the English Language*，俗稱《韋氏一版》），成為美國最知名、影響力最大的詞典編纂家。（韋氏的故事，參閱本書第 74 頁。）

韋氏出版詞典的動機，在於美國脫離英國的殖民統治，成為一個獨立的民主聯邦國家之後，美國英語的發音、詞彙、用法也漸漸地發展出自己的特色來，可是當時美國用的還是英國的詞典，在語言方面也還是以英國的標準為標準。韋氏深深覺得美國的英語也應該從英國的英語獨立出來，不能再仰賴、模仿矯揉造作、以王室為尊、距離又遙遠的英國標準；而且他覺得英語裡的拼字與實際的發音差別太大，造成學生極度的困擾，更加深了他要改革的使命感，因而在歷經多年的準備後，編了他的詞典。這部詞典不但在收詞、拼字、標音上，融入了他的美國價值和美國觀點，在用法方面也與前人不同，不受傳統規定語法（prescriptive grammar）堅持最好、最正確用法這個規範的約束；他強調活的語言，以受

過教育美國人的實際用法為標準，援引當時美國作家的作品，可以說是詞典編纂的一大進步。（全書分上下兩大卷，收詞達七萬，是當時全世界規模最大的英語詞典，不過由於太貴，銷售的情況不算理想，在美國只發售了 2,500 套。）

可以料想得到的是，任何「進步」，都意味著脫離安穩的現狀，都可能會受到傳統保守勢力的反擊。小韋氏一輩的伍斯特（Joseph Worcester, 1784 ～ 1865）代表的就是這樣的一股勢力。

伍斯特原先是個地理及歷史教科書的作者，之後才跨進詞典編輯的領域。他曾縮編改良了英國大文豪約翰遜（Samuel Johnson）1755 年出版的《英語詞典》（*A Dictionary of the English Language*），得到社會的高度肯定，隨即又為韋氏工作，在 1829 年出版了《美國英語詞典》的縮編本。經過這兩本的磨練之後，伍斯特吸取了前人的經驗，於隔年（1830）出版了自己的第一本《英語綜合發音與釋義詞典》（*A Comprehensive Pronouncing and Explanatory Dictionary of the English Language*）。這本詞典的出版為第一次詞典大戰拉開了序幕。伍斯特詞典在拼字上遠較韋氏詞典保守，發音方面也沒有正

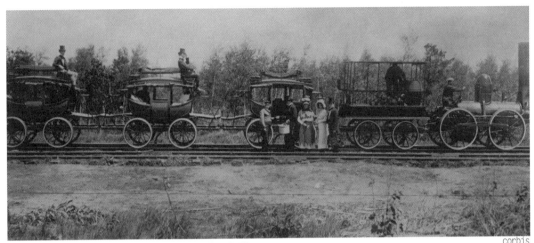

1831 年的美國。正是第一次詞典大戰戰火燃起的年代。

corbis

視美國英語的正當性，還是以「優雅」的倫敦音為效法的標準，書證方面引用的是英國作家的作品，用法也以英國的用法為依歸。雙方對描述語言的理念不同，加上伍斯特為韋氏工作過，因而被韋氏指責為抄襲，雙方的樑子越結越深。

1841 年韋氏二版問世。1846 年伍斯特則出了一本更大的《英語通用校勘詞典》（*A Universal and Critical Dictionary of the English Language*）。雙方全面開戰，不但各自動員傳媒力量，在通路上要求書店只准展售自己的詞典，連學界也分邊，耶魯支持韋氏，哈佛則支持伍斯特。戰火綿延十多年之後，1860 年伍斯特出版了《英語詞典》（*A Dictionary of the English Language*）。這部厚達 1,800 頁的四開詞典，是伍斯特的畢生代表作，不但收詞量達 104,000 條，在當時最大，和韋氏詞典比起來還明確展現自己的特色：繼續保有自己在發音上更完整、更精確的特點；雖然詞條的解釋比較短，但是反而比較周全；詞源的分析雖然比較短，但是比較精確，不像韋氏頗多臆測之處；跟進加入了一千幅插圖；最後還首創同義詞辨析。伍斯特的詞典問世後，廣受好評，甚至有人譽之為約翰遜之後最

好的詞典。今天大家雖然只知韋氏之名，但是當年的戰況，大不相同。

如果不是一個人，本來就為定價太高所苦的韋氏詞典究竟是否能存活下來，都有人懷疑。那個人就是韋氏的女婿，古德里奇（Chauncey A. Goodrich）。古德里奇在韋氏生前就已經參與經營面的工作，像伍斯特縮編《美國英語詞典》，就經過古德里奇的認可。韋氏過世後，古德里奇先是聘任一位德國語言學家曼恩（C. A. F. Mahn）把韋氏詞典裡所有詞源相關的部分做了編整，然後再聘請日後就任耶魯大學校長的波特（Noah Porter）就整部詞典做了全面的修訂、編輯，在 1864 年推出了韋氏嶄新的一部詞典。這部詞典正式名稱是《韋氏英語詞典》（*A Dictionary of the English Language*），韋氏詞典有足本（the unabridged）之稱，由此開始，日後並以 Webster-Mahn 之簡稱為人所熟知。這部詞典出版後，戰局底定，從此伍斯特詞典在市場上逐漸銷聲匿跡，因而大家記錄第一次英語詞典大戰的時間，就定為 1830 ～ 1864 年。然而，真正有趣也諷刺的是，韋氏詞典這次之所以能擊敗對手，最關鍵的其實是放棄了許多自己原有的主張，不但

採納了伍斯特詞典同義詞辨析等特點，更全面接受了伍斯特詞典「簡潔、精確、謹慎、穩健、優雅」的風格。古德里奇能不為韋氏詞典的意識形態所限，廣納各方人才為韋氏詞典帶來新的生命，是贏得這場詞典大戰最關鍵的人物。

第二次詞典大戰
梅里亞姆 vs. 芬克與瓦格納

英語世界的第二次詞典大戰，在十九世紀末、二十世紀初發生。這段時間由於是工業高度發展後，科技與人類生活都在發生鉅變之際，因而詞典也邁入以收詞量為競賽的一個階段。兩造一方是出版韋氏詞典的梅里亞姆（G. & C. Merriam）公司，一方則是當時以出版《文學文摘》（*Literary Digest*，相當於日後廣受歡迎的《讀者文摘》）而致富的芬克與瓦格納（Funk & Wagnalls）出版公司。

1890 年，先是第一本《韋氏國際詞典》（*Webster's International Dictionary*）出版，以收詞 175,000 條為號召。三年後，芬克與瓦格納的《標準詞典》（*Standard Dictionary*）出版，高舉 304,000 個詞條，直接挑戰韋氏詞典的「足本」地位。

梅里亞姆的回應是把《國際詞典》再改編，然後在 1909 年推出第一版《韋氏新國際詞典》（*Webster's New International Dictionary*），將詞條數量再拉高到 350,000。1913 年芬克與瓦格納再出版《新標準詞典》（*New Standard Dictionary*），把規模擴大為 2,800 頁，450,000 個詞條。芬克與瓦格納這兩本詞典對英語詞典所起的帶頭作用是：一，把詞源的分析由詞條之首挪到最後，詞源的重要性改在詞義的解釋與發音之後；二，詞義的各個解釋，不以出現的歷史順序而改以常用的程度來排序。

1934 年，梅里亞姆推出《韋氏新二版國際詞典》（*Webster's New International Dictionary, Second Edition*），把詞條數目一舉擴張到 600,000，而芬克與瓦格納的詞典，後來則一直維持 1913 年的版本，沒再修訂，韋氏詞典這才擊退了芬克與瓦格納的糾纏，真正在美國稱霸。

第三次詞典大戰
《韋氏新三版國際詞典》 vs. 輿論

第三次詞典大戰又是跟韋氏有關，這回發生在 1960 年代初。1961 年 9 月，韋氏詞典的嫡系《韋氏新三版國際詞典》（*Webster's Third New International Dictionary*，俗稱 W3）出版，短短的幾個月內，就引發了輿論的砲轟，強度似乎遠超過前兩次詞典大戰。簡言之，輿論所抨擊的是 W3 的路線——描寫主義（descriptivism）。描寫主義是當代語言學在描述語言現狀時的主流做法，強調客觀描述語言實際上是怎麼說、怎麼寫的，避免賦予其價值判斷，而不是像規定主義（prescriptivism）一樣，規定語言應該怎麼說、怎麼寫。這聽起來似乎很合理，可是在當時社會風氣保守、重視既定規範的美國，W3 所堅持貫徹的描寫主義卻被許多美國人批評為離經叛道。

事實上，W3 的主編戈夫（Philip Babcock Gove）走的路線基本上就是一百多年前韋氏褐櫫的「描述活的語言」這個精神。W3 的例證豐富，多數取材自通俗的美國小說雜誌，反映了活的語言，可是批評者卻認為俗文學不登大雅之堂，例證應該引用經典文學的作品才是。另外，由於美國地廣人多，在某些詞的發音上難有共識，於是戈夫就羅列了所有可能的發音。例如 a fortiori（意思為：更加）是個拉丁文外來語，W3 竟然提供了 132 種理論上可能的發音，這對於企求一個標準答案的一般社會大眾而言簡直是

corbis

corbis

1961 年的美國。呼籲種族平等的「自由騎士」（Freedom Riders）被攻擊。《西城故事》也在這一年拍攝。社會逐漸形成多元價值觀，是《韋氏三版》出版的時代背景。

個折磨。W3 對詞目（headword）客觀的描述，加上一個片語通到底的定義方式，也造成了冗長、難消化的釋文，例如 hotel，W3 就用了一個長達 91 個詞的名詞片語來定義。W3 也背離了美國詞典編纂重視百科性訊息的傳統，將人名、地名等百科詞條全數刪除，希望與解釋名物、傳遞知識的百科全書劃清界限，讓詞典回歸到語言詞彙寶庫的這個基本角色上（dictionary 一詞來自拉丁文，本義是「詞的集合」），不過卻造成習慣在詞典裡找百科的美國人適應不良。

這些詞典學上的問題雖有人強烈質疑，倒還不是第三次詞典大戰的重點；規定主義與描寫主義的針鋒相對才是砲火最猛烈的主戰場。堅守描寫主義的主編戈夫，認為語言的存在是客觀的事實，無所謂好壞，只要普遍存在，就有描寫的價值和必要。基於這樣的理念，W3 收錄了一些很多人在用，卻被當時保守的社會批評為錯誤、沒水準的俚俗語，特別是 ain't 這個詞。ain't 可以代表 am not、is not、are not、has not、have not、do not、does not、did not 等否定式的縮

「韋氏」詞典商標之戰

　　梅里亞姆公司在 1841 年買下韋氏詞典的版權，從經營面上努力把「韋氏」（Webster）塑造為一個極有價值的商業品牌。到二十世紀前葉擊退芬克與瓦格納之後，在美國更把「韋氏」和「詞典」畫上了等號。

　　韋氏詞典的著作權，是在 1841 年登記的，因而到 1889 年的時候，梅里亞姆公司就不再享有獨家使用「韋氏」商標的權利。於是其後有許許多多美國出版公司都將他們的詞典掛上「韋氏」的稱號。梅里亞姆公司一直心有不甘，希望能有所扳回，除了後來將公司改名為「梅里亞姆－韋氏」（Merriam-Webster）之外，其後還有兩次訴訟，但都沒能成功——尤其 1991 年對藍登書屋那次沒能成功之後，事實上已經難以再對「韋氏」有所主張了。（傅凌）

寫，即使現在的「主流」社會也還是認為這是錯誤的、沒有受過教育者的用法。然而 W3 不但收了這個詞，竟然還沒有給它加註任何譴責性的標籤或字眼，因而引起了保守的規定主義者強烈的反彈。批評者認為，社會大眾泰半把詞典視為語言的權威，因此詞典也負有更大的社會責任。在這樣的認知基礎上，詞典收了一個詞，就會被解讀為語言已經認可它的合法地位。他們認為，像 W3 這樣悲哀地向語言放縱主義投降、把一些「不入流」的詞收入詞典、藉以提高其地位的做法，是道德的淪陷，是破壞英語的黑手，是英語詞典的災難。甚至還有人說，編輯是共產黨派來臥底的，藉由 W3 來從事顛覆的活動。反對者的聲音大如雷，在那個麥卡錫主義瀰漫的白色恐怖

第四次詞典大戰的幾位主角。

時代，支持者也只能螳臂擋車。

　　這一波保守主義持續性的猛批，顯示出市場對於一本大型的規範詞典有迫切的需要。美國傳統出版公司（American Heritage Publishing Company）因此積極地想買下出版 W3 的梅里亞姆公司，以挽救美國人的驕傲──韋氏詞典。這個企圖雖然沒有成功，卻促成了 1969 年《美國傳統英語詞典》（The American Heritage Dictionary of the English Language）的出版。藍登書屋（Random House）見情勢大好，也於 1966 年出版了一本大型的《藍登書屋英語詞典》（The Random House Dictionary of the English

Language），以掌握那些對 W3 失望、生氣或猶疑不定的讀者群。

　　後來證明，W3 雖有缺點，不過持平而論，這絕對是一本偉大的英語詞典。只不過樹大招風，在當時保守的文化氣候下，多數人一時之間無法接受 W3 把一些用語「合法化」的事實。有趣的是，當時主要報章雜誌、學術期刊的書評、社論、專文，最後還被集結成書，編成了《詞典和「那本」詞典》（Dictionaries and THAT Dictionary）。

第四次詞典大戰
四大學習詞典之暗中較勁

　　前三次詞典大戰的主戰場都在美國，戰爭的主體都是給英美人士用的綜合性詞典（general dictionary）。第四次詞典大戰卻很不一樣：主戰場遍及全世界非英語系的國家，戰爭的主體則是出版英語學習詞典的四家跨國大出版社──牛津（Oxford）、朗文（Longman）、柯林斯（Collins）、劍橋（Cambridge）。

　　顧名思義，學習詞典就是幫助外語學習者學習外語的詞典，收詞量不以多取勝，一般強調用淺顯的定義、豐富的例證、清楚的句型，來服務外語學習者。英語學習詞典的開山始祖牛津於 1948 年出了《牛津高級學習詞典》（Oxford Advanced Learner's Dictionary），長久以來一直都是國際上英語學習的暢銷書。朗文是英國最古老的商業出版社，1755 年約翰遜著名的《英語詞典》，和 1852 年羅熱（Peter Mark Roget）獨創的《羅氏英語詞語分類詞典》（Roget's Thesaurus of English Words and Phrases）就都是朗文出版的。為了不讓牛津專美於前，朗文 1978 年也編了

詞典裡的商標

商標的訴訟，和詞典有著很敏感的關係。商標是否被侵犯，和這個商標的字究竟是不是一般名詞很有關聯。像拜耳製藥（Bayer）就是當年雖然為 aspirin（阿斯匹靈）這個產品登記了商標，但因為被詞典收為一般名詞而沒有及時提出主張，因而喪失了美國的商標權。像 escalator（電動扶梯）、zipper（拉鍊）也是同樣的例子。有了這些前車之鑑，許多風行產品的廠商都視自己的名稱被列入詞典為畏途，一旦有詞典把它們列入的時候，經常不惜訴訟以對。

就產品廠商而言，通常不希望自己的商標被列入詞典，即使真的要列，也得加上特別記號註明。但就詞典的出版者與編輯者而言，這又明顯違背了詞典該收什麼詞不能受特定利益者干涉的基本原則。因而像美國一些詞典就會在版權頁上特別加上一段話，註明詞典裡所收的字如涉及著作權或商標權，他們沒有任何想要影響其權利的意圖。歐盟則要求詞典的出版者在版權頁上註明：如果詞典所收商標給予讀者一般名詞的印象，則在該商標所有人提出要求之後，「至遲在下一版出版時」予以註明。（傅凌）∎

《朗文當代英語詞典》（*Longman Dictionary of Contemporary English*）加入戰局，打破了牛津獨霸的局面。由於市場反應十分良好，因此 1987 年又出了第二版。柯林斯是蘇格蘭著名的老牌出版社，後來以出版詞典聞名。它和以英語語料庫研究聞名的伯明罕大學合作，於 1987 年推出了取材自電腦語料庫的《柯伯英語詞典》（*Collins COBUILD English Dictionary*），創新、革命性的編纂，為其在英語學習詞典的市場上打下了一片江山。劍橋大學出版社是世界上最古老的出版社，在語言學、英語教材、英語教學法的出版方面享有崇高的地位，可是在詞典的編纂上一直都沒有什麼令人印象深刻的作品。眼看市場三分天下，劍橋亟思突破，於是網羅了朗文第一版的主編，不動聲色地積極準備劍橋的首部英語學習詞典。

劍橋的動作是高度商業機密，不過同業之間似乎已經嗅到一股不尋常的氣氛，大家是鴨子划水，暗地裡探聽虛實，試圖去了解同業的新詞典何時出版，是否有創新的特色可供自己的產品參考。在 1995 年這個關鍵年度裡，《牛津高級學習詞典》第五版、《朗文當代英語詞典》第三版、《柯伯英語詞典》第二版，以及新作《劍橋國際英語詞典》（*Cambridge International Dictionary of English*），幾乎都在同一個時間問世，彼此內容的創新也因之前的諜對諜而同中有異、異中有同。這場英語學習詞典「四大天王」企圖瓜分市場大餅彼此激烈較勁，許多研究學習詞典的專家也在學術期刊、學術會議上從各個角度切入，熱烈討論，還因此出版了許多相關的專書和論文集，詞典學上一般稱之為第四次詞典大戰。

詞典大戰的當時雖然慘烈，然而事過境遷，如今回過頭來看，消費者也因詞典業者、詞典編纂家之間的競爭、論戰，而得到內容更多元的詞典。∎

本文作者為東吳大學英文系副教授兼系主任

The Men Who Changed the History of the Dictionaries

文字密林中的身影

九個編詞典的人

文／曾泰元、韓秀玫、傅凌

許慎與《說文解字》

中國的文字，先是有殷商時期的甲骨文，再有商朝、周朝時期刻在青銅器上的金文（又稱鐘鼎文）。到戰國時期，各國國政獨立，各自在書寫字體上產生一些變化，或是另創新字，因而出現了「言語異聲，文字異形」的局面。秦始皇統一中國，「車同軌，書同文」，整理文字，定下固定而統一的寫法，也就是小篆，同時為了書寫方便，納入民間的一些寫法，再改良出隸書（儘管如此，當時還另有六種文字在通行）。到漢朝初年，隸書再演化成四四方方的「章草」（有別於後來書法中龍飛鳳舞的狂草），至於後來通行至今的楷書，則是要到東漢末年，三國左右才出現的。

由中國文字這段演化的過程來看，東漢初年，許慎所著的《說文解字》的背景與意義，就很清楚了。

在許慎之前，中國當然也可以說是有很多字書。像周宣王時期的《史籀》十五篇（用來教學童識字），或是秦朝的《倉頡篇》（當作小篆字體範本），西漢史游所編的《急就篇》（又名《急就章》）等，都是代表。但這些字書的基本性質，都屬於啟蒙識字讀本。超越識字讀本的範圍，真正稱得上中國第一部字典的著作，正是《說文解字》。

許慎（約30-124），字叔重，汝南召陵（今河南省郾城

縣東）人。他的生平記事很少，大約只能知道他是古文經大家賈逵的學生，飽讀經書，因而有人稱譽他「五經無雙許叔重」。

許慎的時代，有「古文經」與「今文經」兩派之爭。這兩派之爭，起於「秦燒滅經書，滌除舊典……而古文由此絕矣」，因而等漢朝魯恭王拆毀孔子住宅，得到《禮記》、《尚書》、《春秋》、《論語》、《孝經》等古文典籍之後，古文經派視若珍寶，今文經派則認為是搞怪的人故意改變文字的寫法，假託出自孔子住宅，根本就是偽造出來的文字。

許慎自己是古文經派，因此編寫《說文解字》，有一個很大的目的是從文字的整理，來駁斥當時的今文經派。《說文解字》主要以小篆為主體，是許慎根據《史籀》、《倉頡篇》等書，並旁徵博引古書中的材料，以及先秦與漢朝許多學者觀點所整理出來，把到小篆為止的中國文字演化做了梳理。《說文解字》的一個貢獻在於成為研究中國古文字學與古漢語的必備材料，然而另一個更大的貢獻，則是許慎總結了前人「象形」、「指事」、「會意」、「形聲」、「轉注」、「假借」的「六書」理論，首創部首方法，「方以類聚，物以群分。同條牽屬，共理相貫。雜而不越，據形系聯。引而申之，以究萬原」，不但首開部首制字書的濫觴，也奠下解釋中國文字的一種理論基礎，影響後世深遠。（《說文解字》也開啟了後世的「說文學」或「許學」，研究中

中華書局版的《說文解字》與內頁。

國文字最著名的有清人段玉裁的《說文解字注》。）

直到今天，我們讀許慎寫在全書之前的序，仍然為他縱橫歷史的視野，以及寬廣的胸懷而感動：「蓋文字者，經藝之本，王政之始，前人所以垂後，後人所以識古。故曰『本立而道生』，知天下之至賾而不可亂也。今敘篆文，合以古籀，博采通人，至於小大，信而有證，稽譔其說。……」

許慎當過一些小官，但整體而言在仕途上不很得意。晚年病重時，由兒子許沖給漢安帝上了一道表，就是〈上《說文解字》表〉，把《說文解字》一書獻給皇帝，也正式公諸於世。許沖在表中表達完獻書的意思後，末尾有這樣幾句：「臣沖誠惶誠恐，頓首頓首，死罪死罪，稽首再拜，以聞皇帝陛下。」照歷史的記載，皇帝則詔書賜布四十匹，「敕勿謝」。

今天在距河南漯河市區八公里處，還有一個許慎墓。（傅凌）

韋伯斯特與《韋氏一版》

1776年，美國脫離英國的殖民統治，成為一個獨立的民主聯邦國家以來，美國英語的發音、詞彙、用法也漸漸地發展出自己的特色，而與英國英語保守的王室風格漸行漸遠。可是接下來美國的教育系統卻仍然完全依賴英國，不但教科書來自英國，語言方面繼續以英國的標準為依歸，詞典用的也還是英國的詞典。

在美國獨立後完成耶魯學業的韋伯斯特（Noah Webster, 1758-1843），投身教育事業。目睹當時美國教育系統對英國的依賴，韋氏在許多論教改的文章裡大聲疾呼：美國在政治上獨立了，在語言上也應該走自己的路，不能再仰賴另一個國家的標準，彷彿自己低人一等。而且他覺得英語裡的拼字與實際的發音差別太大，造成所有人的困擾，更加深了他要改革的使命感。1783年，他首先幫自己同胞寫了一本美國自己的教科書《美國拼字課本》（The American Spelling Book，這本書由於是藍皮裝訂，又以「藍皮拼字教本」〔theBlue-Backed Speller〕之名在美國家喻戶曉）。

接著，從1800年開始，他致力於編纂一本給美國人使用的英語詞典。他想要編這樣的詞典，一方面固然是他覺得美國人的說話和拼字方式應該不同於英國，另一方面也是看到美國各地的人在使用英語時，發音和拼字各行其是，而他認為美國人應該說的是同一種英文。1806年，韋伯斯特初試啼聲，出版了《簡明英語詞典》（A Compendious Dictionary of the English Language），為其後的大詞典鋪路。之間韋氏還曾經遠赴英法等國的圖書館作了一年的研究，辛苦準備了二十五年，終於在1825年寫成了上下兩大卷、收詞達七萬、當時全世界規模最大的英語詞典——俗稱《韋氏一版》的《美國英語詞典》（An American Dictionary of the English Language）。

《韋氏一版》直到1828年才正式問世。總結了他的理念和經驗，在收詞、拼字、標音、用法上，融入了他的美國價值和美國觀點。在收詞方面，韋氏不再像英國的詞典獨尊文學語言；他收錄了許多科技用語。在拼字方面，他的原則是怎麼念就怎麼拼，主張刪掉多餘的字母，所以他把colour改為color，把centre改為center，把cheque改為check，把defence改為defense。在發音方面，韋氏描述的是新英格蘭地區受過教育者的口音，不再沿用英國詞典的倫敦音。在用法方面，他不受傳統規定語法（prescriptive grammar）堅持最好、最正確用法這個規範的約束；他強調活的語言，以受過教育美國人的實際用法為標準，援引當時美國作家的作品，可以說是詞典編纂的一大進步。

韋氏詞典歷經了與伍斯特（Joseph Worcester）以及芬克與瓦格納（Funk & Wagnalls）公司的兩場詞典大戰（請參見第66頁），終於稱霸，在美國，「韋氏」就等於「詞典」之意。（曾泰元）

韋伯斯特　　　　corbis

格林兄弟與《德語大詞典》

格林兄弟，不只是以〈青蛙王子〉、〈灰姑娘〉、〈白雪公主〉、〈小紅帽〉等童話故事膾炙人口，他們還有一部編輯時間長達一百二十年以上，在世界詞典史上無人能望其項背的《德語大詞典》（*Deutsches Wörterbuch*）計畫。

格林兄弟的哥哥是雅各‧格林（Jacob Carl Grimm, 1785-1863），弟弟是威廉‧格林（Wilhelm Grimm, 1786-1859）。他們生於萊茵河畔的哈瑙（Hanau），青年時代正是拿破崙占領德國的時期。大學畢業後，受到一部民歌集《少年的奇異號角》（*Des Knaben Wunderhorn*）的啟發，從 1806 年開始搜集、整理民間童話和古老傳說，並從 1814 年開始陸續出版三卷本的《兒童與家庭童話集》（*Kinderund Hausmarchen*，就是後來的《格林童話集》）。兄弟兩人原先都在哥廷根大學（*University of Göttingen*）教書，1837年漢諾威國王廢除 1833 年制定的自由派憲法，格林兄弟等七位教授聯名抗議，因而失去教授職位，但 1841 年兄弟兩人獲普魯士國王邀請出任柏林皇家科學院院士，並一同於柏林大學任教。

其中哥哥雅各尤其是語言學專家。他在建構日耳曼語的整體歷史觀上貢獻卓著，《德語文法》（*Deutsche Grammatik*）一書，把日耳曼語裡十五種不同語言的每個階段的發展都做了比較分析。因為他的影響，德國語言史的研究才得以成形。除此之外，雅各也是歷史比較語言學的奠基人之一，提出的語音對位規律，就是有名的「格林律」（Grimm's Law）。

格林兄弟開始著手編輯他們的《德語大詞典》，是 1838 年離開哥廷根大學之後的事。他們想編一部詞典，能收納「從（馬丁）路德起到歌德」，大約相當於十六到十九世紀中葉這段時間內所有德語的語詞——包括其起源、方言型態，以及用法與引用例句。（事實上，莫瑞編輯《牛津英語詞典》就受到格林兄弟這部詞典的影響很大。）這麼鉅大的工程，到弟弟威廉在 1859 年去世時只編到 D 部，哥哥雅各在 1863 年去世時，也只編到 F 部的 Frucht，相當於英文 fruit（水果）那個字。

格林兄弟去世後，詞典的編輯工作由德語世界大批頂尖的語言學家遵循他們所訂下的編輯體例持續下去，即使在二次大戰後的冷戰期間，東西德的學者專家也都一直合作。1960 年，總共八十卷的《德語大詞典》終於完成，前後歷時一百二十二年。（傅凌）

格林兄弟

corbis

莫瑞與《牛津英語詞典》

1857年，英國的語文學會（Philological Society）決議編纂一套不同於過去的新詞典，來記錄自古至今的英語語言史，名稱則定為《按歷史原則編寫的新英語詞典》（*A New English Dictionary On Historical Principles*）。1879年，語文學會與牛津大學出版社正式簽訂了出版合約，同時，在語文學會秘書長傅尼維爾（F. J. Furnivall）的引介下，莫瑞（James A. H. Murray, 1837-1915）擔任了後來更名為《牛津英語詞典》（*The Oxford English Dictionary*，俗稱 *OED*）的主編。《牛津英語詞典》的故事，這才真正開始。

莫瑞出身蘇格蘭一個小鎮上的裁縫家裡，家世資料流傳下來的極少。後來他漸有名聲之時，對於自己，他曾經這麼寫過：「我是一個無名小卒。就把我當作是太陽神話，或一個回聲，或一個無理數，或完全忽視我。」但這個無名小卒卻是一個極聰明又博學的人，雖然從十四歲以後就沒有受過正規教育，但自修各種科學，對考古、語言的研究尤其深感興趣。他三十歲那一年，給大英博物館的一封求職信這麼寫著：

對印歐語系及敘利亞—

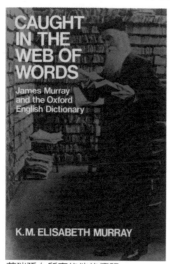

莫瑞孫女所寫的他的傳記

阿拉伯語系之語言與文學均頗熟稔，雖非全部熟知，但擁有一般詞彙及結構方面之知識，僅需稍加用心即可通曉。至於精通之語文包括羅馬語系之義大利語、法語、西班牙東北部加泰隆尼亞地區方言、西班牙語、拉丁語；通曉葡萄牙語、瑞士沃洲、法國普羅旺斯等多種方言。日耳曼語方面，略通荷蘭語……比利時的佛蘭芒語、德語、丹麥語。在盎格魯—撒克遜及密西哥特語方面，本人之研究更為深入，對此等語文有若干研究論文可以印行發表。本人對凱爾特語略知一二，目前正研究斯拉夫語，業已在俄語方面取得頗有用處之知識。在波斯語、古波斯語及梵語方面，因研究比較語言學而粗通，對希伯萊文和古敘利亞文之了解可閱讀舊約聖經及伯西托本（即古敘利亞文本）聖經；對亞拉姆語、哥普特語及腓尼基語則略遜一籌，僅就〈創世紀〉所載而已。（摘錄自《瘋子‧教授‧大字典》）

莫瑞接掌編務之後，確立了編輯計畫及方法，就埋首於他的工作室「書齋」（Scriptorium）三十六年，消化、處理重達數英噸重的資料，直到他過世為止。1928年，第一版《牛津英語詞典》十巨冊終於出齊。它全面、深入地收錄、描述了中古英語迄今（1100-）近九百年來的詞彙共 41 萬多條，並且大量引用這些詞彙在不同時期見諸文獻的相關段落，由最早到最近，按時間先後，逐條標示該文獻的年份、作者、篇名或書名，來為這些詞彙在形態、意義、用法上的演變提供佐證。莫瑞的貢獻，以及 *OED* 有兩千名義工參與的「閱讀工程」（Reading Program），成為超越英語世界以外的傳奇與典範。（曾泰元）

諸橋轍次與《大漢和辭典》

諸橋轍次的父親諸橋安平，開漢學塾，是鄉里敬稱的「訓導先生」。明治16年（1883年）他的次子誕生時，就以宋朝文人蘇轍之名，取名為「轍次」。轍次五歲時，父親教他背《三字經》，因而直到八十歲時都還能背誦如流。後來他又接受《論語》教育，開啟了他對漢學的興趣。

諸橋轍次後來在東京高等師範學校畢業後，在一個機遇下，1917年到中國留學了兩年。諸橋轍次到中國留學時，一直為遍尋不著適用的詞典所苦，於是種下了想編一部空前規模的漢語辭典的念頭：

> 東洋文化的研究無法自外於漢字漢語。思索開啟漢字漢語寶庫的方法，讓我開始考慮編輯辭典一事……無論日本過去辭典有多進步，大體而言文字語彙皆不足，中國辭典中《康熙字典》、《佩文韻府》等，又皆文字解義多而無語彙，或是有語彙卻無解釋。凡此皆無法滿足學者需求，卻又乏人可彌補此一缺憾。別人不做，我雖不才，畢竟應該一試……（《大漢和辭典‧序》）

1923年，大修館書店的鈴木一平來拜訪他，諸橋轍次說出埋在心底很久的這個想法，兩人一拍即合。四年後，他們正式簽約，然後從1928年開始動筆。諸橋轍次以家為編輯部，在斗室裡製作了四十萬張卡片，調閱文獻、檢查語彙。戰爭期間，物資匱乏，他們奮力以前的結果，不但有四名助手患得

《大漢和辭典》內頁

肺結核病故，諸橋轍次自己也右眼失明，只能以左目工作。十四年之後，1943年，《大漢和辭典》第一卷終於出版。儘管當時在二戰期間，一出版仍好評如潮，廣受歡迎。不過，1945年預定出版第二卷的前夕，美軍空襲東京，大修館書店化為灰燼，一萬五千頁組好的版，重達百噸的金屬鉛字也化為烏有。唯一慶幸的是，有三部校對版保留了下來。這一年，諸橋轍次六十二歲。他幾乎想要放棄，「但是後來又想到身為作者的責任，我既然已經出版就等同於和天下人訂了契約……對這些人而言，才遭遇到一點點困難就放棄個人的志業是不行的。……另一方面，對我的亡友們以及其他幫助過我的人也難以交代。」

重新啟動時，最頭痛的是「活字」的難題——早期五萬多活字已焚燬，不說製作漢字的木刻師父多已凋零，就算要重新雕刻、製作，起碼得花掉十幾二十年的時間。天助人助，他們和發明「寫真植字機」（照相打字機）的石井茂吉相遇。當時石井茂吉正在測試他的「寫植」製版效果，與諸橋轍次深談後，深信編寫詞典是永遠的志業，願意傾力相助，以照相打字機的字根造了大約五萬個漢字。

十年後，1955年，日本報紙上出現了《大漢和辭典》全十三卷開始發行的廣告。這一部前後耗時三十年，協助人數高達二十五萬七千人，十三卷一萬五千頁，收錄漢字五萬字、五十二萬詞條的巨作，終於完工。諸橋轍次在1982年辭世，享年百歲。（韓秀玫）

陸爾奎與《辭源》

陸爾奎（1862-1935），江蘇武進人。在晚清先中舉人，後來在天津北洋學堂、上海南洋公學任教。之後被廣州府中學堂延聘，又被兩廣總督岑春煊延攬入幕。1906年，進商務印書館，1908年起，開始《辭源》的編輯工作。

陸爾奎是在當時社會環境的種種刺激下產生這個構想的。在剛進入二十世紀之際，中西文化互相激烈撞擊，外國文化和翻譯書籍大量進入中國，「社會口語驟變，⋯⋯法學、哲理名辭稱疊盈幅」。結果產生兩個問題，一個是這些新的文化和口語一旦到了內地，大多無法被人理解，為守舊之士所詬病。另一個問題是學習新知識的新一代少年，對中國固有文化與歷史等了解，也開始感到困難。有感於這些情況，陸爾奎得出一個結論：「國無辭書，無文化之可言也。」於是，「戊申（按：1908年）之春，遂決意編纂此書。」

《辭源》之前，中國只有字典、字書之說，《辭源》則第一次提出「辭書」一詞。（當時的意義應相當於「辭典」。）陸爾奎的見解是這樣的：「積點畫以成形體，有音有義者，謂之字。

《辭源》

用以標識事物，可名可言者，謂之辭。⋯⋯辭書與字書體用雖異，非二物也。」並且，他再進一步指出：「凡讀書而有疑問，其所指者，字也。其所問者，皆辭也。⋯⋯故有字書不可無辭書，有單辭不可無複辭。」同時，他認為辭書有普通、專門兩類，但「普通必急於專門，且分為數種，亦不如合為一種」。他之這麼說，是因為覺得社會所需要的常識，極為紛雜多樣，因此「非可以學術門類為之區分。⋯⋯且人所與為周旋交際者，必不止一種社會。故此為恆言，彼為術語；此則盡人可解，彼則畢世罕聞」。

陸爾奎不只在理論與觀念上為中國詞典立下里程碑，在編輯上也做出劃時代的貢獻。「此書編輯之時，皆分類選辭，至脫稿以後，始分字排比，就學術一方面而論，謂之百科辭書亦無不可。」事實上，《辭源》標示出「語詞為主，兼及百科」的特質，以及注重畫圖列表之體例，不但開了中文「百科詞典」（Encyclopedia Dictionary）的先河，也對其後諸如《辭海》等大規模詞典之編輯影響深遠。

陸爾奎開始的時候和五、六位同事，最多時也不過幾十位同事一起做這個工作，其中的艱辛，是可想而知的。他們最初以為兩年就可以完成，「及任事稍久，困難漸見。始知欲速不達，進行之程序、編製之方法皆當改弦更張」。而其中的過程，「往往因一字之疑滯而旁皇終日，經數人之參酌而解決無從。甚至馳書萬里，博訪通人，其或得或失，亦難預料」。最後，他們「羅書十餘萬卷，歷八年而始竣事」。

編輯《辭源》，陸爾奎的感想是：「當始事之際，固未知其勞費一至於此也。」事實上，他也因為編輯《辭源》而積勞成疾，和中外許多編詞典的人走上同一條路：雙目失明。晚年，他回歸故里。（傅凌）

舒新城與《辭海》

舒新城 (1893-1960)，湖南漵浦人，湖南高等師範學校畢業。由於他求學的時代正當中國社會急遽變動之際，自己受過各種不同學制的教育，也擔任過教職，因此早年曾經專心研究教育史與理論，著有《現代教育方法》、《近代中國教育史料》等書。

中華書局於 1915 年出版了《中華大字典》之後，即有續編大辭典之議，並取名為《辭海》，但因主事者後來紛紛進入政界，因而進度延宕不前。舒新城因為研究教育，和中華書局創辦人陸費逵相交而熟稔，因而於 1928 年就任《辭海》主編，並自 1930 年起任編輯所所長，終於在 1936 年出版了中國近代史上繼《辭源》之後另一部大型百科詞典。

《辭海》出版的年代，正是抗日戰爭的前夕，在處境緊張的上海，大家對詞條收錄與否，以及如何解釋上，都十分敏感。有人主張「一二八」、「九一八」、「上海事變」、「塘沽協定」等不能收，或不能解釋得太詳盡；有人主張乾脆社會科學條目全部刪除，舒新城在這方面都做了許多原則性的堅持，維持了《辭海》的面貌。

1949 年之後，舒新城原有修訂《辭海》的計畫，但因種種因素未能開始。他的構想，直到 1957 年毛澤東視察上海的時候，才有了可能。毛澤東見了舒新城，表示他也因為沒有新的辭典，只能用用老的《辭源》和《辭海》，因而極為贊成他的建議，要他寫信給國務院，並鼓勵他「掛帥」來幹這件事。第二年，因為原中華書局已遷往北京，所以特別成立中華書局上海編輯所（文革後改為上海辭書出版社），展開《辭海》的修訂工作。

原來 1936 年版的《辭海》，是中華書局內部編輯而成，這次修訂，由於有大陸政府的支持，以上海為代表的全國頭面人物都參予，因而有所謂「滿城爭說編辭海」的熱況。

《辭海》

文革前的 1965 年，《辭海未定稿》出版，旋被指為集古今中外「封資修」的「大毒草」，參予者慘遭批鬥，修訂工作也停止。文革結束後，工作重新開始，在 1979 年終於出版了修訂版的《辭海》。

《辭海》開始修訂的時候，大陸政府部門也決定對《辭源》一併進行修訂。之前的《辭源》與《辭海》雖然同以百科辭典著稱，但是這次修訂時則把兩者的方向做了明確的區分：《辭源》成為一部古漢語的詞典；《辭海》則成為一部以百科為主，兼收現代語詞的詞典。因而之後這兩部工具書在市場上的回響也有所不同：《辭海》從 1979 年至今，總共銷了六百萬套，在大陸成為百科詞典的代表。

不過，舒新城自己並沒有來得及看到這一切成果。他在 1960 年辭世。（傅凌）

王雲五與《中山大辭典一字長編》

王雲五（1888-1979），廣東香山人，在上海生長，以自學成功，兼通中西而傳為佳話。民國成立後，曾任孫中山秘書，後專任教職。1921年，商務印書館邀請胡適主持編譯所，胡適改薦曾經當過他英文老師的王雲五。王雲五進入商務之後，展開在出版、教育等多面向上的風雲事業，在詞典編輯上也有里程碑式的貢獻與發展。

王雲五在 1926 年公布他所發明的《四角號碼檢字法》。之後，商務印書館先在 1928 年出版了一本《四角號碼學生字典》，繼而在 1930 年出版《王雲五大辭典》，1931 年出版《王雲五小辭典》。每一種都有非常好的銷路與影響。

張愛玲在〈必也正名乎〉這篇文章裡寫：「回想到我們中國人，有整個的王雲五大字典供我們搜尋兩個適當的字來代表我們自己，有這麼豐富的選擇範圍，而仍舊有人心甘情願地叫秀珍，叫子靜，似乎是不可原恕的了。」由此可以想見《王雲五大辭典》當時為人愛用的情況。

另一本《王雲五小辭典》，雖然只是一本以識字為主要目的的大眾工具書，但仍然體現出王雲五的視野與文化理想，因而不但到 1940 年代末還是一般大眾生活中最主要的工具書，即使在中共建政之後，影響力也持續不衰。1950 年 8 月，大陸在《王雲五小辭典》的基礎上出版了一部《四角號碼新詞典》，接下來到 1980 年代先後修訂再版九次——而這本詞典也是大陸目前唯一附有四角號碼的詞典。（請參閱第 62 頁〈一本中文

詞典的文化變遷〉一文。）

但是王雲五在詞典編輯上顯示的視野與魄力，還是以《中山大辭典》為代表。在《王雲五大辭典》出版後，為了增訂準備，收集卡片達六百萬張。由於資料豐富，王雲五乃接受孫科的建議，準備善加利用，「編纂一部空前之大辭典」，於是在 1936 年成立《中山大辭典》編纂處。

《中山大辭典》以《牛津英語詞典》的規模為標的，原計畫收單字約 6 萬、辭語 60 萬，共約 5,000 萬字，但因為抗日戰爭爆發而沒能完成，僅僅在 1938 年由商務印書館出版《中山大辭典一字長編》（以下簡稱《一字長編》），也就是這部詞典所收第一個字「一」的全部內容彙編。事實上，光是這區區《一字長編》，就收 5,474 詞條，約一百多萬字，編成十六開 478 頁的書。編輯體例不但如《牛津英語詞典》，一字一詞「莫不究其演變，溯其源流」，各種科學名詞收錄尤豐，充分體現原來「分之固成專科大辭典，合之則無異百科全書」的企圖。由《一字長編》，一方面可以驚嘆這個未竟計畫的宏偉，一方面也可以看出王雲五在詞典編輯上動員、組織能力之高超。論者認為《一字長編》為日後大型中文詞典的編輯，提供了理論借鏡和經驗參考。

《一字長編》的卷首，有王雲五所撰〈編纂中山大辭典之經過〉。（傅凌）

王雲五　　　　　　　台灣商務提供

鄺其照與《華英字典集成》

1868 年，鄺其照著的《字典集成》在香港的中華印務總局出版，後來第三版時改名《華英字典集成》。這是第一本由中國人編著的英語學習字典。（不同於更早英國傳教士馬禮遜編成的中國第一部英語學習詞典。請參見本書第 30 頁。）

鄺其照，字容階，廣州聚龍村人。1875 年（光緒元年）第四批官費留學生三十人搭船赴美，就是由他率領。此外，從一些零星的資料裡，還可以看到鄺其照曾任清朝政府派駐新加坡的商務領事、駐美商務參贊助理等職。

《華英字典集成》出版時，深受注目。光緒元年再版時，是丁日昌封面題字。後來市面上除了有一些翻刻本（點石齋就有一個版本）之外，到 1899 年，商務印書館還加以修訂、增補，出版了自己的第一部英漢詞典：《商務印書館華英字典》。（照點石齋版本的說法，以及日本關西大學內田慶市的考證，《華英字典集成》應該是以 1840 年代英國人麥都思〔Medhurst〕的《英漢字典》為藍本。）

《華英字典集成》對日本的影響也很大。書成初版的那一年，是日本明治元年，正是中日兩國國力消長互見的年代。第二年，1869 年，日本經由上海美華書館的美國活版技師，把活版印刷術帶入日本，引發了接下來的出版與知識革命。之後，日本除了有永峰秀樹訓譯的《華英字典》（竹雲書屋發行）之外，1899 年增田藤之助也據以「校訂編纂附譯」而成《英和雙解熟語大辭彙》（英學新誌社出版）。曾經，周作人在一篇文章〈翻譯與字典〉中，提到據說連日本福澤諭吉學英文的時候，都是用《華英字典集成》。直到今天，日本還是有人對《華英字典集成》保持研究。

鄺其照的著作，另外還有 1881 年在紐約出版的 *A Dictionary of English Phrases with Illustrated Sentences*（後來在 1901 年在日本由國民英學會出版局出版過）；1886 年在廣州創辦過一份《廣報》；最後，還可以零星地知道他寫過一本《應酬寶笈》（*Manual of correspondence and social usages*），以及《台灣番社考》（所以應該是來過台灣）。

今天，鄺其照和他的詞典，留存的資料都不多了。不過一百四十年後的時間裡，我們要多了解鄺其照（Kwong Ki-chiu）這個人，以及這一本具有劃時代意義的字典，會突然發現歷史的遺忘與疏漏是來得多麼奇怪——不論從這部字典還是從作者而言。（編按：讀者如果有鄺其照的生平、資料，請寄 editorial@netandbooks.com）（傅凌）　■

目前所知唯一的一部《華英字典集成》，保存於東京這所圖書館裡。（林虹瑛攝影）

法文的捍衛戰士

《法蘭西學院詞典》

Dictionnaire de l'Académie française

文／邱瑞鑾　攝影／Didier KLEIN

法蘭西學院外觀。

　　跟所有文字作品一樣，詞典也尋求與之對話的讀者群。

欽定法文的神聖使命

　　法語詞典裡，最先要提的當然是一套三百多年來為捍衛純正法文而戮力的詞典：《法蘭西學院詞典》（*Dictionnaire de l'Académie française*，以下簡稱《學院詞典》）。學院詞典室對外主任貝提約—尼耶梅茲（S. Pétillot-Niémetz）即表示：「我們的讀者對象比較是對語言特別感興趣的專業人士，以及有心仔細查證法文純正性的人士。」

簡單說，《學院詞典》所做的就是「欽定」語言的工作，被收入詞典中的詞彙，等於領到了一張「法國居留證」。學院院士編撰詞典的工作即是把生滅不斷的新詞、外來語等，等時間過濾、淘汰、烘焙成為純法國文字之後，加以說明、解釋，安置在厚厚的紙頁中。

《學院詞典》的歷史要遠溯到 1635 年。當時語言的背景大致和中國六朝的駢文相當，文字過度裝飾，華而不實，是所謂「風雅文字」。譬如手，因為要勞動，所以說成「寶貴的痛苦」（les chers souffrants），腳則是「美麗的挪移」（les belles mouvantes）。路易十三時，大主教黎希留（Richelieu）創設法蘭西學院，主要任務即在於淨化文字，制訂標準化文字。「這套詞典的詞條解釋採重新編寫的方式，而不引用當時大作家的句子，因為當年編撰詞典的院士表示，如要引用，勢必得引用到自己的句子。」原來學院院士即包括高乃依、拉封登、波素埃、拉辛等作家。「這些作家還是很謙虛的。」貝提約—尼耶梅茲這麼說。

兩大敵手專美於前

第一版《學院詞典》直到 1694 年才編撰完成，其間的延宕招來了兩大敵手：1680 年李區列（Pierre Richelet）的首部法文詞典《關於詞與物的詞典》（Dictionnaire français contenant les mots et les choses），大量援用法國大作家文章引句來做詞彙解釋，可說是二十世紀《小侯貝詞典》（Le Petit Robert）的先導。另一部是菲赫蒂埃（Antoine Furetière）於 1690 年出版的《通用詞典》（Dictionnaire Universel），搜羅古詞、新詞，日

常用語與科學、藝術用語等，是現代《拉魯斯百科詞典》（Larousse）的前驅。

有這兩部詞典專美於前，《學院詞典》第一版出版時，並未如預期般備受矚目，部分原因也是由於當時讀者並不習慣以詞根做分類的編排方式。時至今日，法國學生如果要查十七世紀的詞彙，多半還是使用這兩部詞典。

貝提約—尼耶梅茲。

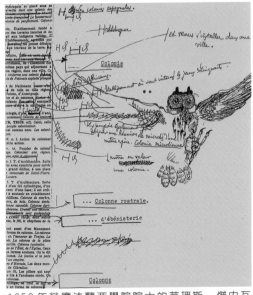

1958 年榮膺法蘭西學院院士的莫理斯·傑內瓦（Maurice Genevoix, 1890-1980）修訂詞典的手稿，並有他隨手塗鴉作品。

此外，也許是受制於維護法文純正性的嚴肅使命，《學院詞典》收錄新詞的速度總及不上讀者的期待，「查不到報刊上的詞彙」常是遭讀者擱置的原因。二十世紀外來語、名詞的陰性化、科技名詞、廣告用語等增生、更迭之快，使堅持不收「即生即滅」詞彙的《學院詞典》，承受了強大的壓力。不過讓院內人士欣慰的是，早期常用的英文 computer，現在已完全轉化為法文 ordinateur 了。

法國人的驕傲

《學院詞典》自出版以來，平均每五十年大幅修訂新版，目前已出至第九版，同時也有光碟版問世。「對有心挖掘語言層層疊疊的地質結構者來說，不啻是資源最豐富的一套詞典。」貝提約—尼耶梅茲這麼表示。

三百年來，法蘭西學院院士們每個禮拜開會，無止無盡的討論增刪詞條、詞條解釋，對形塑法文的純正功不可沒。若再問一次《學院詞典》的讀者對象是誰，對自己的歷史驕傲的法國人都還是會舉手說，是我。■

（法蘭西學院網站：www.academie-francaise.fr）

本文作者為文字工作者

菲赫蒂埃的悲情

菲赫蒂埃（Antoine Furetière, 1619-88）在 1662 年入選為法蘭西學院的院士。由於大詞典的進度十分緩慢，加上法蘭西學院不收藝術與科學詞彙的原則，使得他剛加入學院的熱情消失，轉而有了另編一本法語詞典的計畫。

1684 年菲赫蒂埃先出版了一些抽樣部分，激怒了法蘭西學院，指責他是剽竊，盜取學院的資源。第二年，菲赫蒂埃出版詞典的特許被取消，他本人也被逐出了法蘭西學院。之後，他在很不名譽的狀況下鬱鬱以終，直到死前，都沒能看到他的詞典出版。

然而，菲赫蒂埃的詞典的確代表了許多最前端的觀念與方法。首先，他認為詞典應該和當代社會的脈動緊密呼應，以便讓大家使用起來更方便，因而收錄了大量的藝術與科學詞彙。第二，他的詞典是字母編序，而法蘭西學院卻是用詞根（roots）的字母編序。死後兩年，他的詞典在荷蘭以《通用詞典》的名稱開始印行，其後長達一百年的時間裡，廣為流傳，受到各方好評。

另一方面，法蘭西學院也有所警惕，另外聘請了一位學者科乃里（Thomas Corneille, 1625-1709）編一套兩卷本的《藝術與科學詞典》，在 1694 年《法蘭西學院詞典》第一版四卷出齊時，當作附錄一起出版。到 1718 年出第二版時，把編序也改為字母編序了。菲赫蒂埃對法語詞典之發展的影響和貢獻，今天已有公評。（傅凌）■

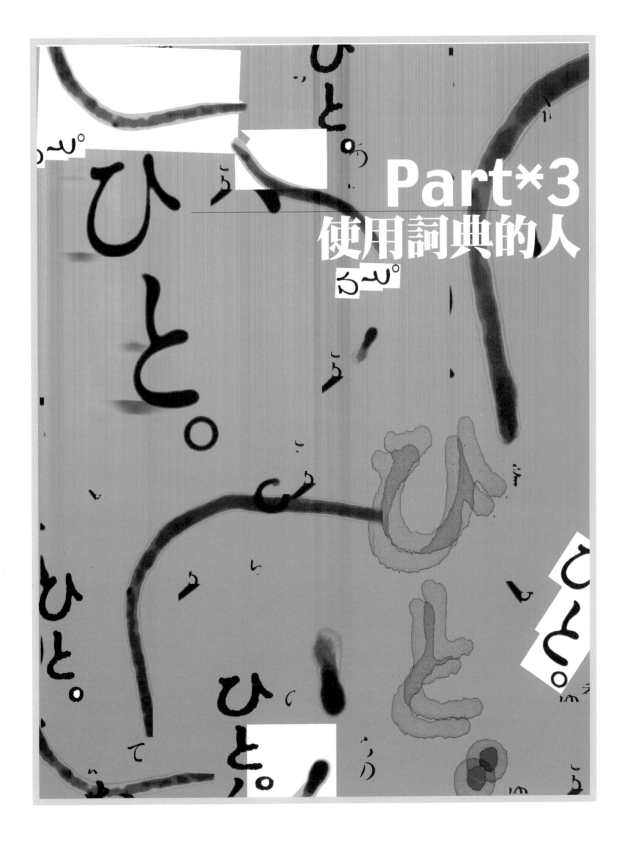

Part*3
使用詞典的人

關鍵詞之戰

文／張大春

給讀者與編者的留言

此番「網路與書」的邀稿，使我有機會重新想兩個問題；一個與知識的產生過程有關，一個與使用知識的人該如何設想自己理性的範疇有關。

寫這一則留言的時候，我這篇〈關鍵詞之戰〉才寫到下面這個句子：「這個錯誤引發了我純屬知識的好奇。」我停在「純屬知識的好奇」這個關鍵詞上。

在過去三年裡，我經常流連於我所服務的電台為與聽眾進一步交流而架設的網站，和陌生的匿名者交換訊息和髒話、交換感慨和憤怒、交換想法——不對，想法這個詞非常不準確——我們其實從未真正「交換」過彼此的想法，各人的想法太難以交換到位了；但是我們一定在無意間交換過彼此的好奇。

我從未停止過對於陌生人的想像，這種想像似乎並沒有脫離過人類知識的生產線，它甚至可以說是知識的源頭之一。另一方面，當我在跟一大群陌生人（好罷，也許並不是一大群人，也許祇是一個人的一大堆代號）周旋於各種網路語言的遊戲之時，我經常迷失於所謂的「理性的疆域」之外——換言之，我並不知道那些個討論、爭辯、拌嘴、嘻笑、問候、激怒乃至按一個鍵就可以移置的表情圖案究竟與兒童之間的有如幼獸的互動有甚麼差異。這三年來的經驗歸結成了先前那兩個問題：知識的產生過程如何？以及使用知識的人理性的範疇何在？

這一次「網路與書」的專題是「詞典」。負責邀稿的人原先希望我寫的內容大概是查考或閱讀字典、詞典和百科全書之類工具書的經驗和心得，我想了約莫有一個月的時間，發現無論我怎樣回憶或分析，都不能不從我和網路上認識的一位朋友的「對弈」說起。如果不是這位王克純教授提供了一個找資料的「純粹的遊戲」，我還真不知道：**人們基於對客觀知識的好奇所從事的活動之中有那麼多並不理性的內容。而那些內容——令我始料未及地——居然是知識最迷人的部分。**這個發現也許早就被千百年來許多有知識、有見地的讀書人說過，他們說出來的話或許正寂寞地躺在某一本書最深沉的黑暗內頁之中，等待著一個翻閱的人，一注凝視的目光，一束撞擊的思考。然而，這個也許早已被描述過的發現卻是促成我有勇氣寫出〈關鍵詞之戰〉真正的原因。

我曾在一個大學圖書館裡打過一段短期工。某日碰上一位在書庫裡漫無目標地晃蕩的老兄，看來與一般認真查訪書目者非常不同。為了嚇阻雅賊或是自我安慰，我硬著頭皮問他：「請問有甚麼事嗎？」他瞄也不瞄我一眼地說：「甚麼事也沒有，找找資料。」當天稍晚我和同事們清點那一區的藏書，發現短少了八十二本。我的第一個念頭就是那看來根本無所事事的傢伙所說的話：「甚麼事也沒有，找找資料。」

找資料這件事是可以沒有目的而為之的嗎？這是我從偷書賊身上學到的第一個教訓。我當時以為自己是圖書館的捍衛者，我捍衛的是知識；然而不知從甚麼時候起，我發覺我錯了。其實，我當時所捍衛的祇不過是圖書館的合法財產而已。但是有一個疑問似乎沒變過——至少我從未將之拿到陽光底下重新檢驗過——

找資料這件事是可以沒有目的而為之的嗎？

大部分的時候，我相信沒有目的的閱讀是最幸福的事，但是身為一個專業寫作者兼電台談話節目的主持人，我極少有機會消受這種幸福。我必須承認：近年來我絕大部分的閱讀都與寫書以及媒體工作有關，閱讀變成一種扎扎實實的、為了某一特定目的而操作的資料搜尋。我的讀者（有一部分後來變成了我的聽眾）和聽眾（他們之中則極少會變成我的讀者）一定還以為我是個很能讀書的人——起碼我的公共形象總是同書本融通一氣，我也從來沒想到過這有甚麼不妥。這多半是因為我忙得沒有時間去分辨自己讀書的目的性究竟如何——簡單地說，我並不以為每天當我捧著書本認真讀著的時候並不是在讀書，而祇是在「消化資料」。

我從我任職節目主持的電台網站上認識的王克純教授在暑假接近尾聲的時候忽然很不尋常地打了一個電話給我，問我有沒有時間和他一起解決一個「找資料的問題」。

我想我當時是愣了一下，遲疑著不知道該如何回應——畢竟到了我們這把已經懶於應酬的年紀，還能成為網友，所憑藉的往往不是社交問訊；彼此之間若有交流，多半也祇是知識的分享而已。我在同王教授結識的最初兩年裡，連他是男是女、姓字名誰都不清楚，祇知道他在網站上登錄的代號是「忘憂」，經常引用歷史材料來解釋或演繹時局，偶爾也會上點火氣，與一些政治信仰頗有差異的陌生代號拌兩句嘴。不過，大體說來，「忘憂」是個斯文、拘謹、不隨便發表議論、似乎總有耐心等到他熟悉的話題，以最簡練而準確的字句直指議論焦點的人。一旦他針對某事某題貼文發言，幾乎就形成結論了；這結論偶爾來得很快、很精到、多用家常語，而不失深度，足以讓網上那些喜歡譁眾取寵、立異鳴高且非死纏爛打不能過癮的人為之神喪氣沮。差不多就有整整兩年的時光，「忘憂」一直是那個看似以電台節目為核心的網路論壇上真正的意見領袖——我相信一定有許許多多的網友每天到這個網站來瀏覽一眼時總會迸出一個念頭：「不知道『忘憂』今天也來了嗎？」要不，在發表著甚麼意見的時候總不由自主地想起：「『忘憂』會讀到我的這一篇貼文嗎？」

直到某日，我在電台提供的電子郵箱裡收到一封沒有署名的短信，內容只有兩行：「我是『忘憂』，聯絡電話XXXXXXXXXX」我立時回了電話。就這樣，我認識了王克純教授。我們之間的聯絡僅止於偶爾通通電話，從第一次通話起，每一回交談——無論是他來電或我回電——

總是這樣的開場:「大春兒,你今天在節目上說的某某事其實不是那樣的……」我和王克純教授從未謀面;在網路上,我還是稱呼他「忘憂」,也盡量不在論壇的公開發言中觸及私下電話裡曾經交換過的話題,以免予人以私結群黨的誤會。總之,我願意用一句話描述這麼一個可以說沒有交情的朋友:他是一位隨時令我感到敬畏而期待的校對者。

我從來未曾料到:這位隨時令我感到敬畏而期待的校對者居然會有不糾正我的時候。這是先前說起我在暑假即將結束時接到那個電話之際竟然會遲疑了一下的原因。但是他緊接著說下去的一段話卻立刻打動了我:「一般找資料總有個目的,我不知道大春兒有沒有這種經驗:完全不帶任何目的而去找資料。有過這種經驗嗎?」

我登時會意──他這番話一定同我當天在節目中介紹偵探小說作家范達因(S. S. Van Dine)的一段內容有關。范達因在他那本極有名的《格林家殺人事件》(*The Greene Murder Case*, 1928)中曾經這樣寫道:「當一個案子沒有了線索時──沒有出發點,沒有暴露內情的跡象──我們就有理由把每個東西都當作線索──或者更實際一點說,當作破案拼圖中的一片。」這是一段讓我非常著迷的陳述,似乎也有意無意地藉之而道出了推理小說的書寫奧祕。試想:一個作家在動筆寫作一篇偵探小說之初,其實並沒有一個案子的線索、甚至可能連個案子也沒有;從創作的常情去看,這種狀況是可能發生的。范達因的說法正是在隱喻作家直接進入其描述的世界,讓這些純屬表象客觀描述的細節自行暴露、萌發其構成線索的意義,甚至綻顯案情。我自然在提到范達因的作品時熟極而流地把他這段話背誦出來。我

猜想王克純教授是因此而想到了「不帶任何目的找資料」的事;於是我小心翼翼地問道:「你今天聽了節目了?」

「當然,」他說:「而且聽你在節目裡說得那麼帶勁兒,我想你一定可以跟我一起解決這個找資料的問題。」

他真正的意思是要我陪他「下一盤找資料的棋」,一個純粹的遊戲。「下一盤找資料的棋」是他用來形容這個「純粹的遊戲」的用語。下棋的譬喻很實在;畢竟在開局之前,對陣的雙方沒有人會知道終局勝負如何;同樣的道理,在對手落子之前,也沒有人會知道自己的下一步棋將如何因應、如何進退。即使是再周全的佈局、再精密的方略,往往也會因為對手的一步之差而牽動、而失算、而離譜。

王克純教授邀我下的這盤棋也不例外。賽局的進行方式是先設定一個學術領域,由一方提供該領域之內的一則資料,對方必須就這一則資料內容所及的範圍提供另一則相應的資料,兩則資料必須有相互可以融通的關鍵字詞,關鍵字詞為何?由接手的一方決定,但是互相銜接對應的兩則資料卻有三不可的限制:不可以使用同一個關鍵字詞,也不可以引自同一個人的著述,也不可以出自同一本書。如此一來一往算一回合,每一回合的準備時間以四十八小時為限,換言之:對弈者各自找尋資料的時間是一晝夜,逾時未覆訊即以棄子論,勝負就算是分曉了。此外,倘或有一方能在十二小時以內覆訊,還可以附帶出一個考題,對方仍然必須在緊接下來的二十四小時之內覆訊,並答出那個附帶的考題。答不出附帶的考題者雖然不算落敗,但是要另外記一個失點,雙方可以自行議訂失點如何計算在賽局的權值之

中。我們草草商量了一下，決定一個失點換算一瓶啤酒。至於對弈的「棋盤」就是電台現成的留言網站，而賽局唯一的限制也和網站有關——不可以利用任何網路搜尋引擎下載資料。當然，沒有誰能監督對方不去使用網路搜尋引擎，一切但憑個人良知自律。

我們的第一個賽局是由我指定的領域：「文史資料裡的植物」。第一手棋由王克純教授下出，以下就是我們對弈的記錄。

王克純教授的第一則貼文是這樣的：清人竹柏山房《閒居雜錄》載：「凡種諸果於三月上旬，取直好枝如拇指大，長五尺，插大芋或大蘿蔔、蕪菁中，種之皆活，三年後成樹，全勝種核。」在引文之後，王克純教授附筆寫道：「正以桃一枝做實驗中。半年來猶有青枝，可喜。」

輪到我接手，發現對手的確是個體貼的人。在他貼出的文字裡不祇有大芋、大蘿蔔、蕪菁（即俗稱的大頭菜）等植物，就連引文作者的署名中也有「竹」、「柏」字樣，我出手的範圍就很寬了。然而，自凡是博弈之類的事，我向好與人爭強鬥勝，絕對不講究謙讓饒人的美德。讀到對手的貼文之後立刻想起：如果我以「蕪菁」為關鍵字，則可用的材料至少有韓愈的〈感春詩〉之二：「黃黃蕪菁花／桃李事已退」，或者是曹寅〈戲題西軒草木〉詩：「夾路蕪菁敗素鮮／薔薇削弱不成妍」，但是如此一來，反而給了對方桃、李、薔薇三個現成的關鍵字詞。從相反的角度思考，我當然也可以引用《金匱要略》裡〈果實菜穀禁忌並治〉的那短短的一則：「蕪菁根多，食之令人氣脹」，應該是夠枯澀單薄了，對手根本找不著一個明顯好用的關鍵詞相銜接。然而，一出手就太不給人留餘地又實在過於狠刻，

我猶豫了大半天，才決定用「芋」做關鍵字。

這得說一說幾年前我自己的一部創作——《城邦暴力團》。憶昔寫到第三十九章，曾經提及二十六歲那年我通過碩士論文口試的一段真實往事。當時考我的兩位教授存心放水，總於答問間隨口敷衍、亂以它語。其中一位便引述《廣志》所載蜀漢之地推廣植芋，以大小分等，共十四等，最大的稱為「君子芋」，每一顆都有一斗左右的大小。想到了這一節，我主意已定，遂在十二小時之內，下出了反攻的第一手，我是這樣寫的：

「《齊民要術·種芋》引《廣志》曰：『蜀漢既繁芋，民以為資，凡十有四等。有君子芋，大如斗。』我既已提前回應，依約順便考閣下一個相關的問題：請問『大芋』可有別稱？」

由於對弈的規矩有「相銜接的兩則資料不可使用同一關鍵字」，而我的貼文中除了「芋」別無其它植物，看來王克純教授得傷點兒腦筋了。

未料兩個小時之內，覆訊貼出，我可敬的對手是這樣寫的：

「《詩·召南·草蟲》第三章：『陟彼南山／言采其薇／未見君子／我心傷悲。』這是我所提供的答覆。至於你附帶的考題，我的答案是：芋大不到哪兒去，《廣志》所言應是『芋艿』，古名『蹲鴟』者也。然『芋艿』恐亦非正呼。竊意以俞曲園所言者是，不知閣下以為然否？」

這個簡短的覆訊使我震驚著了。第一：我固然知道曲園老人俞樾的一些事跡，也從頭至尾讀過他的《群經平議》、《諸子平議》、《古書疑義舉例》，至於文史學界無人不知、無人不曉的《春在堂隨筆》，多少算是涉獵了部分，即便是他親自改編的《七俠五義》，更是我打從年少時節就沉迷耽溺的讀物；可是我卻偏偏沒聽說過他老

人家對甚麼大個兒芋頭發表過何等的高見。第二：從我的對手所引述的一小節詩篇，我隱隱然感覺到：「未見君子」四字，彷彿是窺看出我一意求勝而步步刁難的小人用心；那麼，這四句所謂的「資料」其實不祇是「資料」了，它根本就是對我這個人的一個整體的諷謔了。

無論如何，人家畢竟是以「君子」為關鍵詞答上來了。還給我留下了不少生路。起碼，「草蟲」的「草」字極為寬泛，隨便怎麼轉，都足以吻合「文史資料裡的植物」這個題目。此外，我也可以將「薇」字當關鍵字，以之發揮，能夠援引的資料可謂汗牛充棟了。但是，對手既然也是在十二小時之內貼文作覆，當然也有提問的權利，那麼「竊意以俞曲園所言者是，不知閣下以為然否？」這一段話，分明是他針對我原先那個問題「『大芋』可有別稱？」所做的答覆；同時也是他考較於我的一個問題，我又怎麼能視而不見呢？

回到「大芋」的別稱，我的確是想用「蹲鴟」這個詞兒考考我的對手。此詞原先出自《史記·貨殖列傳》，所指的就是大芋頭，因為形狀好似蹲伏的貓頭鷹，因而得名。我之所以知道這麼一點兒，也非博覽強記所致，乃是自幼看家父與人宴飲時猜拳行令，每次出到一隻大拇哥的時候，偏不像旁人那樣翹直了拇指，喊「一定高昇」、「單超一隻」，而是攢起拳頭，以拇指貼覆於食指的第二關節之上，像女人撒起嬌來做握拳打人狀的模樣，喊：「蹲吃一鳥」。根據家父的解釋，一隻勉強露出半個指節的大拇哥與尋常稱道人了不起的那個「豎大拇哥」的手勢是迥然不同的。划酒拳裡單出一隻大拇哥叫「蹲吃一鳥」，因為那姿勢像隻蹲著吃東西的鳥。家父的話不免有想

當然爾的成分。但是等我念了中文系，讀到《史記·貨殖列傳》，才回想起來「蹲吃」其實是「蹲鴟」，是用來形容大芋頭的模樣的。好像書法界也有用這個詞來狀述側筆（也就是『點』）的形象的；這，就說遠了。

總之，關於「蹲鴟」，我所知道的也僅止於此而已。我的對手的語氣卻像個老農老圃者流，這老農老圃者流還能以其人之道還治其人之身，反將了我一軍。現在，我只有兩個選擇：其一、在二十四小時之內將《春在堂全集》迅速瀏覽一過，找出這位死了都快一百年的老人家是怎麼說「大芋頭」的。其二、任令時間在我日常生活之中其它「更重要的方面」展現實實在在的力量——這就需要說服自己：「人生在世，總還有比這個問題更值得勞心費力的事罷？」——更具體一點地說：就是服輸了啦！

第二步棋上就認輸，是簡直不可思議的事。但是別說《春在堂全集》不在我手邊，如今就算放在眼前，我又能到哪裡去挖出俞樾在何時何地種下的一枚大芋頭呢？不騙人！急到這步田地，我差一點點就上網去 google 了一把。

萬般無奈之下，我忽然想起了多年前曾經教過我的幾位老師。中國人講究師生傳習的這一套不是沒有道理——你哪一天混不下去就知道，有個可以打商量的老師多麼難能而可貴。我打了不下幾十通電話，給每一位我識與不識的大學文史系教授（有的還是媒體圈友人推薦成『口舌便給，是某某電視頻道叩應節目常客』的意見領袖級人物）；結果沒有一個人知道、也沒有一個人認為應該有任何人需要知道「俞樾對大芋頭有過甚麼樣的看法」。這是一個比世界上最不重要的問題還不重要的問題。

大約就從這個停滯的時刻起，彷彿有一種令人身不由己的力量在迫使著我去想像這位對手的樣貌。這是幾年上網與人聊天打屁以來的頭一次，我不期而然地感覺到：這個陌生人似乎不祇是閒極無聊找人下一盤棋而已；他有一種奇特的吸引力，讓人不得不想從那簡略的文字裡去設想更多更深的用意，甚至不惜過度解釋。比方說：他為甚麼要告訴我他已經在一棵大蘿蔔上嫁接了一根桃枝呢？我是不是已然先入為主地將先前「忘憂」在網站論壇上犀利而節制的發言視為網路社會難能而可貴的品質，而對王克純教授本人有著過多的期待了呢？

就在時間已經過去十個鐘頭的夜半，我先把下一手的主要內容準備好，那是以「薇」當關鍵字的一則材料，出自《昭明文選·曹植雜詩六首之二》：「轉蓬離本根／飄颻隨長風／何意回飆舉／吹我入雲中／高高上無極／天路安可窮／類此遊客子／捐軀遠從戎／毛褐不掩形／薇藿常不充／去去莫復道／沉憂令人老。」

之所以選這一首，並不祇是因為詩中有那麼一個「薇」字而已。這是家父在我還只有三、四歲的時候逼我背誦的一首詩（由於是幼學，想忘記也很難）；據說這是曹子建辭京遠走、成了貨真價實的「沒落貴族」、在來到郢城忠鄉時所寫的。字句中含有無限情感的、以及政治的寄託。對於家父而言，這絕對是一首寓藏著外省人隨政府「播遷台灣」的身世的詩。我沒那個離鄉背井的身世，可還是背得滾瓜爛熟了。用這首詩回覆，我其實另有用意：我很想知道我的對手會不會有一種「高度的隱喻敏感」。

所謂「高度的隱喻敏感」，是很容易就檢驗出來的。曹植這首詩比甚麼試紙都靈。用家父的

話說，是作者「一寫就把千年以前、千年以後的家國之思都寫到了」。用我的話形容：正是具有「高度隱喻敏感」特質的人從來祇在拿人家的文章澆自己的塊壘，所以千年以下，曹子建的詩就會教外省人怎麼看怎麼意會成是老古人為自己花果飄零的悲情所預先下好的註腳。

我說這詩是「試紙」的意思也在於此——我的對手會根據這樣一首詩來揣摩我的用意嗎？在千萬則都有「薇」字的文史資料庫裡，我偏偏使用了這一則，而不是《詩經·小雅·采薇》、不是伯夷、叔齊餓死在首陽山之前所作的〈采薇歌〉、甚至不是孟郊的〈長安羈旅〉詩：「野策藤竹輕／山蔬薇蕨新。」他會如何看待我用曹子建的雜詩所表達的情感呢？還是他也可能看出我這是在進行一項試探呢？

如果他的確是一個具有「高度隱喻敏感」特質的人，看出了我的用意，明白我並非毫無意義地選擇一首回應的詩，那麼他就無法迴避一個思考上的問題：這個找資料的「純粹的遊戲」真地那麼純嗎？當我們在早已設定成毫無實用目的的翻檢搜索行動中，真能那麼純粹興之所至、信手拈來地運用我們的資料嗎？我們的確對資料完全沒有一點兒過濾、篩選嗎？即使這一筆又一筆死透在故紙堆裡的資料就像一顆顆全無身份特徵、個性表情的黑白棋子，為甚麼我卻在開局之際就感覺每一個抄寫下來的字都在向我的對手——那個陌生人——真真實實地探詢著甚麼呢？為甚麼我的對手抄寫下來的字句也像是在衝我發出好奇的呼喚呢？

現實中的我依舊坐困愁城，因為我仍然找不到俞樾對大芋頭發表過甚麼樣的高見，我如何去給他「以為然否」呢？在第二手上，我必須承

認：失了一點，計一瓶啤酒。但是遊戲規則裡並沒有限制答不出附帶考題的人不能提前在十二個小時之內覆訊。我抓準時間，搶在第十一小時又四十分左右貼出了曹子建的〈雜詩之二〉，自承失一點，向對手請教，並提出了我的附帶考題——

「轉蓬離本根／飄颻隨長風」之句，《文選》李善注認為是引自《說苑》魯哀公的話：「秋蓬惡其本根，美其枝葉，秋風一起，根本拔矣。」如果秋蓬其實是厭惡其本根的，而這兩句又是全詩起意所在，難道意味著詩人在假藉蓬草這種植物的自然性質，表現他斷絕歸根之念？不知閣下以為然否？

我之所以這樣考較我的對手，用意已經不衹是從繁瑣的餖飣之學上難為他了，我期待的是，他的答覆可以揭開一個像家父那種人體內最不堪的祕密——一個像家父那樣少小離家、久違故土、時時刻刻要將他感覺已經逝去的事物從我身上復活起來的老傢伙，渾身漫散著鄉愁的酸醉氣，會不會其實並不真地那樣眷戀著、懷念著他連最浮面的細節記憶都無法掌握或述說的「本根」？我的意思是說：他的眷戀也好、懷念也好，不過都是企圖從我這個不得不聆聽、背誦、學習的繼承者身上建構、甚至發明故國的一個搜尋動作而已。說得更直截了當一點：他必須藉由我吟哦那些詩詞歌賦的狀態，才能夠重新確認：他所失去的那個故國到底是個甚麼模樣？

讓我措手不及的覆訊在十五分鐘之內貼上了電台的網路論壇，我的對手如此寫道：

「很對不起，俞樾的部分並不是我的『考題』，我不過自以為是地想到你既然要考我『蹲鴟』，一定讀過清人施可齋的《閩雜集》；這本書記載過：『閩人稱芋大者為芋母，小者為芋子。』不過，俞樾曾經在他的《茶香室續抄》中

引了施氏的說法，還做了補充。俞樾認為：以他們浙江德清地方的土話來比敘，浙江人說大芋頭是『芋芳』，其實應該就是『芋奶』，因為浙江人稱母為奶，奶就是嬭，也就是母親的意思，這和施氏書中所謂：福建方言裡的『芋母』一點兒差別都沒有。

「至於閣下要認輸一瓶啤酒，我不反對。可是你提出來的問題，是極有意思的。我就用『轉蓬』做關鍵字罷。我的答覆是另一首曹植的詩——〈吁嗟篇〉：『吁嗟此轉蓬／居世何獨然／長去本根逝／夙夜無休閒／東西經七陌／南北越九阡／卒遇回風起／吹我入雲間／……』不知道你有沒有發現：這一首詩的前八句幾乎就是你所貼的那首詩前四句的引伸、擴大，甚至連字句、意象都一模一樣呢！可是——答覆你附帶的問題：這首〈吁嗟篇〉後面還有十六句，卻和〈雜詩之二〉展現了完全不同的情感，〈吁嗟篇〉最後四句說：『願為中林草／秋隨野火燔／糜滅豈不痛／願與根荄連』倒是表達了亟欲落葉歸根的企圖呢！」

貼上了這兩段之後，大約又過了一、兩分鐘，我的對手（可能是怕我一不留神錯過了）忽然又用放大字級貼上來一行「又及」：

「曹子建究竟對『本根』有甚麼樣的情感呢？〈雜詩之二〉和〈吁嗟篇〉裡出現了兩種轉蓬，究竟哪一種才是詩人真正的寄託呢？啊！我對這個問題有一種純屬知識的好奇。」

可是我突然發現：其實我的對手犯了他自己所制訂的三不可之一：「不可引同一個人的著述」，而這個錯誤卻引發了我純屬知識的好奇。■

〈關鍵詞之戰〉剛剛結束，《我們的知識遊戲》正在展開……

本文作者為作家

文字的守護神

通往知識之海的辭書奧祕

文／南方朔

當代法國漢學家朱利安（François Jullien）的著作《事務的傾向：中國效用觀念之歷史》（*The Propensity of Things: Toward a History of Efficacy in China*），通篇都只是在說一個漢字——「勢」。作者花了極大努力，爬梳古代各類典籍中有關「勢」的意義，不僅涵蓋了先秦諸子政治與社會哲學，而且還延伸到書法、繪畫、建築、文學、兵法、地理，以及歷史哲學等範疇。「勢」是中國人認知及感覺模式裡的一個主要軸線，作者是要藉著寫這本書來探究中國人的心靈。我喜歡書裡的這段話：

對中國人而言，勢的觀念是自明的、理所當然的，但它卻從未出現在西方的我們心裡。但中國人各種不同領域的思想相互重疊，顯露出它的整個文化有著一個共同的模式——那就是經由對立和修正的作用而顯示出某種傾向，它變成了一個運作體系。這種模式對西方的若干思想範疇是有挑戰的效果，這些範疇過去曾左右過我們的思想，但現在卻已不再有用了。尤其是在手段與目的，因與果等範疇上。我們將會發現，西方哲學的有些偏見，經由這種外在的觀照，其對比將更為明顯。我們將會發現，我們西方的許多範疇其實只不過是假設的或可能的而已。而不是自動的基於功能而產生，我們比較傾向於單一而超越的一元，而非相互依存及互動的二元。

文字文明的重要守護神

以整本書討論一個字，由一個字盤根錯節的關係，以及它模塑出的心靈，追索出漢文化的特性，這本著作實在印證了近代中國最傑出漢學家陳寅恪先生所說的兩個要點：一是「讀書必先識字」，二是「一個字可以寫出一本文化史」。近代西方文化研究這個領域的始創人物之一雷蒙·威廉斯（Raymond Williams）也認為「關鍵字」（keywords）裡經常濃縮著重要的時代訊息。由這些前輩學者及思想人物的智慧結晶，「字」的重要性已可概見無遺。

人類根據各種不同的想像方式造字，由少數的字延伸出更多的字，再由字而詞，由詞而文。因此，字是人類藉以用來連結自己內在與外在世界的一種符號媒介。由於字是如此重要的文明基礎，難怪無論哪一個文明，對文字都有著許多神話，我們所說的「倉頡造字，天雨粟，鬼夜哭」即是例證。今天在法國，擔任法國語文守門人的法蘭西學院那些院士，仍被稱為「諸神」，這或許也是對文字的最後一抹敬意。

而有了文字，當然就會有「字書」、「字典」、「詞典」或「辭典」這種工具性的著作。除了那種主要目的是為了基礎教育，或收錄字譜的著作應被稱為「字典」外，對於近代那些工程愈來愈大，無論引證、考據、解說都日趨複雜的

字書，由於段玉裁曾有過「積文字而為篇章，積詞而為辭」的說法，而這種說法的分類層次清楚，我倒認為應稱之為「辭典」或許較為合宜。「辭典」無論在任何語文系統，都已成了一項重要的工作，一個出版產業，而對人們而言，它則是一種基本的必需。辭典是維繫文字文明的重要守護神。

大體而言，當每一個文字文明發展到一定高度，簡單的字典即已不再符合需要。無論為了強化它的工具效能，或為了凝固語文的秩序，以及彙總以前的語文智慧，都必須要有更精審的辭典。

以我自己使用英語詞典的經驗而言，為了參考，我有多個版本的《俚語辭典》、《字源詞典》、《諺語辭典》、《金句辭典》，以及隨著各類人文及自然科學發展而出現的各學科專業辭典，以及《神話辭典》等。一部好的大辭典，它雖然無法達到「一個字可以寫出一本文化史」那樣的程度，但至少必須交代出語源、意義、不同時代字詞意義變化的痕跡，與其他近親字詞的關係與差異等。每一個字以及由它延伸出來的詞，本身即是一個「記號森林」，傑出的大辭典至少必須呈現出這座森林的基本形貌。當一部大辭典有了這樣的層次，查閱辭典不但可以產生興趣，甚至還可增長知識與智慧。尼采就是個喜歡翻查辭典的人，尤其是對《金句辭典》更是情有獨鍾。《金句辭典》是個小寶庫，它濃縮著許多以前的智慧和思維方式。查閱這種辭典的意義，尼采如是說道：「我的期望是用十句話來表達別人寫了好幾本書來表達的東西，甚至是寫了好幾本書也還沒有表達出來的東西。」

中國辭書源遠流長

西方的詞典乃是一個龐大的王國，在我們漢文化裡，這個王國可能更龐大了。

古代中國的《爾雅》即是一本最早的字書，它依實用目的分類，除了字外，也收錄詞，尤其是同義詞方面最為翔實。這種根據實用和自然分類的方法，後來成為一種定規，它不但是中國名物之學的開始，也是中國式百科全書的濫觴。它的分類方法則影響到中國的「類書」——即分門別類記載各種人文和自然事物的百科全書。這種類書既是典故辭典，經常也可視為名言辭典，或古代的自然辭典及政治制度辭典。到了清代，康熙五十年（1711）官修了一部以字韻為綱的《佩文韻府》，它是類書，也是文學辭典；嘉慶道光年間，學問家阮元於嘉慶三年（1798）編成大型思想類書《經籍纂詁》，這是部典籍詞彙辭典。這些字書及類書，多半也都是我的手邊工具書，那是治學者的最基本工具書。我甚至還有一套光緒年間所編的類書《增補字類統編》，由於紙質綿密細薄，至今仍可閱讀。

除了《爾雅》以降，以「X雅」為名的字書，以及「類書」這種中國式百科全書及辭典外，中國當然也有今日所謂「字典」、「詞典」或「辭典」的傳統。

古代中國自秦「車同軌，書同文」之後，文字的統一，使得較新的字書成為可能。秦時李斯有《倉頡篇》、趙高有《爰歷篇》、胡母敬有《博學篇》，均是以秦代統一的小篆字體為本所編的字書，亦可稱字典。到了漢代，文字漸亂，西漢時楊雄奉命編著《訓纂篇》，計收 5,340 個字，已是更完整的字典。東漢許慎著《說文解字》，

收字 9,353，首創漢字部首檢字法，它以小篆為主，兼收古文、籀文（大篆），並把戰國以來各種解釋文字的「六書」理論融而為一，成為中國第一本能將字音、字形、字義等綜合而論的字典，該書之偉大已不待言，已成為中國字典，甚至古代文字訓詁學的基礎。

延續著這個傳統，後來的字詞典又有兩類：一是所謂的「說文之學」，自許慎之後，南北朝時的顧野王又編了《玉篇》，所收的字已逾 22,000，五代時的徐鉉、徐鍇兩兄弟又將《說文解字》加以延伸討論，使得「說文之學」更趨完整。

另一則是由《說文》延伸而出的音韻學，以及根據音韻而編成的字典，如《切韻》、《唐韻》、《廣韻》、《集韻》等。宋代丁度等人所編的《集韻》，字分 206 韻，字已多至 53,525，乃是以韻為本的最大字典。

以上所述的字詞典皆較具正統性，但到了近代，由於時代變易，人們對俗字的重視增加，一些比較通俗的字典，也開始受到重視，如宋代的《佩觿》、《龍龕手鏡》、明代的《正字通》等。這些摻雜了大量俗字的字典，在有些問題上反而能予人更多訊息。

而論中國字典，當不能不談曾經是重大工程的《康熙字典》。它是繼《說文》後最大規模的字典編纂，在康熙 49～55 年進行，分 214 部，收 47,030 字。它當然有許多缺陷，但無論深度廣度，終究都是古代所達到的最高峰，「字典」一詞也由此開始。但就內容而論，它毋寧已更近乎「辭典」了。

進入民國之後，字詞典的工作隨著學術的開展也加速進步。《辭源》之編纂始於 1915 年，歷八年而成，後來的修訂也在 1983 年完竣。台灣版的《辭源》增補則完成於 1979 年。有許多人指出，大陸由於學術自由的限制較多，但也有人認為是大陸治漢學較勤，但無論說法為何，在字詞辭典上，終究還是以大陸的表現較為傑出，除了完成規模更大的《漢語大詞典》外，尚有《古籀匯編》、《漢語方言大詞典》、《甲骨文詁林》、《楚漢簡帛書典》、目前仍在進行中的《古文字詁林》，以及其他更具專業性的辭典之編纂。大陸的漢學較為扎實，學術動員的目標容易達成，這殆為主因。

辭典的奧祕＝文字的奧祕

個人自己由於工作的關係，對中外工具書的需求甚大，以上所說的中外辭典以及類書，差不多也都是手邊隨時要翻查的基本工具書。由於長期和工具書為伴，也愈來愈覺得，在知識如海的這個世界，辭典的重要以及使用的方法是如何的攸關知識的捨求。辭典不是目的，而是通路，透過這個通路，人們可以連接到古今的知識之海，從而進行更大更深的探究。

因此，辭典的奧祕，其實也就是文字的奧祕。文字聯繫著人與世界，它是文明的積澱，是思想的基因。人們感知、想像、思維的模式都在語言文字所形成的密林中，甚至包括在被制約下所造成的盲點與褊狹也同樣以此為源頭。以上這些個人經驗歸結到最後，仍願意以朱利安的著作為證，讓我們記住「讀書必先識字」，「一個字可以寫成一本文化史」的道理，而辭典只不過是「識字」的第一步！ ■

本文作者為文化評論家

似識而非的假朋友

不查詞典你就可能會弄錯的 20 個英文詞彙

文／蘇正隆

我們在學英文或從事翻譯的時候，最容易的是中文裡有對應或極為類似的說法。譬如：「蛙人」英文叫 frogman，「鐵人」英文叫 iron man，這種詞彙，我稱之為「一見如故」，學起來、譯出來輕而易舉，不費工夫。比較麻煩的是看起來似曾相識，誤以為「他鄉遇故知」，結果卻是被擺了一道而不自知。這種似「識」而非的詞彙，語言學上稱之為 false friend（假朋友），例如：英文的 eat one's words 不是「食言」，是「認錯，道歉」。類似這樣的「假朋友」在英文裡比比皆是，我們不提高警覺，多查詞典，很容易就會掉入陷阱而不自知。底下是一些 false friend 的例子。

bank holiday 不是銀行節，是公共假期

有一次我看影集，裡面兩位男士邊走邊談，一位提到明天是 bank holiday，中文字幕赫然出現「明天是銀行節」。在英國國定假日叫 bank holiday，也許銀行與英國人關係太密切了，是生活中不可或缺的，所以國定假日銀行不開門，就稱之為 bank holiday。

bookmaker 不一定是圖書業者，有可能是接受賭注的莊家

台灣人賭性堅強，不過論普及程度，和英國人比起來可要瞠乎其後。除了彩券外，他們賭注的名堂很多，從賭馬到賭足球，甚至哪一球隊下任教練人選是誰，都可以下賭注，稱為 bookmaking。大街小巷到處都可見投注站，掛著 bookmaker 的招牌。不知情者還以為是書店或印書的地方呢。

coming of age 不是時代來臨，而是成年

現在大多數國家以 18 歲為成年（of age）。許多文化裡都有成年禮（coming of age ceremony）來慶祝生命中這一重要時期的來臨。因此 coming of age 又有「重要階段，轉捩點」的意思。時代（epoch）則是指一段相當長的時期。

crow's-feet 不是烏鴉腳，是魚尾紋

年紀大了眼角產生皺紋，中文叫「魚尾紋」，英文叫 crow's-feet。愛美女士必欲去之而後快，早年有訴諸拉臉（face lift）等美容手術，近年來則流行注射肉毒桿菌（botulin）。

drawing room 不是畫室，是客廳

living room 就是客廳，在英國又稱為 sitting room，主要是普羅階層的說法。豪門貴族的客廳則稱為 drawing room，但這裡的 drawing 與畫畫無關。從前貴族的客廳乃男士高談闊論的地方，女性及小孩通常都會迴避。所以 drawing room 其實是 withdrawing room 的簡稱。

flat-footed 不一定是扁平足，有可能是手足無措

扁平足英文叫 flatfoot。扁平足的人腳弓（instep arch）直接觸地，不利於行，因此 flat-footed 常用來指笨手笨腳，手足失措。如：不久前的旱災讓政府窘態百出，束手無策，就可以說 A recent drought caught the government flat-footed.

fourth estate 不是第四筆地產，是指記者或新聞界

estate 有地產、遺產、地位等意思。歐洲傳統上認為社會由貴族、教會、平民三大階層構成，就是所謂的 estate of the realm；近代新聞記者自成一個勢力，則是傳統三大階層以外的第四階層，稱為 fourth estate，有人把它譯成第四權。

full of beans 不是到處都是豆子，是精力充沛

bean 通常指的是四季豆，大概是豆子營養豐富吧，full of beans 意指精力充沛，如：After a siesta he was full of beans.（午睡後他精神十足）。不過在美國俚語裡 full of beans 另有「錯誤連篇」的意思。

gray matter 不是灰色的束西，是指頭腦

大腦裡有所謂的「灰質」與「白質」（gray matter & white matter），白質主要是神經纖維構成，灰質是由能解讀訊號的神經細胞組成的，因此用來喻指大腦。如：她花不少時間絞盡腦汁想解決那問題，可以說 That problem has caused her gray matter to work overtime.

green bean 不是綠豆，是四季豆

這是一個最典型的 false friend，因為字面上剛好有「綠」及「豆」兩字。我們拿來做綠豆湯，綠豆芽的豆子英文叫 mung bean。green bean 是四季豆，又稱敏豆。

hard shoulder 不是硬肩膀，是路肩

正規道路的邊緣，也就是路肩，在美國稱之為 shoulder，可供緊急停車或急救車行駛。在英國，只有高速道路設有路肩，稱為 hard shoulder。

headhunt 不再是從前食人族的獵頭陋習，而是當前流行的「挖角」行為

培養人才要花時間，所謂百年樹人。現代企業流行撿現成，從別的公司找現成人才最方便省事，就是所謂挖角（headhunt）。負責挖角的人或尋才公司就叫 headhunter。

heavy duty 不是責任重大，是耐用

duty 除了職責外，還有稅的意思，如 customs duty（關稅），import duty（進口稅）等。但 heavy duty 並非重稅，也不是職務繁重，而是耐用，如：heavy duty battery（強力、耐用電池）。

hobby horse 不是愛馬，是別人早就聽膩、自己卻樂此不疲的話題

hobby 一般譯成嗜好，但其實跟中文的嗜好有些不同，必須是正面的、花時間去培養的休閒活動才算 hobby，看電視、逛街都不能算。騎馬（horseback riding）可算是一種 hobby，但 hobby horse 與馬無關，是別人早就聽膩，自己卻樂此不疲、老愛談起的話題。

industrial action 不是工業行動，是罷工之類的手段

勞資之間如不能和諧相處，互不相讓，就會有糾紛。勞資糾紛如果得不到解決，工會往往祭出怠工、罷工之類的手段，叫做 industrial action（英）/ job action（美）。

labour of love 不是為情所困，是為了興趣嗜好而無怨無悔去做的事

巴哈馬的夢幻島嶼穆尚珊瑚礁島，目前雖以每週 30 多萬美元高價出租，但島主 Melk 說收支還是難以平衡，經營該島純粹是為了興趣，"It's a labour of love," says Melk。報紙上竟然譯成：他說：「它是愛的奴隸。」令人噴飯。

milk run 不是牛奶用光了，是旅行搭的飛機或火車停很多站，非直飛或直達

有別於直飛或直達，停靠好幾站載客的飛機或火車，就像 milkman 一天要跑許多地方送奶，因此稱為 milk run。另外，在英國有所謂的 milk round，是指大公司每年到各大學徵才的活動。

moonshine 不一定是月光，也指私酒，或餿主意

除了「月光」的意思，在美語裡 moonshine 還指私酒，特別是烈酒，尤其在 1920～33 年美國禁酒時代，這字更是大為流行。此外，moonshine 在英美都有「餿主意」、「愚蠢的評論」之意。

mug shot 不是被馬克杯擊中，是拍照存檔

mug 現在一般譯成馬克杯。十八世紀初英國流行怪異面孔裝飾造型的瓷器馬克杯，因此 mug 遂有「臉孔」的意思。歹徒犯案被捕後到警察局 get a mug shot，指的是拍照存檔。

on the couch 不一定是坐在沙發上，是看心理醫師

couch 就是 sofa，看心理醫師時，病人躺下來談話的長椅也叫 couch，所以 on the couch 也就有看心理醫師的意思。Spending months on the couch delving into childhood traumas. 是「花幾個月看心理醫師，探索童年的心靈創傷」。

本文作者為書林出版公司發行人、師大翻譯研究所兼任助理教授

詞典漫話

義和團運動的關鍵問題之一是：翻譯過程中創造「火槍」這一名詞，
詞根「槍」的外延被擴大了；結果「刀槍不入」的外延也就相應擴大，
以致當時社會民眾（不僅僅是義和團）信以為真，
釀成了一場歷史鬧劇或悲劇。

文／止庵

1

我這人本無任何主義之可言，如果非得加上一個不可，我倒寧願自稱「詞典主義者」。我是喜歡讀書的，但是不以為文學、哲學、歷史等中有哪一本非讀不可；世間要是真有什麼「必讀書」，那也只能說是詞典了。

當然我有我的個人原因。現在勉強說是靠寫字為生，然而前提在於是否有那麼些字供你來寫。具體講就是詞彙與句式，這些東西存儲在記憶中，寫作時才能得心應手。那麼記憶中的東西又從何而來呢？句式多半沿襲平常說話用法，讀別人的書時也曾悟得不少；詞彙同樣可以從生活中和書本上擷取。但是又怎麼知道有沒有記錯？所謂「文字不通」，便是由此而生的了。句式的問題相對簡單，掌握了主、謂、賓、定、狀、補各語之間的搭配關係，大致不會出亂子；詞彙則要麻煩得多，非得一個個記準確了不可，而且記住讀音，也不一定寫得對。當然不是一概無跡可尋。譬如有人把「寒暄」寫作「寒喧」，或許以為此乃說話，當從「口」旁；可是如果稍加斟酌，這樣「寒」字沒著落了，便明白原來兩者相對而言，乃是「冷暖」之意，亦即通常所謂「今

日天氣哈哈哈」是也，所以第二字當從「日」旁，寫作「暄」。但是漢語詞彙組合，並不都這麼講理；也許原本有理，咱們一下不能了然。那麼就要請教老師了。不過我的中文教育只接受到中學畢業為止，而且就連中學也不曾好好念過，只能把詞典看作自己的老師。是以每逢寫文章，手邊必備幾種詞典，查閱再三，不厭其煩。

說來我對詞典，首先抱定的就是這種實用態度。詞典通常被稱作「工具書」，其實也是這個意思。我把對詞彙及句式的把握稱為一種修養，自忖並非過甚其詞。再高明的作家學者，寫出來的東西字句不通，所謂高明也得大打折扣。查詞典只不過是將勤補拙，但總歸比出乖露醜強得多了。

如此說法，殊少風趣；然而詞典之適於實用，怕是尚不只前述糾錯一項也。個人所掌握的詞彙，詞典亦是重要來源之一。我們學外語，有個詞彙量的概念；很奇怪涉及自家中文，反倒不以此衡量了。勤查詞典，可以多識生詞，此本無須多言；先父沙鷗先生從前另有見解，且已付諸實踐，卻值得在此一提。他很喜歡翻看詞典、韻書之類，認為對寫詩大有裨益。曾在通信中說：

要經常運用有關語言的工具書，為了找尋新的，不是你常用的詞彙。比如，你想用「孤獨」一詞，而這個詞你已用過多次了，不能再用了，就去查「孤獨」的同義詞，去查有關「孤」與「獨」的組詞，你會發現許多詞，由此挑選一個你自己未用過，別人也未用過，或少用的新詞。……找一個新詞，要捨得花功夫。……這有一個在創作上的求高、求嚴的態度問題。

先父以非重複性來理解語言的豐富性，就把這一問題具體化了，不至流於空談。北京話有個說法叫「貧」，《現代漢語詞典》釋為「絮叨可厭」，陳剛《北京方言詞典》寫作「頻」，徐世榮《北京土語辭典》則云：「其實該用『頻』字，但一般避生就熟，多用『貧』字。」我覺得其間不無因果關係，蓋「貧」（詞彙量少）所以「頻」（絮叨可厭）也。說話如此，尚且算是毛病，何況寫詩呢。或者說寫詩當然不比尋常，若作文章或隨便寫點什麼，不妨退而求其次。我意不然。無論如何，「貧」都不是好的品相。唱高調說愛惜中文，說實話是愛惜自己，都應該經常翻翻詞典。

2

詞典與我們的關係，原本不只語言應用一途，至少還涉及知識層面，當然詞彙本身也是一種知識。這裡使用「詞典」概念不很嚴格，多半作為「工具書」的代名詞，而工具書並不限於詞典一種。據金常政《百科全書・辭書・年鑑：研究與編纂方法》一書介紹：

按美國一位工具書權威 L・肖爾斯博士的分類，把工具書分為十三類。如果……按可讀性高低，或檢索性遞增的次序重排便是：百科全書、

年鑑、指南、便覽、手冊、傳記性資料、地理性資料、詞典、書目、報刊目錄、索引、政府文件集、視聽資料。

其中與語言應用有關的唯有詞典，此外各類均關乎其他知識。然而其他知識詞典中也有，只是簡略一點罷了。《不列顛百科全書》（第十五版詳編）「詞典」一條有云：

詞典與百科全書的界限本不難劃定：詞典解釋的是詞；而百科全書解釋的是事物，但在實際上卻很難分得清楚，因為詞只有與事物聯繫起來才有意義，很難設想編出一本不表示對象和概念的詞典來。

這番話很是有趣，我們讀詞典，所獲得的知識正是關於「事物」、「對象」和「概念」者也。至於我自己，很晚才知道世間有百科全書之類，此前則唯有詞典好讀。本來應該從百科全書等中獲取的知識，部分只好求助於詞典了。其實起先連詞典也不能讀到，唯有一小本《新華字典》。最早則只能去讀「毛選」每篇後面的註釋——這便是我小時候所有的一部「詞典」了。我之認識「事物」，乃是打這兒開始。以後買到《新華字典》，還有《現代漢語詞典》（試用本），一概如獲至寶，整天看個沒完。說來我得益於《現代漢語詞典》者甚多，它教我知道世間很多事情，簡直勝於所有師傅。過了多年才有成套的百科全書發售，最早的一部是《簡明不列顛百科全書》（中文本），共十冊，事先在書店訂購了（差不多花去我兩個月的工資），以後一本接一本出來，我就一本接一本取回，沉甸甸的書捧在手中，特別感到欣喜。回家之後，當然迫不及待地要展卷一讀了。

我不知道這算不算是經驗之談；當然現在青

少年讀物很多，獲取知識可能更其便利。不過詞典仍不失為有效來源之一。知識都有具體內容；有關某一對象的知識，實際上是一個序列，或者一個過程。詞典所涉及的，不過開個頭兒而已，深入了解當然不夠，還須去讀百科全書相關條目，乃至專門書籍不可。上述知識的起始部分，往往是某一題目或某一門類的常識。略具常識，距離博學還遠，但已經不能算是無知。這裡舉個例子。十幾年前我讀一本有關周作人的傳記，見談及俞理初時牽扯到俞平伯，又把周氏關於俞理初的很多話都歸諸俞樾了，不免心生疑惑，記得俞平伯的先人乃是俞樾，並不關俞理初什麼事；周氏雖然稱讚過前者，最推崇的卻是後者。翻開《辭海》一看，俞樾與俞正燮（字理初）各有條目，就寫在同一頁上。我想《辭海》這種大路讀物，作者案頭一定放著；若去核對一下，並不花太多工夫。這給我一個教訓，即凡涉及知識的事情，不妨以承認自己無知的態度著手做起。那麼其間能夠給予我們幫助的，詞典之類又是必不可少了。

不過話說回來，就我經常使用的幾種詞典：《現代漢語詞典》、《辭海》和《辭源》而言，作為知識讀物，都不能令人十分滿意。倒不是要求過高，要求仍僅限於上述常識層面，即便如此，還是覺得不無條目缺漏、解釋失當之處，只能應付一時之用（譬如不至於將俞正燮與俞樾混為一談）。先哲有云：「盡信《書》，則不如無《書》。」（《孟子·盡心下》）吾輩於任何一種詞典亦然。詞典只是知識來源之一——末了二字尤其吃緊，全部知識若以千萬計，萬萬計，它所介紹的不過是「之一」罷了。知識也是一種修養，與語言能力一樣。

3

回到前引《不列顛百科全書》所說「詞只有與事物聯繫起來才有意義，很難設想編出一本不表示對象和概念的詞典來」，似乎不妨進一步講：某一時代人們對「事物」的理解認識，一定程度上體現在當時所應用的「詞」之中；而這又在一定程度上借助於「表示對象和概念的詞典」反映出來。古代之《爾雅》、《說文解字》，今日之《漢語大辭典》等，均可以如此看法。換句話說，這是查詞典的另一項好處了，當然也在獲取知識，不過乃是有關語言的知識罷了。

上面這番話不宜機械地加以理解。譬如劉半農1920年頃創造「她」、「它」兩個代詞，我們不能說在此之前中國人就男女不分、人物不分，但是這種意識通過文字確定下來，使得表述更其清晰明確，所具有的不只是語言學的意義。意識訴諸語言，語言也訴諸意識，看到「他」明確想到「男人」，看到「她」明確想到女人，看到「它」明確想到東西，較之只有一個「他」字，需要視上下文才能確定所指，就「對『事物』的理解認識」而言，肯定有所不同。

關於詞彙的演化，劉半農在《半農雜文·她字問題》中曾經有所論說，涉及新造、改義和改音三項內容。雖然諸種詞類各有演化過程，但是其間未必同步進行，有的詞類可能變動更大。譬如我讀《莊子》，覺得其中的動詞和形容詞，反倒要比今日文人筆下豐富得多；古今這方面當然也有變化，到底不及名詞區別顯著，增添了那麼多東西。

上述詞彙演化涉及內容很多，這裡只能略談一二，都是我讀詞典覺得有趣之處。新名詞增加的原因之一是外來物的引入，但是外來物引入與

外來語引入並非配套進行，好些倒是咱們另外取的名字。查閱《辭源》、《辭海》「胡」、「番」、「西」、「洋」各字，已可體會前人「對『事物』的理解認識」之一斑了。即以《辭海》而言，就有「胡楊」、「胡桐」、「胡桃」、「胡麻」、「胡蔥」、「胡椒」、「番杏」、「番茄」、「番鴨」、「番薯」、「番木瓜」、「番石榴」、「番荔枝」、「西瓜」、「西葫蘆」、「西紅柿」、「西洋參」、「西番蓮」、「洋梨」、「洋麻」、「洋蔥」、「洋槐」、「洋丁香」等詞條，這些名目都非中國「古已有之」，而是後來陸續創造出來。周作人在《藝術與生活·國語改造的意見》中曾批評說：中國以前定名多過於草率，往往用一「洋」字去籠罩一切，毫無創造的新味，日常或者可以勉強應用，在統一的文學的國語上便不適宜了。

這裡他關注這些合成詞的前綴部分，所以建議「洋油」改稱「煤油」或「石油」，「洋火」改稱「火柴」；而我更留心詞根部分，因為在此類名詞對譯中，上述冠以「胡」、「番」、「西」、「洋」各詞，詞根往往利用中國既有之物，而事實上並非確屬此物。譬如「胡桃」一詞，前綴為「胡」，表明來源；詞根為「桃」，表明特性，然而此「桃」並非我們讀《詩經》時見著的「桃之夭夭」那個「桃」也。胡桃亦稱核桃，屬胡桃科；桃則屬薔薇科，根本不是一碼事。把胡桃也稱為「桃」，意味著「桃」字已不限於原有範疇。這在中文史或翻譯史上，其實是個重要現象。

然而名詞對譯導致詞義引申，並非只有語言學的意義，還涉及中外文化交流或文化衝突問題。從前讀美國人周錫瑞（Joseph W. Esherick）所著《義和團運動的起源》，有番話值得注意：

……他們誇耀說，除了大刀和扎槍外，火槍也能被抵擋（據我猜測，這種所稱的刀槍不入範圍的擴大，事實上是由於中文表達火槍與扎槍同用一字，因而為其提供了便利藉口）。

他實際上發現了義和團運動的關鍵問題之一。《說文》：「槍，歫也，從木，倉聲。一曰，槍，欀也。」按「歫」通「拒」，抵拒之意；「欀」則為木名。《廣韻》：「槍，稍也。」《釋名·釋兵》：「矛長丈八尺曰稍，馬上所持，言其稍，稍便殺也。」所謂「刀槍不入」，本是指針對大刀扎槍的一種硬氣功，此時仍然使用著上述「槍」的本義；翻譯過程中創造「火槍」這一名詞，詞根「槍」的外延被擴大了；結果「刀槍不入」的外延也就相應擴大，以致當時社會民眾（不僅僅是義和團）信以為真，釀成了一場歷史鬧劇或悲劇。

在我看來，這不僅僅是個誤會而已。上述不管是否屬實即以既有物作為詞根的名詞對譯方法，反映了中國傳統文化某種一以貫之的態度。我在《史實與神話》一書中說：「這一文化習慣於在認識不足乃至根本無所認識的情況下，將屬於別一文化的產物強行納入自己系統加以認同，以顯示早已擁有，無足為奇。其實還是『外延無限』和『唯一』的觀念在作怪。」不同語言之間名詞對譯，以及大家對有關譯法的接受與理解，看似瑣屑小事，卻也是一次文化交流或文化衝突，而文化本質就體現於文化衝突之中。

前面講到詞彙演化，說有新造、改義和改音三項內容，其實還得補充兩項，才算齊全。一是廢棄，似乎無須多言；一是復活，不妨略說幾

句。手邊有1973年（試用本）、1978年和1996年（修訂本）三種《現代漢語詞典》，部分條目彼此出入，加以對比，頗有意思。如「女」字項下，「女眷」前一種作：「舊時指女性眷屬。」後兩種作：「指女性眷屬。」「女郎」前兩種作：「舊時稱年輕的女子。」後一種作：「稱年輕的女子。」似乎意味著這兩個詞一度分別廢棄，後來又在不同時間重新啟用。此種廢棄和啟用或許僅僅意味著主流意識形態之認可與否，然而徵諸現實，好像的確曾經泯滅，現在又聽見有人說了。還有「女公子」一詞，前兩種作：「舊時對別人的女兒的尊稱，現在只用來稱呼外國人士的女兒。」後一種作：「對別人的女兒的尊稱。」那麼倒是不曾徹底廢棄，卻又有所限制；如今這限制得以解除了。語言的演變並不完全自然而然，外界多有促動作用，未必都是權力因素，時尚亦頗具影響，所謂「時髦話」是也。

4

語言是文化的存在方式之一。由這一立場出發翻閱詞典，或許別有趣味。詞典作為收集整理語言的一種形式，本身具有研究性質。歷代文字、訓詁和音韻方面著述甚夥，特別是關於《說文解字》，已成專門一種學問。周作人羈留南京獄中時，「通計在那裡住了一年半，只看了一部段注《說文解字》，一部王菉友的《說文釋例》和《說文句讀》。」（《知堂回想錄·監獄生活》）可以想見自有意趣。今天的人一方面似乎對中文不很感興趣了，另一方面又號稱熱愛中國文化，其間不無矛盾，好像葉公好龍的樣子。熱愛文化者尤其中意地域文化，乃至造些假民俗出來，殊不知中國的地域文化有相當一部分是保存在方言

之中，其真實完好程度，恐怕又遠勝於今日殘存的民俗儀式與地面建築等。把記錄各種方言的詞典看作一座座地域文化博物館並不過分。

講到方言詞典，首推西漢揚雄所著《方言》，以後記錄蜀方言有《蜀語》（明李實撰），吳方言有《吳下方言考》（清胡文英撰），山陰會稽方言土語有《越諺》（清范寅撰），等等。

清末有位夏仁虎，本是南京人士，光緒二十四年來北京作官，寫有《舊京瑣記》，其「語言」一卷，乃是一篇北京話考察記。此前雖然《紅樓夢》與《兒女英雄傳》使用北京方言已很嫻熟，但是單從語言著眼，而又較為系統，好像這還是首次。若以詞典視之尚嫌簡略，但是亦不無草創之功了。夏氏不僅記錄用法（後來各種北京話詞典均不出這一範圍，然而要豐富全面多了），而且關注語言與心態及生活習性的關係，適為我所謂「方言中保存著地域文化」的上好例證，如：

京人談話好為官稱，有謙不中禮者。昔見一市井與人談及其子，輒曰「我們少爺」。初以為怪，後熟聞之，無不皆然，以是謂之官稱。又見旗下友與人談，詢及其兄，則曰「您的家兄」。初以為怪，後讀《庸盦筆記》，乃知其有本，不足怪矣。

時至今日，此種稱呼或已不見，然而隱含其中的心態或習性，未必不曾借助別種形式表現出來。北京人說話，是很喜歡「套近乎」的，乃是「客氣」之一部分也。讀此書另一有意思處，即是可以對比今昔北京方言詞彙的異同。看見此時仍然沿用的說法，每每特有親切之感。這一點我們在讀《紅樓夢》、《兒女英雄傳》乃至老舍小說時也能感到，而上述各書所載與今日口頭語都有部分不同，也就是說，過去有些用法已經「死」

了。所以從前的北京話詞典，多從老舍作品中摘取例句，現在有些則改用王朔的了，這是很恰當的。

這裡講到日常用語問題，一般詞典在這方面內容較為貧弱，也是情有可原，因為詞典編纂非一日之功，總與現實有些差距。《辭海》與《現代漢語詞典》即便一再修訂，也只能做到有限程度。中文詞彙史好比一條源遠流長的河，相對於兩端之陳舊與新生者，詞典收集的往往是中間那仍然生存且已穩定的部分。彌補這一缺憾（對於超越於常規需要的讀者來說，這確實是一種缺憾）的辦法，乃是另外編纂某些專門詞典，譬如古漢語詞典，流行語詞典，等等。

5

詞典亦可顯示出編纂詞典者的思想觀念、知識水準、價值取向乃至趣味愛好，這也是有意思的——蓋透過紙背窺人面目，誠為讀書一樂也。我最感興趣的還在前述價值取向和趣味愛好方面，不過嚴肅正經的詞典很少表現這個，皆是左道旁門者也。就像安布羅斯·比爾斯的《魔鬼辭典》（Ambrose Bierce, *The Devil's Dictionary*），「人」的一條有云：

這種動物沉湎於他自己是什麼的冥想之中，特別得意忘形，忽略了自己應該是什麼的問題。他的主要職業是消滅他的同類和其他動物，無奈他（它）們卻以不可阻擋之勢增加，大批地繁殖於整個可居住的地球和加拿大。

這當然不是玩笑話，其涵義至為深刻。而且由於借用了詞典形式，別有一種解構意義，恰與尋常詞典之確定意義截然對立。此種形式可以追溯到保爾·霍爾巴赫的《袖珍神學》（Paul-Henri Holbach, *Théologie Portative*），乃至約翰遜的

《英語詞典》（Samuel Johnson, *A Dictionary of the English Language*）。約翰遜所寫本是正規辭書，但他喜歡加點俏皮話，或發些牢騷，結果就有消解傾向，譬如：「編詞典者：編寫詞典的人，一個無害的文丐。」

霍爾巴赫的書則通篇充滿辛辣諷刺，姑舉一例：「板凳：是木製的坐物，神學家放置自己的神聖屁股的地方，當他們進行友好、文雅、有關宗教問題的談話時，也常常用來彼此投擲。」

凡此種種，同時也表露了作者的性情趣味；讀者於體會思想之外，亦可以想見彼輩是何等人也。中國這類書籍尚未見著，或許是我孤陋寡聞，縱或已有效仿者，只怕學得了肆意，學不了深刻。除非是魯迅，可惜魯迅死了。——其實他未嘗不曾一試，〈且介亭雜文末編·寫於深夜裡〉一文中有段話，即與《魔鬼辭典》頗為類似：

出版有大部的字典，還不止一部，然而是都不合於實用的，倘要明白真情，必須查考向來沒有印過的字典。這裡面很有新奇的解釋，例如：「解放」就是「槍斃」；「托爾斯泰主義」就是「逃走」；「官」字下注云：「大官的親戚朋友和奴才」；「城」字下注云：「為防學生出入而造的高而堅固的磚牆」；「道德」條下注云：「不准女人露出胳膊」；「革命」條下注云：「放大水入田地裡，用飛機炸彈向匪賊頭上擲之也。」

魯迅揭示了語言與事實乃世界的不同層面，這讓我們想起他在《狂人日記》裡描寫過的「從字縫裡看出字來」，可見一貫看法如此。上面我關於詞典說了好些，卻未免把兩者混同了。還是魯迅所見透徹，那麼不如拿他的話來匡正一下。■

本文作者為大陸作家

誰是詞典狂？

從詞典使用習慣診斷你的內在人格

文／陳俊賢、李康莉　圖／尤俠

查閱詞典並不像一般人所想的那麼簡單，從一個人使用詞典的習慣與方式，還可以判斷出潛藏的人格特質。以下的測驗，將幫助你深入了解你的內在性格。

1. 你會在什麼時候，感受到詞典的重要？
   A. 看到菜單上有不會的字。
   B. 搬新家了，客廳需要一套偉大的擺飾。
   C. 出國旅行，不知道怎樣和人搭訕。
   D. 有人笑你連「褚」小姐都會念錯。

2. 你和朋友因為一個英文字義起了爭辯，你的反應是：
   A. 查多種詞典交叉比對，出示鐵證。
   B. 「不要和我吵，我就知道這個字是這個意思。」
   C. 找第三者替自己背書。
   D. 越講越不確定，轉移話題，含糊帶過。

3. 查詞典的時候，你習慣：
   A. 順便看看旁邊的字，把前後的解釋一起吞下去。
   B. 瞄準獵物，見好就收。
   C. 總是先被旁邊的插畫所吸引。
   D. 剛才要查哪個字，怎麼突然忘了？

4. 當全世界都在使用「後現代」這個字，你會：
   A. 查清楚這個字的來龍去脈，發表文章批評大家的誤解與濫用。
   B. 人云亦云，雖然搞不清楚意思，也跟著用下去。
   C. 這個字很炫，偷偷拿來放在自己的文章裡。
   D. 很無聊，不關我的事。

5. 公司來了一位「甯」先生，你不確定這個字怎麼念，你會：
   A. 查詞典。
   B. 直接問當事人。
   C. 先觀察其他人怎麼念。
   D. 避免和他打招呼。

6. 寫文案的時候，為了押韻，需要一個「ㄣ」字結尾，你怎樣都想不出來，又沒有人可以問，你會：
   A. 馬上查詞典。
   B. 換個地方發呆，期待繆思女神的眷顧。

C.用新注音選字。

D.不想了，隨便找一個字代替吧。

7.夏天到了，走在人行道上，被一朵不知名的紅花打到腦袋，你的反應是：

A.很難忍受周圍有不明飛行物體，一定要回家翻植物百科搞清楚。

B.把它一腳踩得稀爛。

C.真神奇！又多了一個和朋友寒暄的話題。

D.好美啊，撿起來別在包包上。

8.看原文書遇到一個不懂的專業術語，你會：

A.先查英漢詞典，如果意思不明確，再看英英詞典的解釋。

B.打電話問相關領域的朋友。

C.查電子詞典。

D.直接跳過去。

9.朋友問你有關如何在網路上開店的資訊，你的反應是：

A.雖然不懂，但到處幫他蒐集資料，也間接增加自己的知識。

B.很忙，叫他找其他人。

C.就自己所知，掰兩個資訊給他。

D.不懂。不感興趣。直接回絕。

10.寫文章的時候，同一個字反覆用了很多次，實在變不出新花樣，你的反應是：

A.無法忍受，查同義詞典。

B.看有誰在 ICQ 上可以騷擾。

C.這是考驗創意的時候，決定自己造字。

D.好懶喔，應該不會有人發現吧。

11.買詞典的時候，你會以什麼做為選擇的依據？

A.內容。收錄的詞條數量和專業度。

B.厚度。《大英百科》才能顯示主人的財力與博學。

C.輕便、美觀。最好是電子詞典，有美美的銀白色外殼。

D.應該沒差吧。丟銅板決定。

12.看書的時候，遇到重要的概念或詞彙，你會：

A.趕緊拿手邊的鉛筆、原子筆在字底畫線作記號。

B.折一個大大的角。

C.用不傷害書頁的彩色膠帶仔細標示。

D.不受影響，繼續翻書。

13.拿到一本英文詞典，你第一個會查的字是：

A.某專業生物學用語。

B.自己的名字。

C.有 F 開頭的髒話。

D.一道好吃的墨西哥菜。

14.開會的時候，同事熱烈的討論起亞洲區「ADR」（美國存托憑證）市場的成長。你不太確定這個字的意思，你會：

A.舉手發問。

B.猛點頭，假裝聽懂了。

C.照自己的猜測理解，且現學現賣。

D.看別人的反應再作判斷。

請將以上各題 ABCD 答案總數相加，累計最多的選項，就是你的詞典人格。

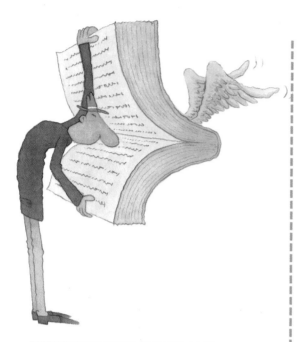

B 大英國王

你的自我意識強烈，通常信任自己甚於信任一本詞典。遇到自己不懂不會的問題，寧願鐵齒到底，也不願花點時間多翻資料。一般而言，你沒什麼求知慾，如果是工作需求非查不可，寧願指使別人，也不願親自動手。你的朋友、下屬都是你二十四小時騷擾的對象。另外，你可能坐擁名貴的《大英百科》，但只純粹為了擺著好看，很少派上用場。花大手筆是為了安全感，並不是從實際需求出發。同時你迷信名牌，認為一千元的解釋絕對比五百元的解釋來得準確。因為求快，查得快忘得也快，問過還要再問，真是讓人不勝其擾。皇恩浩蕩，為了大家的幸福著想，誠心的建議您：勤勞一點自己查，以免手指關節退化。

A 詞典怪獸

你是一隻無可救藥的詞典怪獸。非常強烈的依賴、需要、使用詞典，希望世界上的每一件事，都能像詞典一樣給出合理的解釋。你家裡起碼有三種以上的詞典，遇到你的生字十分幸運，隨時都能受到最熱情的對待。你查詞典速度驚人，又狠又準。你不收集 *Penthouse*，卻對每一本詞典的年代體例版本，都有近乎瘋狂的研究。你喜新厭舊，經常同時染指數本詞典，一本還沒放下，又對另一本伸出你的魔爪。你對理性有所偏執，認為凡事都需清楚明白，不可蒙混過關。你認為粗心是一種罪惡，所以勤打申訴電話，在雜誌裡挑剔頁碼，投書檢舉可疑的錯字。但說真的，你無法氣憤這個世界並不如你一樣認真，因為你的標準實在高得令人害怕。不管人與人的交往，還是看事情的角度，曖昧往往也是一種藝術，如果你堅持這樣，一切只好看你的造化。

D 莫內教徒

你遇到不會的字，乾脆全用猜的。說好聽一點，是直覺型的動物（你的直覺通常還挺準的），說難聽一點，就是懶。你家裡的詞典，不是小學時用的《國語日報辭典》，就是國中市長獎贈品之類。你所知的詞彙相當有限，可能連忐忑兩個字都會寫反。遇到不懂的事就想混過去，或隨便掰一個解釋過關。你不太有求知慾，完全看不懂產品說明書，看地圖會迷路，有使用手冊東西還會裝錯。但因為無知，反而讓你有絕佳的想像力。你不知道光學原理，畫出的睡蓮卻比莫內還朦朧。「太空人登陸月球，反而徹底破壞對月亮的想像。」你認為很多事情不需要了解、定義，曖昧不明才有美感。不過，你說話太隨興是一大缺點，往往禁不起精確定義的比對，顛三倒四，語焉不詳，讓人很受不了。如果你想走出自己的小島，和廣大的人類有所交流，一本詞典還是有其必要。 ■

C 冷光快手

講求輕便迅速的你，是電子詞典的愛用者。和平面詞典相比，你更習慣上網找資料。基本上你是一個「嘴人」，自我表達能力十分高竿，語言是你的武器，用來強化你的人際關係和銷售技巧。你熱中生字，越難越好。因為你的學習力強，碰到新鮮的詞彙，馬上可以舉一反三，含蓄又有技巧的炫耀。打開報紙，發現什麼流行的字眼，你也會馬上動腦筋，思索如何好好利用這個詞，放在自己的對話裡，另闢一番新氣象。選購詞典方面，你十分重視閱讀品質，最好有圖，而且聖經紙一定比道林紙好，冷光表殼一定比黑漆漆的好。一本破舊骯髒的詞典，完全玷污了你的生活品味。值得注意的是，你查詞典迅速卻不精確。因為急著現學現賣，疏忽求證，常常認錯字，用法也混淆，很容易造成不必要的誤解。切記，一知半解是危險的，可別出糗了！

創新
未來

科技的理性，融入感性的人文價值
締造新世代優質的生活

永豐餘　http://www.yfy.com
奈米、生物科技透過e化的平台，不斷地在造紙、印刷、顯示等產業
創新服務，共創優質生活的未來

Part*4
如何使用與
選擇詞典

HOW-TO

1

Choose Your Chinese Dictionary

如何選擇中文詞典

文／王濤

在談這個題目之前，首先要說的是，由於中國大陸、香港、台灣的特殊情況，所以儘管三地都有中文詞典（通「辭典」）或字典，但是內容和適用的讀者都不盡相同，而本文所談的中文詞典或字典，主要針對台、港地區的讀者而言。

因此，怎樣選擇一本中文詞典，第一個大原則是：先看清楚這本詞典到底是台灣或香港為了台、港讀者所編著的繁體字中文詞典，還是大陸為大陸讀者所編著的簡體字漢語詞典（大陸不稱中文詞典而稱漢語詞典）。不要光是以詞典是繁體或簡體字版來判斷，因為也有大陸簡體字中文詞典改成繁體字版本出版的情況。不同地區詞典的規範不完全相同。

第二個大原則是，到底要買的是字典，還是

詞典？今天，理論上來說，「字典」應該主要解釋「字」的意義與用法為主，雖然也收詞語，但不應太多；「詞典」則應該以解釋「詞語」為主，雖然也有「字」的解釋，但是不像「字典」那麼詳盡。大陸地區對這些區分得比較清楚，而台、港地區則沒有那麼嚴格，有些工具書即使是「詞典」的內容，但仍然名之為「字典」，所以讀者本身應該注意自己需要的到底是「字典」還是「詞典」，以及自己手裡拿著的，到底是「字典」還是「詞典」。（編按：「字典」、「詞典」、「辭典」等定義，請參閱本書第6頁。）

第三個大原則是，自己的目的到底是為了日常需要，還是為了對中國語文有比較深入的了解。同樣名之為「字典」、「辭典」，內容層次大有不同。

先清楚這些大原則之後，我們再來看實際怎麼評估一部詞典或字典。以下所談十二點注意事項，通用於兩者。

前言與體例的檢查

第一，不能只是被書名「××詞典」或「××字典」所唬住。要先看這部詞典或字典的「編輯宗旨」（或前言）。「編輯宗旨」是一種戰略說明，說明主事者想編這部工具書的源起及構想是什麼，內容重點如何規畫，針對哪個層次的讀者。雖然現在的詞典大多寫得差不多，但仍然可以從中看出一些端倪。或者，我們可以反過來說，如果一本詞典或字典在編輯宗旨裡看不出到底是給什麼層次的讀者使用，那就大有問題。

第二，「編輯體例」則是戰術說明，說明這部詞典的每個詞條是怎麼編的，有什麼特色，讀者應該特別注意的事項等等。好的「編輯體例」應該清楚明白，讓讀者一下子就能掌握重點。「編輯體例」如果寫得冗長又複雜，難以理解，

或是寫得太草率，都有問題。

第三，繁體字詞典，主要仍以部首檢索為主。但是為了方便讀者檢索，有些詞典除了卷首必備的「難查字表」之外，還會在附錄裡加上注音符號或漢語拼音的檢索。如果是以日常應用為主，不妨把這種方便度考慮進去。

第四，一部詞典最重要的還是主體內容。檢查主體內容時，先檢查收詞或收字的狀況符不符合「編輯宗旨」裡所說的構想。這可以針對一個部首，連續測定看看收了哪些字。再針對收的字，檢查其所收的詞條。一來看看這部詞典是否名副其實，二來了解其中合你用的有多少，占的比例如何。

形、音、義的檢查

第五，然後再細部抽樣檢查一些字與詞。一看符不符合編輯體例，二看是否正確、實用。中國語文工具書的傳統，是從研究文字的形、音、義著手的，所以在抽樣檢查字、詞的時候，也從形、音、義三方面檢查。先查形，看其結構和筆劃是否正確。（今天出版印刷品裡，因為日本人也用漢字，很多字的字形都和日本人的用法相混淆。）一本好的中文文字／詞典裡所收的字形，正體字、異體字，各應有其所本。（編按：在台灣，教育部就有公布「常用國字標準字體表」等四種標準字體表，可以到網址 http://www.edu.tw/mandr/ 參考。）當然，如果是給兒童或少年使用的字典或詞典，有筆劃順序，這時也可一併檢查。

第六，再查音：除非你看得懂反切注音，有特殊需要，否則有注音符號是最基本的要求。（在香港，很多也加上了漢語拼音的注音。）然後，要注意是否把一個字的「讀音」、「語音」等都說明清楚。（譬如「剝」的讀音是ㄅㄛ，在「剝」橘子這時候的語音是ㄅㄠ。）字固然如此，有些詞條也需要。（譬如「大夫」在指醫生

有關中文詞典與字典的其他說明

中文是以方塊字為單位。所以小學三年級以前，應該用字典。把字的意思理解好了，接下來對詞的大體才可以掌握。否則，學詞的基礎不穩固。像大陸，雖然有專門以小學生為對象的《新華字典》，但小學三年級以前和以後，事實上差別很大，不應該使用同一種字典，但現在都混為一談。即使以《新華字典》來說，對低年級小學生而言都不好用，所以應該再特別編一本字典，專門給小學三年級以前的讀者使用。

中學開始可以使用中等程度的漢語詞典，在大陸，就像《現代漢語詞典》。（今天《現代漢語詞典》成了給小學到大學都通用的詞典，也是不合理。）（編按：在台灣，類似《現代漢語詞典》的，以《新編國語日報辭典》為代表。）

總之，編詞典一定要形成一個內循環。也就是說，如果是給小學生看的詞典，那就一定要在 2,600 個字以內形成，包括編者的話、體例解釋。（今天連漢語詞典都沒有針對小學三年級之前的讀者使用的詞典，英漢詞典就更不必說了。寫作和編輯體例上，都超過了小學生的層次。）

雖然有人說，再爛的詞典也比沒有詞典好，但我倒認為：「有一部壞詞典，不如沒有詞典。」因為壞榜樣不如不學。光是以讀音來說，一旦學錯，到後來糾正起來可難了。所以編詞典的人一定要有責任感。（王濤）

的意思時，音讀是ㄉㄞˋ　ㄈㄨ，在指古代爵位名的時候，音讀則是ㄉㄚˋ　ㄈㄨ。）

第七，再查義，這也就是條目本身的解釋。不論中文字典還是詞典，條目一定都是由「字」開始的。所以先看這個「字」的解釋：一，是否符合前面所說的「編輯宗旨」和「編輯體例」；二，是否清楚、實用。譬如，一本以日常使用為主，又以現代詞語為傲的語文工具書，卻在「字」的解釋上專門引用古文，那就有問題了。一本以小學生為對象的字典或詞典，在字的解釋上卻用了連大人也看不懂的解釋，當然也有問題。

看了「字」之後，再看這個字下面所收的「詞條」。如果是詞典，就要看收得足不足，是否有遺漏。

第八，檢查詞條的時候，還有三件事可以交叉進行：

1) 查一些近似的詞條。譬如「美麗」和「漂亮」。如果兩者的解釋完全一樣，肯定不行。美麗是整體的，漂亮是比較時髦的，俏的。這一手球打得「真漂亮」，不能說「真美麗」。辨析幾條，從中可見編者的功力，以及蘊含信息量的多寡。

2) 再查一些最常用的詞。譬如名詞——門、沙發。動詞——打。打人，打牌，打幾斤油，打傘。是否涵蓋各種概念的打，或是否漏掉了最基本的「打人」的打。

3) 再查一個虛詞，譬如「因為」。越是什麼人都懂的詞，越難解釋。又譬如「其」，這個字也很難講清楚，因為講不清楚，乾脆就什麼詞典都抄，大家的解釋就千篇一律。但是一本好詞典應該表現出它應該有的層次，適用的層次。

做這些檢查時，只能抽樣，看內容是否合你的需要。如果基本合乎需要，那便算合格。百分之百合要求，任何詞典或字典恐怕都難做到。

例句與其他檢查

第九，以上不論是檢查字還是詞的意思時，要多注意例句。今天許多詞典的編輯，沒有語言材料，往往把幾大詞典的例句改幾個字拿來用。語言的意思，本來是根據語言的材料來編的。之所以反對自造，因為一個人的語言環境畢竟是有限的。詞語最好是用值得信賴的著作裡的自然語言，不能平白造出來。有上下文的語言環境，才最能表現出這個詞的用法。不能為了編這個詞典才造這句話。（這就需要語料數據庫。但是建數據庫，還是要看選樣，這就要看功力。）

第十，看看有沒有錯字。字／詞典對錯字的校對，不能和一般書籍一般而論。發現有錯字的詞典，品質是要打問號的。檢查錯字時，除了從主體本文去找，也可以試試附錄裡的補充檢索方法，看看能不能檢索到正確頁碼這種細部著手。

第十一，看看編排，插圖。越初級的讀者越需要插圖，這符合實際上智力發展水平和上升趨勢。中高級的也不是不要，譬如「斗拱」，有了圖像比什麼文字解釋都好。看插圖的時候，如果發現該有的圖都沒有，不必有的圖卻有了，那就是差的詞典。

第十二，詞典都會有附錄。附錄裡，會有些補充前面部首檢索的其他檢索系統、中外大事年表等等。看看這些附錄編得用不用心，實不實用，是否和前面的主體內容有一氣呵成的作用。

這以上三點，要把第一點和第二、第三點相互對照看，看的目的有兩個：一是看這三點之間彼此到底相不相呼應，二是看究竟適不適合自己使用。　■

本文作者為香港商務印書館董事兼顧問

30部推薦中文詞典

　　承襲左派人士在上世紀二〇年代對漢字改進以及「大眾語」等的主張，中共建政之後，除了推動簡化字等運動之外，學術界也明確將漢語詞典分為「古代漢語」與「現代漢語」兩大類。現代漢語的起始時間大體以鴉片戰爭為準，至於古代漢語中接近現代白話語體的，則又稱為「近代漢語」。

　　在這個分類下，像《辭源》在中國大陸就被定位為古漢語詞典的代表。《辭海》固然是百科性質的詞典，但是其語文的部分，仍然屬於古漢語的範疇。本書在為推薦中文詞典分類時，基於台灣地區讀者：一，長期使用傳統的繁體字；二，對文言、白話之分際與使用與大陸地區有所不同；三，因而對「古代漢語」與「現代漢語」之分際的體認也與大陸地區有所不同，因此並沒有採取「古代漢語詞典」、「近代漢語詞典」、「現代漢語詞典」的分類觀念與方法。

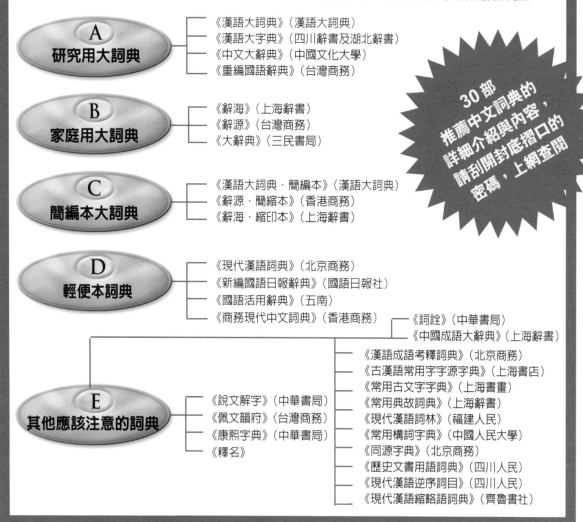

A 研究用大詞典
- 《漢語大詞典》（漢語大詞典）
- 《漢語大字典》（四川辭書及湖北辭書）
- 《中文大辭典》（中國文化大學）
- 《重編國語辭典》（台灣商務）

B 家庭用大詞典
- 《辭海》（上海辭書）
- 《辭源》（台灣商務）
- 《大辭典》（三民書局）

C 簡編本大詞典
- 《漢語大詞典·簡編本》（漢語大詞典）
- 《辭源·簡縮本》（香港商務）
- 《辭海·縮印本》（上海辭書）

D 輕便本詞典
- 《現代漢語詞典》（北京商務）
- 《新編國語日報辭典》（國語日報社）
- 《國語活用辭典》（五南）
- 《商務現代中文詞典》（香港商務）

E 其他應該注意的詞典
- 《說文解字》（中華書局）
- 《佩文韻府》（台灣商務）
- 《康熙字典》（中華書局）
- 《釋名》
- 《詞詮》（中華書局）
- 《中國成語大辭典》（上海辭書）
- 《漢語成語考釋詞典》（北京商務）
- 《古漢語常用字字源字典》（上海書店）
- 《常用古文字字典》（上海書畫）
- 《常用典故詞典》（上海辭書）
- 《現代漢語詞林》（福建人民）
- 《常用構詞字典》（中國人民大學）
- 《同源字典》（北京商務）
- 《歷史文書用語詞典》（四川人民）
- 《現代漢語逆序詞目》（四川人民）
- 《現代漢語縮略語詞典》（齊魯書社）

30部推薦中文詞典的詳細介紹與內容，請刮開封底摺口的密碼，上網查閱

HOW-TO

2

Choose Your English Dictionary

如何選擇
英語詞典

文／曾泰元

很多人在選購詞典前都會問：「哪一本詞典最好？」問這種問題，就好像買衣服或鞋子的時候問什麼最好一樣，是沒有標準答案的。因為「好」是相對的，每個人身材腳形不同，需要衣服鞋子的場合也未必相同，因此只要是符合自己的需求就是好的。選購詞典也差不多，符不符合需求，是個重要的參考依據。

然而「符合需求」卻是籠統而主觀的，選購詞典當然也有一些值得參考的標準。下面的選購教戰守則，是以詞典學理論為基礎，由務實的角度出發，融合筆者從事詞典學研究近十年來對詞典評鑑、使用者研究的了解，以及對台灣、大陸、英美詞典出版的認識，特別針對以英語做為

外語的我們，提出一套選購詞典參考標準。不過在介紹這些參考標準前，有三大迷思必須打破。

打破三大迷思

迷思一：詞典是令人敬畏的權威，不會有錯。

英語有句諺語說，To err is human. 意思是，只要是人，就會犯錯。白紙黑字印出來的，不見得就需要當做真理來擁抱。因為詞典編者的學識能力有限，打字排版時也常有誤植的情況，因此錯誤在所難免。況且，編者有時會有意無意地把個人的偏見、意識形態融入定義和例句裡，影響到廣大無知的讀者。史上最有名的例子當屬1755年英國約翰遜（Samuel Johnson）在他的《英語詞典》（*A Dictionary of the English Language*）裡給 oats（燕麥）下的定義：a grain, which in England is generally given to horses, but in Scotland supports the people（是一種穀物，在英格蘭一般拿來餵馬，在蘇格蘭卻是人吃的），英格蘭優越感在此表露無遺。所以即使是公認的好詞典，也要把它當做是一個諮詢、參考的對象，而不是盲目地相信。

迷思二：詞典越大越好，收詞量越多越好。

大並不見得好，多也不見得有用。被譽為是詞典皇帝的《牛津英語詞典》有二十巨冊，厚21,728頁，重62.6公斤，收詞50萬以上，例句近250萬條，企圖收錄中古英語迄今近九百年的所有詞彙，巨細靡遺。可是過於以英國為中心（少見美國、加拿大、澳洲等非英國的英語），並嚴重向非科技的書面語傾斜（少有科技、方言、口語、俚語等詞彙），因此只適合極少數的人文學者在標準英國英文的詞海裡追本溯源，並不適合一般人使用。有些單冊的英英大學詞典收了十七、八萬個詞，收詞量夠多，足以解決以英語為母語者常碰到的問題（如查定義），然而對於把

英語做為外語的我們，龐大的收詞量不僅用處不大，反而壓縮、排擠了我們最需要的訊息，譬如淺顯易懂的定義，以及片語、句型、例句、語法、語用、文化等的指引。

迷思三：買一本最好的詞典用一輩子。

每本詞典都有其階段性、任務性，而且好壞是相對的，並不適宜用「最好」這種絕對而又籠統的形容詞。某些詞典適合美國兒童識字，某些詞典適合學習澳洲英語的外國中學生，某些詞典適合以英國英語為母語的一般成年人閱讀所需。階段不同，任務改變，就得用不一樣的詞典。更何況語言是活的，不斷地在變，為了了解現今語言，一本詞典更要與時俱進，呈現語言的現狀，不斷地推陳出新。

思考自我定位與需求

如果迷思打破了，接下來請思考兩個自我定位與需求的問題：

1) 我是小學生、中學生、大學生、一般社會大眾，還是學有專精、對詞典有特別需求的專業人士？

目前市面上英語詞典種類繁多，某些大出版社會針對不同階段的使用者設計出不同的產品。我們要認清詞典的階段性，選擇適合自己程度、需求的詞典，不要好高騖遠，一味地求大求多。

2) 我主要的目的是全面的英語學習、閱讀理解的增進，還是寫作能力的提升？

如果是一般的英語學習，那麼詞典裡就應該提供片語、句型、例句、語法、語用、文化等相關的內容；如果重在閱讀理解，那麼就必須尋找另一類以收詞量、定義數取勝的大型詞典；如果想加強寫作能力，除了一般的英語學習詞典之外，還需兼用漢英詞典、搭配詞典、同義詞詞典、寫作詞典。

確認詞典類別

選購前，有兩個詞典類別的方向，得先思考清楚：

1) 買英英、英漢，還是英英／英漢雙解詞典好？

事實上這三類詞典的選擇，跟外語學習理論有密切的關係。簡言之，英英詞典幫助我們用英語思考、表達，可是努力看完英文定義之後卻不知中文對應詞為何，會令人沒安全感，且容易遺忘。英漢詞典提供中文對應詞，能深化記憶，不過接觸過多母語，對外語學習比較不利；況且，英漢詞典裡的中文對應詞有些翻譯不當，有些明顯有誤，不可不慎，像 bimbo 就是一例。這是個瞧不起人的俚語詞，指漂亮性感卻沒大腦的女孩子，中文裡似乎還找不到適切的對應詞，可是英漢詞典裡不是誤譯成「行為不檢點的女人，妓女」，就是「傢伙」。而英英／英漢雙解詞典是以英英詞典為藍本，把定義、例句、用法說明等逐字逐句地翻譯成中文，企圖結合英英、英漢兩者的優點。然而雙解詞典裡，英英部分的資料可能稍舊，加上讀者傾向於只看中文翻譯，英漢對照所欲達成的效果，恐怕不易達成。比較能兩全的辦法可能是英英、英漢兩本並用：先查英英詞典，訓練用英語思考，了解正確的意思，再翻閱英漢詞典，參考、修正裡面的中文對應詞。（編按：購買英英詞典時，要特別注意是為母語為英語的讀者，或母語非英語的讀者而編。詳閱本文之後的推薦英語詞典說明。）

2) 要不要買漢英詞典？

答案當然是肯定的。我們的母語畢竟是中文，很多時候我們只知中文說法，不曉得英文該怎麼表達，漢英詞典可解決這方面的燃眉之急。目前市面上有越來越多的漢英詞典標榜以漢語拼音編排，查閱方便、檢索快速，不過前提是要花

少許的時間熟悉這個國際通用的系統。至於內容方面，各家差別不大，不像英英、英漢詞典有很多創新、不同的功能。現在的漢英詞典一般只有釋義（對應詞、解釋）和例證（片語、句子），差別只在收詞量、例證的多寡，新詞、新義、新用法的收錄與否，以及釋義的精準道地而已。

評鑑詞典的 10 個參考

如果自我定位與需求，以及詞典類別都已確認，下面十條評鑑詞典的參考標準（以英英、英漢詞典為主，漢英詞典亦適用），可以在判斷詞典的適用與否上，給讀者一些指引：

1) 能提供使用者需要的詞彙、定義。

根據研究顯示，使用者最常求助於詞典的就是定義（或對應詞）。碰到生詞要查詞典，碰到舊詞，如果已知的意思解釋不通，也要查詞典。要是詞典查不到合用的意思，甚至連該詞都沒有收錄，這本詞典的適用性就相對降低。消費者不妨把幾個上課、閱讀、工作碰到過或可能碰到的詞列表查找，進行測試。

2) 收錄近幾年來的新詞、新義、新用法。

除非你有蒐集舊詞典的嗜好，或需要閱讀早期的英文，否則選購詞典切記要「喜新厭舊」。語言不斷地在變，新詞、新義、新用法每天都在出現，詞典應盡量收錄。除了版權頁上的年代可供參考之外（不過年代可能會誤導消費者，因為它代表的經常是重印，而不是修訂再版的年代），英語裡的新詞（如 cyber-「電腦⋯，網路⋯」；-friendly「對⋯友善的，對⋯無害的」）、新義（如 mouse「滑鼠」；wired「上網了的」）、新用法（如中性第三人稱單數主格 s/he 的出現；fireman、mailman、businessman 等以-man 結尾的詞已逐漸去陽性化，被中性的 firefighter、mail carrier、businessperson 等字眼所

取代；February 的唸法已逐漸由傳統的 ['fɛbru͵ɛri] 轉為時髦的 ['fɛbju͵ɛri]），都可以測試出詞典的資料是否與時俱進。

3) 定義（對應詞）、翻譯正確而少偏見。

定義（對應詞）是我們最常求助於詞典的。如果查到錯誤的訊息，可能會造成作者（講者）和讀者（聽者）嚴重的誤解。這方面的判斷要經過訓練，不過有幾個問題字眼可以拿來測試。絕大多數的英漢詞典都把 ogle 翻譯成「拋媚眼」，事實上應該是「色迷迷地看」；eat one's words 不是「食言」（「食言」是 go back on one's word），而是「俯首認錯」，許多英漢詞典都搞錯了。又比如 1992 年出版的《朗文英語與文化詞典》（*Longman Dictionary of English Language and Culture*），在介紹 Bangkok（曼谷）的特色時，以帶有明顯偏見的字眼說曼谷以妓女多而聞名（famous for its prostitutes），在遭到泰國強烈的抗議之後，編輯才拿掉這個不妥的描述。

4) 語法說明清楚、詳盡、正確。

重要的語法說明包括動詞屬性的描述（不規則變化、句型要求），名詞屬性的描述（不規則複數形，常／只用單數，常／只用複數，可數或不可數，集合名詞，前加定冠詞或不定冠詞），形容詞屬性的描述（比較級、最高級的有無及其不規則變化，置於名詞前／不置於名詞前，後無補語，後加形容詞補語／子句補語）。在給英美母語人士用的詞典，以及以閱讀理解為主要任務的大型詞典中，這類訊息一般不會收錄。而在英語學習詞典中，這些語法訊息卻是十分關鍵的。除了應該收錄，還必須要清楚、詳盡、正確。

5) 例證充足，用例恰到好處。

詞典的篇幅有限，例證要用在刀口上，並不是每個單詞、意思都要，也不一定要以佔篇幅的句子來呈現，片語、句子片段也都可以，只要能

彰顯單詞的意思和典型的用法即可。例證少，對英語學習當然不利；有些詞典雖然看起來例證充足，可是充數的成分居多，對意思的闡釋與用法的掌握並沒有實質的幫助。

6) 插圖豐富，能幫助學習詞彙、掌握意思。

英語有一句諺語：A picture is worth a thousand words. 貼切的照片或插圖令人一目了然，功效不可謂不大。理想的插圖能協助我們理解一些不好掌握的文字敘述，並幫我們舉一反三，學習更多相關的詞彙。1995 年版的《朗文當代英語詞典》（*Longman Dictionary of Contemporary English*），用了許多全頁的彩圖，有系統地介紹了相關的詞彙，例如有一頁介紹了二十種常見的聲音（聲音很難以文字描述的）：電扇在轉，用 whirr；兩個酒杯相碰，用 clink；甩動鑰匙，用 jingle；走在滿是落葉的地上，用 rustle；踩著爛泥巴，用 squelch。這本詞典在插圖方面就做得十分精采。

7) 重視口語、俚語，收錄足夠的片語、成語、慣用語。

傳統上，詞典重視書面語而經常忽略口語（如 way to go!「幹得好！」，hang in there!「撐著點！」）、俚語（如 bombed「喝得爛醉」，...sucks「……遜斃了！」），造成我們碰到活生生的語言時束手無策。另外，片語、成語、慣用語的整體意思無法從其成分意思猜出來，如果詞典沒有收錄，必然會對英語學習構成障礙。

8) 提供語用方面的說明或標籤。

簡言之，語用探討的是語言在實際運用中的意思，而不是單純字面上的意思。如果我們只抓住一個詞的字面意義來用，而不管它語用的限制，可能會造成令人難堪的誤解。譬如說，spinster 並非如某些詞典所解釋的「未婚婦女」那麼單純，因為這是個歧視色彩相當濃厚的「老處女」，應當避免。Eskimo 對愛斯基摩人而言是一個帶有強烈種族偏見的字眼（因為長久以來大家都誤以為 Eskimo 是「吃生肉的人」），宜用比較政治正確的 Inuit（伊努伊特人）來稱呼他們。一本稱職的詞典，應該利用說明或加註標籤的方式，傳遞這樣的語用訊息，以免因為無知而造成誤解。

9) 提供百科性、文化方面的有用知識。

語言裡包含許多專有名詞，如人名、地名、事件名、書名、影片名等，這些百科性的資訊，特別是這些專有名詞在文化方面給母語人士的聯想，對我們的閱讀理解有關鍵性的影響。以 Fort Knox 為例，這個城鎮位於美國肯塔基州，是聯邦政府金庫的所在地，因此在很多美國人的心中就是「固若金湯」的代名詞。一本稱職的英語詞典起碼要先能提供這類精簡的百科知識，不會讓使用者誤把 Fort Knox 當人名，接下來有進一步需要時再扼要說明其文化內涵。

10) 標榜獨一無二的特點。

看看封底的簡介，花點時間耐心地讀讀序言（Preface / Foreword）和體例說明（Using / Guide to the Dictionary），了解這本詞典的特色與創新，如引導詞、附加欄、詞頻統計、淺顯定義、世界英語等，看看這些特點對你有沒有吸引力、重不重要。

上面這套由需求定位、詞典類別、評鑑標準所交織出來的選購英語詞典教戰守則，希望能給讀者一個清楚的架構，將來在挑選詞典時能夠更有自主性，更具判斷力。　　　■

本文作者為東吳大學英文系副教授兼系主任

35部推薦英語詞典

A 英英詞典

給母語非英語讀者的詞典

ESL Dictionary（學習詞典）

Oxford Advanced Learner's Dictionary
Longman Dictionary of Contemporary English
Collins COBUILD English Dictionary
Macmillan English Dictionary for Advanced Learners

ESL 是以英語為第二語言，EFL 是以英語為外國語言的教學。今天一般用 ESL 來泛指兩者。英國則經常用 ELT 來泛指兩者。

ESL 詞典收詞量也許不大，但是對字詞的意思與使用，解釋詳盡，非常適合母語非英語的讀者使用。ESL 詞典除了純語言的以外，也有一些是帶百科性質的。

給母語為英語讀者的詞典

Unabridged Dictionary（足本詞典）

The Shorter Oxford English Dictionary

所謂 unabridged（足本），理論上應該是把該種語言裡所有的字都收齊。
一般而言，詞條在 26 萬以上時，就稱為 unabridged 了。
足本詞典是給學術研究，或需要深入研究英文的人所使用。事實上，對足本詞典的重視，是十九世紀末葉到二十世紀中葉在美國發生的現象，英國沒有。

Semi-abridged Dictionary（半足本詞典）

The American Heritage Dictionary of the English Language
The New Oxford Dictionary of English

在美國，收詞量大約在 18 ～ 20 萬之間，就可以稱之為 semi-abridged。它的詞條比 college 略多，通常多出來的部分主要是百科條目。

College Dictionary（大學詞典）

Random House Webster's College Dictionary
American Heritage College Dictionary
Merriam-Webster's Collegiate Dictionary

college dictionary（大學詞典）是美國的特產，是美國社會裡最普及、最受歡迎的詞典。
通常收 16 ～ 18 萬個詞條。
二次大戰結束後，許多因為從軍而錯過讀書機會的退伍軍人，在政府的鼓勵下紛紛進入大學校園，因而以 college dictionary 為名的詞典形成熱潮，成為美國極具代表性的一種詞典。（英國則沒有稱為 college dictionary 的詞典，只有內容與之相當的詞典。）因此光看 college dictionary 這個名稱就可以知道它是美國本土的詞典。

Desk Dictionary（案頭詞典）

The Concise Oxford Dictionary
Collins English Dictionary
Chambers 21st Century Dictionary

desk dictionary 原是英國特有的中型詞典，收的詞條數一般在 10 萬左右，比美國的 college dictionary 小很多，風格也大相逕庭，但是近年的發展，則越來越接近，因而也有人直接把兩者畫了等號。

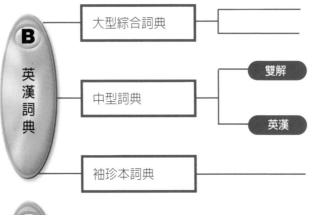

B 英漢詞典

大型綜合詞典
- 《英漢大詞典》（上海譯文 / 東華）
- 《藍登書屋韋氏英漢大學詞典》（北京商務）

中型詞典
- 雙解
  - 《牛津高階英漢雙解詞典》（牛津大學）
  - 《朗文英漢雙解活用詞典》（朗文）
  - 《柯伯英漢雙解辭典》（東華）
- 英漢
  - 《新英漢詞典》（上海譯文 / 香港三聯）
  - 《英華大詞典》（香港商務）
  - 《建宏 e 世代英漢辭典》（建宏）

袖珍本詞典
- 《大陸簡明英漢詞典》（大陸書店）

C 漢英詞典

- 《林語堂當代漢英詞典》（香港中大）
- 《漢英大詞典》（上海交大）
- 《新時代漢英大詞典》（北京商務）

35 部推薦英語詞典的詳細介紹與內容，請刮開封底摺口的密碼，上網查閱

D 其他應該注意的詞典

Dictionary of Collocations（搭配詞典）

Oxford Collocations Dictionary for Students of English
The BBI Dictionary of English Word Combinations

Dictionary of Synonyms（同義詞詞典）

Longman Lexicon of Contemporary English
The Concise Oxford Thesaurus
Longman Essential Activator

Dictionary of Slang（俚語詞典）

Dictionary of American Slang
Cassell's Dictionary of Slang
The Oxford Dictionary of Slang

Picture Dictionary（圖解詞典）

The Oxford-Duden Pictorial English Dictionary
The MacMillan Visual Dictionary

如何選擇電子詞典

文／傅凌

電子詞典，正以快速興起的姿態，對紙本詞典產生各種威脅與影響。這裡指的電子詞典，是以廣義的數位型態而言，包含 CD-Rom、掌上型電子詞典、PDA，以及用行動電話上網查閱的型態等。

電子詞典的發展趨勢

以詞典十分受到重視的日本市場而言，照三省堂數位情報出版部部長荒井信之所說：1980 至 1990 年的十年間，全日本各種紙本詞典銷售總量有 1,500 萬冊，而 1990 至 2000 年的十年間，卻下跌到 1,200 萬冊，其中最大的因素，就是受電子詞典的影響。以《廣辭苑》而成為日本國民詞典代表的岩波書店社長大塚信一也確認了

這個趨勢。《廣辭苑》的紙本銷售在 1990 年達到頂峰，之後就逐漸下滑，主要原因也在於電子版本的問世。到 2001 年，IC 版（掌上型）的銷量已經單一年度就創了 100 萬部的紀錄。

各種型態的電子詞典，未來到底哪一種會勝出，成為最主流的型態，照日本人的觀察，目前並沒有定論。三省堂的經驗，是行動電話上網查閱詞典的成長速度非常顯著。「未來可能是各種電子詞典的型態互相搭配。」荒井信之說。大塚信一也以他們的經驗下了一個結論：「照我們的調查，五十歲以上的人都是愛用紙本詞典，但是年輕一代的人，只有從紙本詞典轉往電子詞典，而沒有從電子詞典轉往紙本詞典的趨勢。」

中文市場的電子詞典熱潮，並不比日本差。台灣、香港固然早就有許多以掌上型電子詞典起家的成功模式，大陸近五、六年來也有一些新品牌以迅雷不及掩耳之勢竄起，銷售量動輒號稱以數百萬計。不過，中文市場有些不同於日本市場的特點。在日本市場，「電子詞典」的購買者重視的仍然是「詞典」的部分，因而電子詞典的生產者儘管可能是許多知名的電子大廠，但是這些電子大廠不會自行開發詞典內容，而是向權威的紙本詞典取得授權出版，產品品牌也仍然以原來的紙本詞典為前導。在中文市場，「電子詞典」的購買者重視的卻是「電子」的部分，大家對詞典部分的內容是怎麼形成的比較不加注意，結果自行「開發」成為主流，即使有一些從紙本詞典取得授權的內容，往往處理也並不得當，而產品品牌則完全以電子廠商的品牌為前導。（請參見本書第 146 頁〈Interview：陳萬雄〉。）

對於電子詞典這樣一個定價動輒比紙本詞典高上數倍至十數倍，閱讀與使用趨勢又蔚為未來主流的產品，顯然在如何挑選及使用方面，讀者

都得付出格外的注意。否則，浪費及花了冤枉錢事小，扭曲了對詞典的認識、使用習慣，並產生閱讀與溝通上的錯誤，才是嚴重。

以下是我們整理出在評選電子詞典時應該注意的事項。這些事項，共分為五個 NO 和六個 YES。

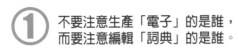

電子詞典的 5 個 NO!

① 不要注意生產「電子」的是誰，而要注意編輯「詞典」的是誰。

換句話說，不要注意電子詞典的製造商品牌、市場名氣或銷售數字，而要注意電子詞典裡究竟包含了什麼詞典。我們買一本紙本詞典的時候，會注意出版者是不是有出版詞典的傳統，是不是有長久的口碑，這些道理，通通適用於電子詞典。詞典的編輯，不同於其他書籍，需要團隊合作，以及長期的經驗傳承，因而與其重視任何「個人」的名號，不如重視是哪個「出版社」的出品。有良好口碑的紙本詞典轉化為電子詞典，我們可以省下許多心。日本人非常相信電子詞典的紙本來源是哪家「出版社」，就是這個原因。

如果電子詞典沒有紙本詞典的根據，而是自行「開發」的，那就要追根究柢地了解電子詞典裡包含的是哪些詞典，是什麼人編輯的，花了多長時間，如何編輯的。一個好的紙本詞典都有「前言」、「編者序」等，說明編輯理念、適用讀者、編輯體例、使用方法等，電子詞典裡也應該同樣有這些說明──不管是在紙本的使用手冊裡，還是電子詞典本身的 copyright 相關項目裡。這些部分不說明清楚，就談不上是好的電子詞典。（現在的使用手冊，許多都只是在介紹電子介面的操作。）

② 不要被電子詞典裡容納了多少部詞典的豐富數量迷惑，要想清楚自己最需要的到底是什麼詞典。

電子詞典因為記憶體的容納量，所以可以在很小的體積裡容納很大量的內容。因而電子詞典以容納多部詞典數量來當號召，是不可避免的。目前有的把英漢、漢英、日中、中日，甚至許多其他外語詞典都匯聚一起；有的除了語文詞典之外，收集了許許多多專業詞典（譬如法律、金融、科學等），顯得十分豐富。但是，不要被這些「豐富」迷惑。這些「豐富」往往代表的是「雜亂」。

想想看，我們買一本紙本詞典的時候，會不會認為有許多部詞典合在一起的詞典才是好詞典？所以，我們要有兩個準備：一，多少詞典不重要，一部能滿足你最主要需要的詞典才重要。想好你最需要的到底是一部國語詞典，還是英文學習詞典，還是日本學習詞典，先就這一種最重要的詞典內容進行評估與了解。二，之後，再選一到兩種次要需要的詞典內容進行評估與了解。總之，就是不要被容納的詞典種類給唬住。

③ 不要被多功能迷惑。

電子詞典往往會包含許多詞典以外的功能，譬如遊戲等等。記住，你要的是詞典，不是電子記事簿，也不是遊戲機。

④ 不要被詞彙量的驚人數目給迷惑。

許多電子詞典都號稱擁有多麼巨大的詞彙、字彙、詞條、詞目、字詞量等等。首先，「詞彙」、「字彙」、「詞條」、「詞目」、「字詞」這些說法，往往是自由心證，甚至是文字遊戲，有

各種名堂,你搞不清楚。第二,就算有清楚定義的詞條標準,其多寡也不見得對你有什麼意義。譬如,由於科技的發達,從進入二十世紀之後,新生科技的詞目本來就佔詞典裡的大宗,今日尤然。新生醫藥詞目之多,又是一個例子。這些是你所需要的嗎?第三,有些電子詞典是把他們綜合包括的各種詞典的詞目都合併計算,「豐富」再度可能是「雜亂」。

 不要被價格迷惑。

像購買任何東西,不要光是貪圖價格的便宜。看來便宜又大碗的東西,不小心買回來就扔在一旁。

電子詞典的 6 個 YES!

 了解自己的需求。

以英語學習詞典來說,近來有許多電子詞典打出由英、美某某詞典授權使用的名號。不要隨便被某某美國詞典,或者美式英語的招牌就唬住,那些詞典主要是給美國本土以英語為母語的讀者使用,可能根本不合你用。市面上還有不只一家電子詞典掛出「牛津」詞典的品牌,但是不同的牛津詞典,其中的方向與適合的讀者,差別是非常大的。要先了解自己的需求,才能進一步思考這些詞典合不合用。

自己的需求,最主要是要釐清到底是要多查一些新詞(尤其是名詞),還是要多掌握一些詞彙的用法。這不妨先參考本書第 113 頁的〈30 部推薦中文詞典〉,及第 118 頁的〈35 部推薦英語詞典〉,以及刮開封底摺口的密碼後,上網查閱各種詞典的詳細介紹。

② 檢查一些詞彙的意思是否正確、完整。

這有兩個檢查的方向。

第一,先看單詞的意思與解釋是否正確。讀者應該準備一些自行檢查詞典的關鍵詞。以英文詞典來說,譬如可以檢查一下這些詞:

acquaintance ——不能說是「熟人」,卻沒指出「點頭之交」的意思。

green bean ——不是「綠豆」,而是「四季豆」。

bimbo ——不是「蕩婦」、「妓女」,而是那種「漂亮而沒大腦的女孩」。

ogle ——不是「含情脈脈地看」、「拋媚眼」,而是「色迷迷地看」。

(其他的一些檢查詞,可參考本書第 96 頁。)

第二,要查一些新詞。電子詞典不同於紙本詞典的地方,就是更新、加入新詞的速度比紙本要方便。所以你可以挑一些新詞來查。譬如使用電腦的人都常碰到 icon(圖像符號)這個詞,但是在詞典裡,是否只查得到這個詞最早的意思——「聖像」?又譬如 9-11 事件之後,ground zero 這個詞到處可見,詞典裡有沒有收?ground zero 的原始意思是「飛彈或炸彈投射的標的」,9-11 事件之後則成了世貿中心的代名詞。檢查這些新詞的收納速度及意思是否正確,也可以看出電子詞典的編輯用心與否。

③ 要檢查買一本紙本詞典時該檢查的其他事情。

最主要在文法、例句、搭配詞、口語、俚語使用的提醒等等,詳細項目,請參考本書第 110 頁及第 114 頁,如何選擇中文與英語詞典二文。一般來說,目前電子詞典在文法上的解釋,和紙

本詞典相比，有很大的落差與不足。

4 要檢查裡面的校對與刪節。

　　有的電子詞典即使取得一些值得信賴的紙本詞典內容，但還是可能出現兩種情況：一種是某些內容做了刪節或更動，二是鍵入、校對的時候不夠用心，出現很多錯誤。要仔細地檢查一下。

5 要具備電子詞典應有的多元檢索功能。

　　電子詞典所檢索的內容與字詞，起碼應該有整合的功能。譬如要查 for dear life，目前在字母排序下檢索，你在鍵入這些詞之後，可以在 for 詞組裡查到一個獨立的詞條「for dear life 拚了命地（保護自己）」的意思。但是如果你鍵入 life，在 life 詞條下則可能查不到 for dear life 的意思。電子詞典不同於紙本詞典的，就在於可以發揮多元的檢索功能。如果像目前許多電子詞典這種零碎的檢索功能，只會讓讀者產生見樹不見林的問題，完全違反詞典原始的意義。至於未來，我們更應該期待電子詞典同時做到多元整合與全文檢索的功能。

6 要具備電子詞典應有的介面設計。

　　這可分為幾點：

　　1.電子詞典固然要有攜帶方便的長處，但是也要有舒適的屏幕或閱讀介面。否則長期使用，眼力負擔比閱讀紙本還重。

　　2.輸入檢索方法應該方便，進出各個不同區塊的「跳離」（esc）應該顧慮到讀者的需求。

　　3.發音、圖解、影像的功能，應該發揮不同於紙本詞典的特點。目前最起碼可以檢查發音的

HOW-TO
4
Choose Your On-line Dictionary
如何選擇網路詞典

50 個推薦網路詞典，
從中文到英文到有趣又有用的其他詞典，
詳細介紹與內容，請刮開封底
摺口的密碼，上網查閱

準確與真實程度。

　　4.無論任何型態的電子詞典，未來都和網路資料庫與更新有密切的關係，不妨也注意一下這方面的擴充延展性。

結論

　　選購電子詞典的時候，最好帶上一本自己信任，常用的紙本詞典。照上述所說各種檢查方法細部檢查。另外，拿幾個自己想要購買的機型做相互比對，細部比較它們之間的功能與介面設計。千萬不要被業務員的熱情勸說就昏了頭，不要怕多花一些時間自己評估，每部電子詞典最起碼應測試個半個小時。最後再考慮價格因素。不要忘記，你買的不只是比紙本詞典貴許多倍的東西，更從根本上影響你未來的閱讀與溝通。　■

KK音標是怎麼來的？

文／劉燈、曾泰元

在台灣，學校裡的英語課本及絕大多數的英漢詞典，都採用 KK 音標注音。有趣的是，這套由美國人發明、被台灣讀者廣泛接受的音標，非但英國人不用，美國人也幾乎不用。

KK 音標中的 KK，來自於兩位創始人：美國語言學家肯楊（John S. Kenyon）及諾特（Thomas A. Knott）姓氏的第一個字母。肯楊是第二版《韋氏新國際詞典》（*Webster's New International Dictionary*, Second Edition, 1934）的語音學和發音顧問，諾特則擔綱坐鎮主編。兩人於 1944 年合著了《美國英語發音詞典》（*A Pronouncing Dictionary of American English*），序言中以相當篇幅解釋了他們的標音系統，詞典中每個詞條後面均附上音標，標示該詞在當時的美國所公認的「標準」發音。在標音符號上，雖然兩位編者聲稱採用的是國際音標（International Phonetic Alphabet，簡稱 IPA。國際語音學會研究整理出的一套音標體系，以拉丁字母為基礎，因可廣泛使用在各種語言，又稱萬國音標），實際上卻用了一些跟 IPA 不同的標示法，尤其在母音方面幾乎自成一格。

然而，其他的美國詞典幾乎沒有一部採行 KK 音標，包括《韋氏新三版》。該詞典先整理出一套符號，並舉出該符號的範例發音。例如符號 a 代表 at 的母音，ā 則代表 day 的母音，ä 是 car 的母音，以此類推。這種方式的優點是，使用者不需了解任何音標系統就可使用，但有幾個問題。首先，由於每家詞典各有一套標音方式，往往詞典的每一頁都得標上主要符號對照表。另外，這套系統對以英語為母語者比較有用，非母語的使用者不習慣這種標音方式，也較不能準確掌握範例發音詞的發音。

相較於美國詞典，英國詞典在標音上就比較一致。早在 1917 年，語音學家瓊斯（Daniel Jones）編的《英語發音詞典》（*English Pronouncing Dictionary*），便採用當時才剛成形的國際音標，作為該書標音系統的基礎，也為英式英語的音標定下了標準，即是後來俗稱的 DJ 音標。英國出版社所編的詞典，不管是牛津、朗文或柯林斯，基本上都以 DJ 音標為本。另外，由於美式英語的風行，許多詞典在最近的版本中，都採用了「英美發音並行」的標音方式。

不過，任何一本發音詞典都只能反映編輯當時所通行的發音方式。因此瓊斯的詞典在劍橋大學出版社不斷更新下，已出至第十五版（1997 年），第十六版即將於 2003 年初問世。朗文出版社則是繼 1990 年的《朗文發音詞典》（*Longman Pronunciation Dictionary*）之後，於 2000 年出了更新更全的第二版。牛津大學出版社也不甘示弱，於 2001 年出版了全新的《牛津當代英語發音詞典》（*The Oxford Dictionary of Pronunciation for Current English*）。反觀 1944 年出版的 KK 詞典，在 1953 年做完最後一次小幅修訂之後，就沒有再做過任何的更新了。

語音在變，語音學的理論也在變，KK 音標在五、六十年前有它的價值，現在看起來則是問題叢生：同樣是雙母音，[aɪ]、[au] 用兩個音標，[e]、[o] 卻只用一個；音節尾的母音只容許[i]、[u]之類的緊〔長〕母音，KK 音標卻滿是 easy [izɪ]、tissue ['tɪʃu]這樣的錯誤。目前全世界大概只有台灣還那麼徹底地信仰 KK 音標，不管是詞典、教科書、參考書或語言教材，還是奉 KK 音標為圭臬。這種抱殘守缺的精神，或許也可以稱得上是一項世界奇蹟了。 ∎

本文作者劉燈為文字工作者

5

Enjoy 18 Interesting Dictionaries

如何聆聽魔鬼與
失眠者的交響曲

18部稀奇有趣的詞典

文／蘇正隆、蔡清元、韓秀玫、藍嘉俊

《官能小說用語表現辭典》永田守弘／編
（マガジンハウス）

　　這本詞典比官能小說更官能。三百餘頁，以近年來（2001年11月之前）日本書報雜誌介紹過的官能小說為主，抄錄566冊已出版的官能小說中與「性」相關的語詞2,293句。除摘錄原文，並註明書名，名為詞典，實則文字完全限制級演出。日本官能小說以專擅描寫香豔、猥褻或非常態性愛小說為主，據說日本出版界因景氣低迷而一片哀聲，唯官能小說屹立不搖。本詞典2002年1月初版，5月即已2刷。作者表示，日本的官能小說有一些獨特的語感，作者身為官能小說講座講師，編寫本詞典目的有二：一為訓練創作者對專業用語的敏感度，以及磨練語感；另一則是有感於某些讀者不喜讀官能小說，為了幫助他們了解官能小說豐富、有趣的表達方式而編寫。詞典中另有「依年齡別女性性器描寫」的單元，只從14歲寫到36歲，日本官能小說作家的青春認定由此可見一斑。（韓秀玫）

《名人死亡詞典》（ *Dictionnaire de la Mort Des Grands Hommes*）伊莎貝爾・布利卡（Isabelle Bricard）／編著　陳良明等／譯（漓江）

　　「名人」與「死亡」，是兩個可以引起社會各個階層關注的主題，《名人死亡詞典》巧妙的將兩者結合，進而引爆了某種化學變化。名人的辭世總能震撼當時的社會，但如果將近千位過往名人的死亡過程，同時攤在你面前，你反而會有種超脫與心靈沉澱之感：死亡畢竟是人類共同的命運啊！做為一部詞典，本書所詳列的關於每位名人的死亡時間（壽命）、原因、地點與安息處等資料，在在都能滿足讀者的求知慾與好奇心。除了名人所處時空脈絡的精簡掌握之外，「死因」當然是本書的一個重點：自殺、遭斬首，甚或吃兔肉噎死，更多是為各種熟悉或聞所未聞的疾病所累，呈現的死亡方式何止是千奇百怪。對照他（她）們顯赫的一生，尤其發人省思。書中最動人的部分，是對每位名人生命尾聲的定格記錄，然而無論是不是名人，每個人告別生命的姿勢，都是獨一無二的！（藍嘉俊）

《新魔鬼辭典》（ *The Devil's Dictionary*）Ambrose Bierce／著　莫雅平／譯（風雲時代）

　　這本詞典原是美國記者兼諷刺作家Ambrose Bierce，於1881～1906年間替一份週刊編寫的一些詞的定義，1911年結集出版。

　　這本詞典收詞大約1,600字左右，都是動詞、形容詞或名詞，尤其以後者最多，均以字母順序排列，詞後附有定義，間或夾雜詩歌或故事。這些定義常常玩文字遊戲，如把同形不同義的字，在不同的地方重複以達到對比的效果，語帶嘲諷挖苦之意，卻不失幽默，而且所言似乎不無道理。定義之辛

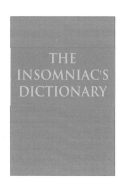

辣，從它對愛國心及快樂的定義即可得知。愛國心或愛國的行為是：任何有野心想要照亮自己名字的人都可以將它付之一炬的可燃燒垃圾。快樂是：想到別人的不幸就油然而生的舒服感。這本詞典的收集及定義，即使已經快要一百年了，可是讀起來還是讓人覺得津津有味，因此它也一再的被重印。

（蔡清元）

《*The Insomniac's Dictionary*》Paul Hellweg／編（Facts on File）

這本失眠者（insomniac）的詞典，如編者所言，是為失眠者、愛瀏覽書籍者或有時間消磨者而寫的。全書收集了將近 3,000 個奇特有趣的詞，分門別類以字母順序排列釋義，包括有失眠、恐懼症、狂熱症、各式的殺戮、動物的叫聲與形容詞、最長與最短的詞、與性愛有關的詞等等。

本詞典所收集的恐懼症，大概是所有辭書中最多的，一般同義詞或類語詞典頂多也是一兩百個而已，這本詞典卻收有 555 個。除一般常見的如 hydrophobia（恐水症）、acrophobia（懼高症）之外，比較有趣的例子有 bromidrosiphobia：對體臭的恐懼；gerascophobia：對變老的恐懼；coprostasophobia：對便秘的恐懼等等。這本詞典另外還列了各式各樣蟲魚鳥獸的形容詞。在討論英語中最長的單詞時，它列出了一個化學複合物的詞，共有 1,185 個字母。此外，編者採用幽默的聊天式評述，也使這本詞典的可讀性跟娛樂性增加不少。

（蔡清元）

《袖珍神學》（*Théologie Portative*）保爾·霍爾巴赫（Paul-Henri Holbach）／著 單志澄、周以寧／譯（商務）

有些書籍雖無詞典之名，卻有詞典的形式，如這本又名「簡明基督教辭典」的《袖珍神學》。但如果你從書名來判斷這是本闡揚神學教義的精簡版，那可就要鬧笑話了。這是十八世紀法國唯物主義哲學家與無神論者保爾·霍爾巴赫的力作，因此，進行的實際上是對宗教意義的顛覆。當時，法國

的資產階級正在興起，而阻礙其發展的，就是代表保守勢力的封建制度與教會這個連體嬰。霍爾巴赫看到了這個已經被政治利益穿透的宗教之腐敗本質，因而矢志揭穿其虛偽面目。

本書雖以詞典的體裁編排而成，卻語帶詼諧，處處瀰漫著對神學思想的嘲諷。看看他對「教父」的註解：「是神經的幻想家，曾給信徒作了許多偉大的推論，奇異的教條和淵博的解釋。關於這些東西，是禁止訴諸健全理智的。」

基督教對人類的影響已經毋庸置疑，但明白了這部作品產生的時代背景，無論是不是信徒，都可以用另一種心情，欣賞作者幽默、犀利的見解。（藍嘉俊）

《*An ABZ of Love*》Inge & Sten Hegeler／著 David Hohnen／譯（Medical Press）

說到性，東方人總是支支吾吾。以 A 片、成人書刊做為啟蒙並不值得大驚小怪，但遺憾的是視此為唯一窗口，造成對性愛僵化又模糊的想像。

《*An ABZ of Love*》是一本全面談論性愛的詞典，早於 1961 年出版，由身兼醫生及心理學家的兩位丹麥人所完成，期望能傳達一種健康、自然而快樂的性愛觀念。本書主要是針對三十至四十歲、已有相關經驗的夫婦而作，出版後無論在當地或瑞典、挪威、荷蘭等國，都有熱烈的回響。由於沒有任何禁忌區，故能幫助讀者真實面對，此外，輔助說明的圖片又全以素描代替，可以避免焦點轉移的麻煩。性愛是兩個人的世界，男女觀點不同，值得注意的是本書的作者正好是一對夫婦，因此，有助於一種平衡視野的呈現。（藍嘉俊）

《オルタカルチャー 日本版》上田高史／主編（Mediaworks）

這本詞典的靈感得自 1996 年美國 HarperCollins 出版的新書《*alt.culture*》，該書主觀而自我地介紹非主流文化中的電影、音樂、fashion、computer、社會現象等，並將美國戰後文化分成五個階段。其

中第五個階段九○年代，用舊的形容詞應可稱為 sub.culture（次文化），或「對抗文化」，但是這群作者認為九○年代應該使用 alt.culture（alternative culture）一詞，它代表了網路世界中的 newsgroup。

本書於 1997 年出版，封面上特別強調「日本版」以示與美國翻譯版區別。由六十位作者共同完成。內容遍及電影（如「澀谷系映畫」）、音樂、fashion（如 G-Shock）、computer（如 game）、社會現象（如村上春樹）、drag、物、lifestyle 等，雖然書名沒有「詞典」二字，但重度哈日或研究日本次文化者不可不讀。書中名詞解釋後均盡可能附上相關網站，雖方便檢索，但欠缺 update 版。（韓秀玫）

《金瓶梅俚俗難詞解》張惠英／著（社會科學文獻）

和另外三本中國四大奇書的命運相異，《金瓶梅》由於內容的聳動性，因此在歷史上長期被禁，唯有高官或學術專家才能接觸。但和《紅樓夢》之典雅措辭不同，《金瓶梅》使用的多是方言土語，因此，早期這些俚俗詞只能和少數菁英讀者碰撞，形成一種意外的弔詭。時至今日，一般讀者欲進入這本奇書，當可藉由這本《金瓶梅俚俗難詞解》來掃除閱讀障礙，或是增加閱讀深度。

本書編排以回目為次序，在附錄部分，作者更提供多篇分析《金瓶梅》語言、語音及語法的專文，使內容更為完整。即使未讀過《金瓶梅》，透過本書對當時俚語的註解，仍能一窺明代中後期社會人情的部分面貌。此外，還能享受屬於文字的趣味性，如「七個八個」指不清不白、曖昧的男女關係；「顛寒作熱」意謂搬弄是非、興風作浪；「沒腳蟹」比喻無用的女人。（藍嘉俊）

《Word Power》Edward de Bono／著（Penguin）

一般英文詞典動輒收詞數萬或數十萬，但由於解釋形式的僵化與篇幅限制，讀者未必能判斷其最有價值的部分。本書雖然只介紹 265 個詞，但一如書名，它們皆潛藏著巨大能量。掌握其精髓，絕對比囫圇鯨吞一堆一知半解的詞有用。這些詞彙並非高不可攀，它們來自商業管理、心理學、醫學或一般共通語，在日常生活中其實已有廣泛的使用。

不過，跳開眾所周知的詞義，作者要告訴你的是一般詞典所忽略的環節，而這些衍生用法對特定意義的傳達卻有畫龍點睛的效果。如無可避免的被包含在一個特定的領域之內、受其影響，這個如同引力作用的範圍就是一處 field。又如我們要指涉一段恰好的時機，就可以用 window 這個字，就好像處於室內，必須要有扇窗口、站對位置，才能看到外面的某處景色一樣。經由獨特而詳細的說明，必定加深了讀者對每個詞彙的印象。此外，生動幽默的插圖亦提高了閱讀的趣味性。（藍嘉俊）

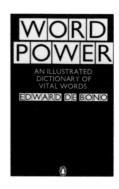

《中國地名語源詞典》史為樂／主編
《外國地名語源詞典》邵獻圖等／編（上海辭書）

一張解析度夠高的地圖，就可以把大部分的地名標示清楚，但對於其來源及含意，卻需要幾百頁的書籍來介紹。因為地名不只代表一個空間位置，還有著一段自己的身世。地名的產生，不僅與自然環境、歷史發展及神話傳說有關，更廣泛涉及語言學、民族學與考古學的範疇，形成過程複雜，難有標準答案。以尼泊爾為例，尼瓦爾語指的是「中間（位於中國印度之間）的國家」，藏語意謂「羊毛之鄉」，而梵文則作「山（喜馬拉雅山）腳下的住所」解。這除了顯示出這個地名所蘊含的多層意義，亦反映出尼泊爾是個由多民族組成的國家，而這樣的例子當然也可以在中國找到。《中國地名語源詞典》與《外國地名語源詞典》就如同兩個老學究，帶領讀者發掘每一個中外地名背後的故事，拜訪它們空間軀殼下的歷史生命。（藍嘉俊）

《人名妙用趣味詞典》王德春／主編（語文）

小學課本裡總有個小明與小華，然而這兩個人面貌模糊，基本上是沒有任何人格特質的。關公、林黛玉、愛因斯坦也都是人名，但卻有著其他衍生的意涵，你會很自然的分別與「義薄雲天」、「柔弱」、「天才」等概念聯想在一起。這些人物（名）無論是真實存在、由文學作品所虛構或是橫跨了兩者，都同時具有高知名度以及濃烈的特徵。經由各種文化、社會力量的作用，促成了所謂的「專有名詞向普通名詞轉化」，其用途也因而更為廣泛。《人名妙用趣味詞典》收錄了這些有修辭價值的人名，並附有例句，不但替你釐清脈絡，亦讓使用者在行文或對話時，更能生動、精準地傳達意思。對中國人來說，命名始終是一門學問，但是這個名字往後如果被賦予其他意義，變成了常用語，背後可是要一個龐大而綿長的力量來塑造呢！（藍嘉俊）

《外國神話傳說大詞典》外國神話傳說大詞典編寫組／編（中國國際廣播）

神話傳說需要歷史的長期累積，不但是祖先們欲望和恐懼的投射，更反映了早期人類的生命觀與宇宙觀。不同地區所流傳的神話傳說，則體現不同民族獨特的文化與想像力，《外國神話傳說大詞典》正是一本引領讀者總覽這個神祕世界的書籍。就範圍而言，從古希臘、羅馬到朝鮮、日本，從非洲到美洲、大洋洲，本書幾乎涵蓋了中國以外的其他地區，並擴及佛教、回教及基督教三大宗教。編者收錄的主要對象為人物，與神話組成相關的各種器物、事件、地點亦一併納入。在堪稱詳細的人物描繪中，一則則簡要的神話傳說也同時浮現。神話學研究者坎伯（Joseph Campbell）曾指出，「神話是眾人的夢，夢是私我的神話」，經由不同系譜之神話傳說人物在本書的共同演出，讀者還可以試著去分辨世上各族類集體夢境的異同。（藍嘉俊）

《漢語外來詞詞典》劉正埮等／編（上海辭書）

只要不是完全封閉的民族，就會逐漸有外來詞的湧入與使用。對中國而言，漢朝及十九世紀是外來詞進入的兩個高峰期，各地的語言從英、法、德、日、俄到梵、蒙都有。漢語與不同外來詞有著不同的混和狀態，這種對應關係，編者借用了丹麥語言學家葉斯丕森（Otto Jespersen）的譬喻：處理印歐語來源的漢語外來詞時，就像能輕易分開一副撲克牌的紅心與黑桃，如「羅曼蒂克」源自英國、「芭蕾」源自法國。但處理日語來源的漢語外來詞時，就好比一匙糖加入茶水中，兩者已經相互交融了。例如「特長」、「登記」、「營養」、「新聞記者」這些我們時常使用的詞都是來自日本。此外，經由本書對某些詞進一步的考證，該詞在各語系中的相對位置也更清楚，如「色拉（沙拉）」一詞來自英語，其脈絡為中古英語 salat、中古法語 salde、普羅旺斯語 salada，及拉丁語 salata。（藍嘉俊）

《列寧全集俄文第五版人名索引》中共中央馬克思、恩格斯、列寧、斯大林著作編譯局／編譯（人民）

列寧的本名是弗拉基米爾‧伊里奇‧烏里揚諾夫，1892 年，他將《共產黨宣言》譯成俄文，1900 年，創辦了全俄第一張闡揚馬克思主義的政治報紙《火星報》，隔年，首次用列寧為筆名在《曙光》雜誌發表文章，從此以這個化名為世人所熟知。做為馬克思與恩格斯學說的傳人，列寧一生著作豐富，《列寧全集》共有五十五卷，而以他為名的俄羅斯列寧圖書館，藏書超過千萬冊，為世界知名的大圖書館，頗能與這位多產的作家相呼應。本書是根據《列寧全集》俄文第五版各卷所附之人名索引編成，收錄人名約五千一百多條。身為蘇聯共產黨與蘇維埃國家的開山始祖，列寧是能量驚人的行動者及思想家，本書所提及的大小人物，共同撐起了他所打造的那個紅色世界。

（藍嘉俊）

《中國讀書大辭典》王余光、徐雁／主編
（南京大學）

　　想知道孫中山或拿破崙是如何讀書的嗎？世界上最暢銷的小說是哪一本？這些答案都可以在《中國讀書大辭典》中找到。它不只談書，也談報刊及閱讀本身，肯定讓你功力大增。雖然厚實如磚頭，可是讀起來並沒有太多沉重之感，除了閱讀理論、古今圖書知識、名著導讀等工具書的性格外，它亦有輕鬆的一面。舉例來說，〈名人讀書錄〉記載了古今中外名人的讀書故事與史蹟，讓我們得以一窺名人的閱讀國度，享受其求學過程的精華及樂趣。〈古今圖書之最〉顧名思義，陳列國內外擁有各項特殊紀錄的書籍。〈讀書環境錄〉則提供了各地圖書館、書店或書展活動的訊息。若想知道「東方三大旅行記」指的是誰，可在〈古今圖書異稱〉查到這些書籍的別名。最有趣的部分是「中外讀書珍聞」，舉凡人類世界諸多與書或閱讀有關的文化現象、社會活動，都可藉由這具萬花筒而有驚喜的發現。誠如本詞典標題為「讀書之樂」的前言所述，讀書從來就是這麼迷人的。（藍嘉俊）

《八千種中文辭書類編提要》曹先擢、陳秉才／主編（北京大學）

　　對中國詞書有興趣的人千萬不能錯過本書。它收錄了北京大學圖書館各類型的中文詞典約八千種，故內容上除了少量台灣方面的作品外，絕大多數是大陸的簡體版本，除了必備的出版相關資料，大部分都附有提要說明。從時間上來看，自出現第一本詞典《爾雅》的漢初到當代的1988年，整整橫跨了二十個世紀。其中，無論由種類或數量的分布上來看，近百年來的表現確實堪稱百花齊放。在序文裡，編者對詞典的概念，尤其是中國詞典的歷史發展有非常清楚的說明，值得細讀。本書將詞典分為古代辭書與現代辭書，以清朝以前、民國以後為界線。在細分方面，傳統

詞典包括：字書、韻書、訓詁書、專科及百科詞典、類書；現代詞典則包括：字典、語文詞典、哲學社會科學專科詞典及百科詞典、自然科學專科詞典、百科全書。因此，這是一本介紹詞典的詞典，有著優越的制高點，結結實實架構了一個龐大的知識網絡。（藍嘉俊）

《三才圖會》王圻／纂輯（成文）

　　西方的現代百科全書，一般認為從十八世紀法國的狄德羅（Denis Diderot）在1745至72年間所編纂的《L'Encyclopédie》開始。但早這兩百年，明代學者王圻在十六世紀中編了一套一百多卷的《三才圖會》，可算是中文圖解百科辭書的鼻祖。「三才」是因為「天地人謂之三才」，引伸為無所不包、百科的意思。「圖會」則是彙聚眾圖之意。

　　這部百科圖鑑彙集古書中有關天地萬物的圖形圖像，分門別類，再加文字描述。「上至天文，下至地理，中及人物」，旁逮器用、時令、宮室、身體、衣服、人事、文史、珍寶、禮制、鳥獸、草木等十四門，是中國詞典史上第一部大規模的圖解百科辭書，對了解中國古代器物、服飾，以及當時政治社會狀況極有幫助。西方漢學家在做考證工作時，就很善於利用這部書。《三才圖會》流傳到日本，對日本知識界產生了一些影響，激發了江戶時代的寺島良安把它改編的念頭。他在十七世紀六〇年代把這部圖鑑內容「本土化」，增加了日本的文物衣飾，改編成日本版的《倭漢三才圖會》，也就是後來的《和漢三才圖會》。對於中國古代百科辭書，坊間一般大多只介紹宋代高承編撰的《事物紀原》及清代陳元龍的《格致鏡原》，幾乎都沒有提及《三才圖會》，因此即使中文系學生，知道這部書的人大概不多。王圻及續編者王思義地下有知，恐怕要「疾沒世而名不稱焉」。（蘇正隆）　■

台灣的閩南語字典

一個讀者的使用感想

文／楊渡

即使是一個讀者，可以看出編寫台灣的閩南語字典有許多難處：形、音、義，各有它的問題。

編寫閩南語字典六難

第一難：廈門、漳州、泉州口音，以何者為準？各地移民者帶來不同口音，讓台灣的閩南語很難有一個標準。不像美語，即使口音不同（例如德州牛仔腔與紐約伍迪‧艾倫式調調），但總有個標準發音法。廈、漳、泉的閩南語發音不但各自不同，有些用字遣詞也不一樣。到底要依什麼口音為標準？

第二難：文言與白話音，如何呈現，標準何在？閩南語的「文言音」，老一輩說法叫「讀書音」。清朝時期，台灣的移民習經誦詩，用的就是「讀書音」。它和口語最大的不同是，發音自成一系，屬中原古音、官話系統。舉例來說，戲曲的「賢弟」與一般口語的「小弟」，這「弟」字發音就不同。又如馬英九的九字，口語音與「狗」同，但作為讀書音，則全然迥異。日據時期的文化協會如林獻堂諸君，讀的漢文就是用這種古音。

許多中文系老師往往喜歡用閩南語古音讀唐詩，為的就是現代國語屬於北京話，與中原古音不同，有些唸起來不押韻或韻腳不對的地方，用最接近古唐音的閩南語讀書音一唸，整個味道就對了。

如今還存在最多文言音的地方，就屬布袋戲、歌仔戲的唱唸戲文了。看過黃俊雄《雲州大儒俠》的人，一定還記得史艷文那一口斯文典雅的漢文古音，以及四句聯的出場口白與吟唱。但如今我們用得著讀書音的時候已經很少，現代的閩南語字典如何記錄古音，也是一項考驗。畢竟了解標準古音的人日漸凋零，誰還能記憶準確的發音呢？

第三難是，台灣各地口音的不同。所謂「海口腔」、「南部腔」、「宜蘭腔」等，各顯神通。國語的「誰」，中部口音叫「甲」（音如甲），以至於北部、南部人為了嘲笑中部人，往往在他們問：「甲？」的時候，回答說：「是乙啦，不是甲。」

不同口音，讓閩南語無法以唯一標準取材。而各地口音的人口數量，又相去不遠，更讓字典的編纂者很難下決心以何者為標準。

第四難是拼音。有人用國語注音符號加以改良，試圖讓台語容易有音標（如吳守禮的《國台對照活用詞典》〔遠流〕）；也有人以羅馬拼音為主；還有根據長老教會的發音與標示法。如何才能準確表現出閩南語發音，眾說紛紜，至今未有定論。

第五難，有些字，有音無形，如「去那裡」（閩南語是「要去叨位」）；如「我的小妹」，這

個「的」字，有一說是國語本無此音，因而閩南語要創造另一個字，於是有各家自創新字。但由於各家用字不一，寫法也還未統一。「形」還有歧異，要讀者如何自字典中學習？

第六難是，由於國民政府時代壓制閩南語，無人作字典。閩南語研究者中，有懷著政治異議之心者，有懷著孤寂作學問者，也有終生默默偏處鄉村編寫者，總之，因為政治壓抑而使閩南語字典只能自成一家之言，難有集體合作的可能。然民間自力研究者用心雖然可感，卻總是有偏執與觀照不夠全面的缺憾。舉例而言，住中部的閩南語研究者很難顧及北部發音，而漳州發音研究者很難顧及泉州；同時對古音的研究者也非常少。至於字音字義的南北歧異（如屏東人的番茄叫「柑仔蜜」），也往往難以周全。這些因過度執著，難以互通，形成閩南語研究者間的派系門戶之見，也是另一種遺憾。

閩南語字典才處於開始階段，以後還有許多功課要做，甚至還原古音，以辨正錯誤疏漏，並隨時訂正字音字形的改變，這都需要更多合作。

選擇標準

要推薦市面上較合適的閩南語字典，我想，如何避免前述的困難與偏執，盡量顧及普遍的可讀性和全面性，就是一個選擇的標準。目前就我所見的十餘種字典之中，採用最多調查（在全台灣各地），顧及口音不同（海口腔、南部腔、宜蘭腔等），及廈、漳、泉差異性者，可能是國立編譯館所作的《台灣閩南語詞典》（五南）最佳。因其統合所有人力，最具有普遍性，是比較合適的學習書。如果對閩南語文言音與口語的對

照有興趣，也可參考《常用漢字台語詞典》（前衛），但此書有些發音還有待修訂。

此外，就閱讀的樂趣而言，廈門大學出版社的《閩南方言與古漢語同源詞典》是最好玩的。它可以讓你了解閩南語最古老的源頭，可能是《詩經》、《楚辭》，也可能來自中原古老的風俗。例如公公的稱呼為什麼叫「大官」，是由於中原多官家，為了敬稱，乃稱自己的公公為「大官」，而婆婆稱為「大家」則是表示大家閨秀的意思。在閩南語中大量引用古文，還原出閩南語的原味，這還是第一本，值得推薦。

閱讀閩南語字典的同時，最大的感想是：一本好字典的出現，非有長時間的積累不成。字典往往是數代人以集體力量共同開創，共同修正，並適應時代的變遷而加以訂正出來的。偏執或固守一家之言，即不能成事。閩南語字典還無法有典範，原因正在於此。

從某個角度說，此事之難，古今皆然。康熙有鑒於以前的字書「據一人之見，守一家之說，未必能會通罔缺也」，因而命群臣另編一書，「命曰字典，於以昭同文之治」，可見一斑。不過，這麼多閩南語字典在發音、字形、字義方面各有主張，各有堅持，在今天鄉土語言教學蔚為教育政策的時候，想到要怎麼教小學生學習？小學生會學到哪一家、哪一路的閩南語？那種閩南語正確嗎？實在很頭痛。

此外，我一直覺得「閩南語字典」的說法比「台語字典」來得恰當。因為「台語」應該不只包括閩南話，還有客家話、十幾種原住民語言，以及來自大陸各省的台灣所有住民，所共同使用的語言。■

6

Begin Your Reading About the Dictionary

與詞典相關的閱讀

文／傅凌

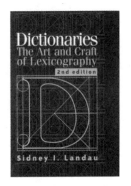

Dictionaries: The Art and Craft of Lexicography, 2nd edition, Sidney I. Landau ／著（Cambridge UP 出版）

要了解英語世界的詞典，這是非讀不可的一本書。整部書分為三大部分：第一部分，把整個英語世界的詞典演變，不論在縱向跨歷史，還是橫向跨地域上，都有極為生動又詳細的陳述。第二部分，把詞典的定義與詞條等內容，做了非常仔細的分解與說明。第三部分，以一個外行人也能看得懂的方式，解釋了詞典編輯的學問，包括最新的語料庫詞典編輯。

因此，這是一本可以拿來當詞典歷史來讀的書，也是一本非常道地的詞典編輯入門書。不必一定從頭讀到尾，可以任意挑選自己感興趣的一個章節讀。所以，也十分「工具書」。

A History of Foreign-Language Dictionaries, Robert L. Collison ／著（Andre Deutsch 出版）

正如書名所言，這本書專門談英語世界以外的各種語言的詞典發展史。從希臘、羅馬語，到阿拉伯、埃及語，到法語、德語、斯拉夫語，到印尼語與非洲各種語言的詞典發展，這本書都巨細無遺地做了掃射。也因為如此，這本書的好處固然在於資料廣

泛，但失之於瑣碎與浮面。對中國與日本的著墨尤其不足。不過，這本書畢竟有助於幫我們對全世界各地的詞典發展，有個全面性的綜觀。

《中國字典史略》劉葉秋／著（漢京文化）

這本書主要探討的，就是中國文字的變遷與字書的演進。因此以中國的歷史為縱軸，從先秦開始，到兩漢，而南北朝，而唐宋，再到明清，分了幾個大的時間區塊，來講解中國各個階段不同的社會、文字、文化與字書的發展。事先不必具備什麼背景，就可以把中國字典發展了兩千多年的過程一次掌握，如果和歷史細部對照起來，還可以有些特別的體會。

《近百年的中國漢語語文辭書》楊文全／著（巴蜀書社）

《中國字典史略》大致談到近代以《辭源》為代表的地方就停住，而本書恰可接續而下。這本書從進入二十世紀為起點，把中國近百年的辭書發展，分了「萌芽」、「發展」、「蕭條」、「轉型」、「繁榮」幾個大的段落來談。49 年之前，各方重要的詞典、人物、掌故，都有很生動又持平的著墨。49 年之後，重點則以大陸的發展為主，對不熟悉大陸詞典發展的讀者來說，尤

其可以有一次到位的理解。

《日本の辭書の歩み》辭典協會／編（辭典協會）

這是日本辭典協會編的一本書。裡面有九篇文章，從日本的古語辭典、國語辭典，到英和─和英詞典、德日詞典、法日詞典，以及電子詞典的發展，都有獨立而概略的介紹。要初步了解日本的詞典文化，可以由這本書開始。比較遺憾的是，對日本影響很大的「蘭學」（荷蘭語研究）詞典，沒有在內。這本書可以搭配著惣鄉正明的《辭書風物詩》（朝日新聞社）一起讀。

《語言與社會生活》、《在語詞的密林裡》、《語言與語言學論叢》陳原／著（台灣商務）

曾任北京商務印書館總經理的陳原先生，由於在文革期間出版《現代漢語詞典》而被鬥爭，激起他對語言學研究的動力，終成一家之言。（詳情請參閱本書第44頁。）因此，他所著的《語言與社會生活》、《在語詞的密林裡》、《語言與語言學論叢》三書，有許多種不同的讀法：可以當作對語言學開始了解的一個起步；可以當作了解大陸許多重要出版與語文政策的工具書；可以欣賞作者個人淵博的閱讀視野。三本書都沒有直接提到詞典，但每一本都和詞典有密切的關係。對1949年後大陸詞典發展有興趣的人，這三本書不能不備。

《詞的學問》（The Science of Words）George Miller／著，洪蘭／譯（遠流）

對詞典有興趣，應該再進一步了解語言學。語言學有許多專有名詞，會把初讀的人嚇跑，那麼這本《詞的學問》可以當作要進入語言學之前非常甜美的一道前菜。這本書從詞彙的研究，跨越心理學、腦神經學、語言學、資訊科學等各個領域，可以讓讀者有多重收穫。讀完這本書，不只可以增加對語言與大腦關係研究的好奇，也做好要讀一本語言學相關的書的準備了。

《墜入字網》（Caught in the Web of Words: James Murray and the Oxford English Dictionary）K. M. Elisabeth Murray／著，魏向清、范紅升／譯（東方）

《牛津英語詞典》的主編莫瑞，是個傳奇人物（他的故事簡要，請參閱本書第76頁）。這本書是他的孫女所著。對這個人物的成長歷程、編輯思維、其「墜入字網」的情境，以及《牛津英語詞典》背後的許多故事，都有非常生動的描繪。如果要了解一個詞典編輯人，這是極具代表性的一本書。搭配這本書可以一讀的，還有《瘋子‧教授‧大字典》（The Professor and the Madman，時報出版），這本書的主角，除了莫瑞之外，另有一個因瘋狂殺人而被終身監禁的醫生。■

你需要英文秘書嗎？

別擔心，Dr.eye 給您最專業的全新優質英文助手

Dr.eye全新優質的翻譯軟體(豪華版)，除了即時辭典精準的知識與資訊，還要給你最專業豐富完整的資料庫。除英漢、日華辭典三向翻譯外，**400**萬字權威的劍橋百科全書註解，含蓋網路上最新相關資訊的精準蒐尋，到專業的辭典，更提供新字擴充、辭書下載、版本更新等服務，幫您輕鬆掌握各項致勝生機。

完整的資料庫內容

● 國際貿易金融辭典(new)：收錄近 300 萬字，20000 餘詞條，以國際貿易實務、國際金融兩大領域為主，並旁及其他相關範圍，包括保險、關稅、運輸、經濟立法、投資、會計、政治、外交＿＿等專業內容。
● 計算機辭典(new)：收錄130萬字，超過18000 餘詞條，知識涵蓋電腦基礎概念、電腦硬體、電腦軟體、網際網路、電子商務等與電腦相關的專業內容。
● 語言參考辭典(new)：分類辭典收錄12萬，計12大類，65個子類，304個小類英漢關鍵字；用法辭典收錄317條英文特殊用法：文法辭典收錄24類，249條文法要點：句型寶典收錄18類，466條特殊句型用法：片語辭典收錄14000條重要片語，讓您在語言學習上事半功倍
　特別推薦：生字筆記、多語瀏覽、多語複製、文件通、多語輸入、全文翻譯、網頁翻譯、即時語音、本地通等功能。

明日工作室股份有限公司
台北市士林區後港街66號　TEL：(02)2881-0300　FAX：(02)2881-0399　http://www.DrEye.com

建議售價：**990**元

Dr.eye 2002 譯典通
豪華版

Part*5
詞典的未來

從 1980 年代開始，語料庫（corpus，複數型態是 corpora，語出拉丁文，原來是 body〔身體〕的意思）以及以語料庫來編輯的詞典，在英語世界大行其道，進而中文世界也深受其影響。

字頻概念的出現

語料庫的基本概念，是以現實世界裡所發生的書寫文字和口語來當研究、分析對象，以便了解語言的使用規律。因此根據語料庫編輯出來的詞典，和憑空造句式（concocted）的詞典形成相對的立場。

西方語料庫的概念，很早就開始出現。近代英語世界裡，1921 年，桑戴克（Edward L. Thorndike）為了出版《教學字彙本》（*Teacher's Word Book*），主要從期刊及少年讀物收集而來 450 萬字，建了現代第一個大型英語語料庫。《教學字彙本》這本書的目的，則是幫助老師判斷哪些字的普及程度，足以教給哪個年級的學生，換句話說，也就是掌握「字頻」（fre-

桑戴克　　　　　　　　　　　　　*corbis*

quency of words）的概念。

語料庫的研究導出「字頻」的概念之後，接下來三〇年代與四〇年代一些延續「字頻」的研究指出：在英語世界裡，大多數書寫文字 95% 的內容，其實不過是 4～5,000 個字所構成；口語交談，只要掌握 50 個使用頻率非常高的功能字（function words），就可以表達 60% 的內容。這些分析在語言教學上產生非常重大的影響，那就是事有輕重緩急之分，應該先集中精力教會學生一些出現頻率很高的字詞。

「字頻」概念出現之後，立即和 1930 年代一些英語學習詞典的編輯緊密結合。由於在這之前的英語教科書和文法書常在一些罕見字上花了太多精力，往往連以英語為母語的讀者都覺得吃不消，更別提那些母語非英語的讀者（ESL）有多頭痛了。因此，當時致力開發 ESL 學習詞典的人物，諸如在東京的洪恩比（A. S. Hornby）、在印度的韋斯特（Michael West），以及帕爾瑪

語料庫・字頻・詞典

原是為了開發英語學習詞典而建立的語料庫，卻發展成英語世界勢不可擋的研究主流。到底語料庫是什麼？跟語言學的關係為何？在詞典編纂上又有怎樣重大的影響？

文／傅凌

（Harold Palmer）等人，都紛紛投入相關的研究，並開始「詞彙控制運動」（Vocabulary Control Movement）。「詞彙控制運動」，就是強調母語非英語的人要學習英文，學習詞彙應控制在一定範圍之內。1935 年，韋斯特和安迪柯特（James Endicott）出版了一本《新方法英語詞典》（*The New Method English Dictionary*），用 1,490 個單字，解釋了 24,000 個詞條的意思，是第一本 EFL 詞典。（ESL：English as a Second Language，也就是生活在英語系國家裡，但自己母語並不是英語的人；EFL：English as a Foreign Language，也就是生活在非英語系國家裡，自己母語也不是英語的人。今天比較混合以 ESL 來通稱 EFL 和 ESL 兩種人。）

Word	POS	Frequency	Modal %	MI	Mode	Count	C-Score
husky	adj	7	67	4.17	-1	19	3.80
hear	v	115	43	1.57	-2	4457	3.71
loud	adj	26	72	2.68	-1	333	3.69
hoarse	adj	7	43	3.98	2	25	3.57
his	dete	237	70	-0.07	-1	47351	3.14
tone	n	23	53	2.06	-2	549	3.03
gravelly	adj	2	100	4.33	-1	5	2.97
her	dete	168	73	0.04	-1	30099	2.94
shrill	adj	6	66	3.47	-1	34	2.94
low	adj	42	70	1.28	-1	2200	2.77
reedy	adj	2	80	4.49	-1	3	2.76
gruff	adj	3	74	3.80	-1	12	2.64
in	prep	373	31	-0.97	-3	184633	2.28
trail	n	5	94	2.66	1	70	2.28
raise	v	30	72	1.07	-2	1947	2.26
voiceless	adj	2	50	3.62	3	12	2.09
soft	adj	15	51	1.78	-1	461	2.08
whisper	n	6	49	2.42	4	103	2.07
of	prep	408	39	-1.36	1	298813	2.05
fricatives	n	2	50	3.87	1	6	2.02
sound	n	29	48	0.99	-3	2016	1.95
squeaky	adj	2	100	3.47	-1	10	1.94
hushed	adj	3	89	2.94	-1	27	1.85
authoritative	adj	4	79	2.54	-1	63	1.83
audible	adj	3	70	2.74	-1	42	1.81
high-pitched	adj	2	64	3.25	-1	15	1.72
boom	v	3	76	2.85	1	28	1.69
lower	v	16	91	0.96	-2	1169	1.68
speak	v	34	29	0.80	-4	2830	1.62
muffled	adj	3	79	2.63	-1	39	1.59
tremble	v	6	62	2.08	1	138	1.58
crack	v	8	89	2.00	1	134	1.57
sound	v	22	70	0.57	1	2318	1.46
resonant	adj	2	79	2.79	-1	24	1.35
be	v	308	43	-1.72	1	322869	1.34
lone	adj	3	79	2.34	-1	52	1.30
disembodied	adj	2	92	2.63	-1	27	1.28
nasal	adj	2	77	2.68	-1	25	1.24
shout	n	9	47	1.53	1	351	1.21
murmur	n	3	47	2.57	-2	41	1.12
trembling	adj	3	96	1.91	-1	96	1.12
deep	adj	12	57	0.90	-1	913	1.11
rise	v	13	84	0.64	1	1282	1.11
tremor	n	2	80	2.80	-3	17	1.03
own	dete	32	69	-0.18	-1	7160	1.02
tenor	n	2	94	2.14	-1	53	0.98
gentle	adj	6	45	1.64	-1	209	0.97
their	dete	59	58	-0.80	-1	24486	0.97
authorial	adj	2	85	2.40	-1	33	0.96
my	dete	50	65	-0.64	-1	17779	0.96
female	adj	10	88	0.73	-1	902	0.91
fade	v	5	57	1.57	1	176	0.90
say	v	85	36	-1.02	1	46518	0.89
familiar	adj	9	62	0.98	-1	637	0.81

一個語料庫對 voice 相關字詞的分析。

資料來源：*Dictionaries: the art and craft of lexicography*, 2nd Edition, Sidney I. Landau

corbis

年輕時代的喬姆斯基

同一時期還有些語料庫專門收集書信的詞彙，或以簡化拼字為目的的語料庫。

語言研究的兩種聲音

1950 年代末，對語料庫的研究出現一個十分高亢的反對聲音。語言學巨擘喬姆斯基（Noam Chomsky）從 1957 年出版《語法結構》（*Syntactic Structures*）一書開始，就對語言可以用量化研究這件事的本身抱持反對態度。

相對於喬姆斯基的理論及他所產生的巨大影響，英國的費斯（J. R. Firth）以及後來接棒的辛克萊（John Sinclair）等人則是另一條路子。他們認為語言的研究不應該只限在直覺的基礎上。而母語使用者對文法的直覺是不足信賴的，相形之下反而語料庫可以分析出文法的種種可能。他們不但持續語料庫的相關研究，也因而給詞典的編輯導出另一個新的看法，那就是了解文法和了解字義是不可分的。辛克萊說：「詞典和文法之間的關係必須重新思考」，他認為詞典和文法書本質上應該沒有差別的觀念，後來落實在他所主編的詞典上。

1960 和 1970 年代，雖然也有一些電腦建立的語料庫，如最早的「布朗語料庫」（Brown Corpus），以及首開從口語中收集語料紀錄的倫敦—倫德（London-Lund）語料庫，但是電腦真正和語料庫相結合，還是 1980 年代之後的事情。電腦的普及與進步，產生幾個作用：一，成

為社會大眾的書寫工具；二，使得語料之收集與儲存成本巨幅降低；三，電腦的搜尋、比對功能，使得語料的對照意義得以凸顯（譬如英國英語和美國英語用字的不同，就得以全面性地對比出來）。以上這幾個因素相結合，開啟了第二代語料庫的時代。

重要語料庫相繼成立

語料庫語言學真正用在詞典編輯上，起自於1980年，由辛克萊主導，柯林斯（Collins）出版公司與伯明罕大學（University of Birmingham）合作的 COBUILD 語料庫計畫（取名自 Collins Birmingham University International Language Database 的字首縮寫）。COBUILD 計畫一開始就展現了英語世界第一個大型電腦語料庫的幾個特色：一，收字量大，起步階段就比過去的語料庫明顯多幾倍，有730萬字，到1997年更名為「英語庫」（Bank of English）時，有3億字，到2002年，更多達4.5億字。二，所收的文句都是1960年之後的語言材料。三，語料來源廣，70%來自英國，20%來自美國，10%其他。四，語料中有25%是口語。COBUILD 語料庫的建立與分析，主要目的就是為 ESL 及 EFL 編一本先進的詞典，到1987年時，編成了《柯伯英語詞典》（Collins COBUILD English Language Dictionary）。

有鑑於 COBUILD 計畫的成功，後續幾個重要的語料庫相繼成立。

和柯林斯出版公司一直處於競爭狀態的另一家詞典出版公司朗文（Longman），在1980年代後期，和蘭卡斯特大學（Lancaster University）合作，由另一位著名的語言學家李區（Geoffrey Leech）主持，發展出朗文語料網（Longman Corpus Network），進而利用這個語料庫編出第

10 個最高頻漢字比較表

	1	2	3	4	5	6	7	8	9	10
《語體文應用字彙》（1928）	的	不	一	了	是	我	上	他	有	人
《台灣省國民學校常用字》（1967）	的	一	是	我	了	有	國	不	在	他
《748工程漢字頻率表》（1977）	的	一	是	在	了	不	和	有	大	這
《文改會漢字處測定》（1985）	的	一	是	在	不	了	有	和	人	這
《新聞信息漢字流通頻度》（1986）	的	國	一	十	中	在	和	了	人	年
《頻率詞典：漢字頻率表》（1986）	的	一	了	是	不	我	在	有	人	這
《現代漢語常用字表》（1988）	的	一	是	了	不	在	有	人	上	這
香港：安子介測定	的	一	是	人	不	在	有	大	十	二
新加坡：《聯合早報》測定	的	不	到	在	一	是	出	大	會	被
比較——AHL（1971）	the,	of,	and,	a,	to,	in,	is,	you,	that,	it

** 附載美國《AHL》測定的10個英語最高頻字作為對比。

資料來源：陳原《語言與語言學論叢》（台灣商務）

5個語料庫的網址

1. 語料庫資源入門站（Corpus Resources）

http://www.lb.u-tokai.ac.jp/tono/resources.html#Pre-electronic%20corpora

這是一個有關語料庫的入門站，有不同階段語料庫的介紹，以及各重要語料庫的點選連結。

光看這一個站也就夠了。

2. BNC 語料庫 http://info.ox.ac.uk/bnc

3. COBUILD 語料庫 http://titania.cobuild.collins.co.uk/boe_info.html

4. Oxford Text Archive http://ota.ahds.ac.uk/index.html 從 25 種語言中收集而來的歷史文件。

5. Helsinki Corpus of English Text http://khnt.hit.uib.no/icame/manuals/HC/INDEX.HTM

只有 150 萬字，但包括從八～十八世紀的歷史用法。

三版《朗文當代英語詞典》（*Longman Dictionary of Contemporary English*）。

　　牛津大學出版社這個詞典出版大家，則從 1991 年開始致力建立英國國家語料庫（British National Corpus，簡稱 BNC）。由於英國政府幫忙分擔一半的費用，因而是公有的。這個語料庫收有 1 億字，90％ 來自書面語料，10％ 為口語語料。牛津大學著名的《牛津高級學習詞典》（*Oxford Advanced Learner's Dictionary*）的第五版和第六版，都是由 BNC 而來的。（這部詞典也有網路版本：http://info.ox.ac.uk/bnc）

　　劍橋大學也急起直追，成立劍橋國際語料庫（Cambridge International Corpus），收集包括英式和美式英語的語料，在 1995 年出版了一本專給外國人用的詞典《劍橋國際英語詞典》（*Cambridge International Dictionary of English*）。

英語世界的新主流

　　相對於電腦化之前的語料庫被稱為「抽樣語料庫」（sample corpus），辛克萊把第二代語料庫稱之為「監測語料庫」（monitor corpora）──「抽樣語料庫」是封閉的，從有限的來源中做一些語料的示範，「監測語料庫」則是開放的，監測語言在一段時間之內的變化。

　　第二代語料庫的開始，代表了另外兩個意義：第一個意義，由此開始，語言學家和詞典編輯者之間的分際，以及軟體程式人員和語言專家之間的分際，都開始模糊化──在團隊合作的需要下，軟體程式人員必須具備語言學背景，而詞典編輯者也必須具備按鈕儲存資料以上的電腦知識。第二個意義，這些語料庫雖然原來是為了開發給 ESL 和 EFL 的人使用的詞典而建立，但最後不但都未受到為 ESL 和 EFL 服務的局限，還回頭成為包括英語母語世界的研究主流。今天英語世界裡不論任何詞典的編輯，都已經離不開語料庫的概念了。（以 BNC 為例，有人就預期它將成為語料語言學研究的國際標竿。）　■

Interview: Charles Levine and Wendalyn Nichols

美國與英語世界的詞典發展趨勢

訪問／**Rex How**

查理・勒范恩（Charles Levine，以下簡稱 CL）：曾任美國藍登書屋（Random House）工具書部門的副總經理與出版人，現任大英百科全書新產品開發部的資深策略規劃人（Senior Strategist）。

溫黛琳・妮可斯（Wendalyn Nichols，以下簡稱 WN）：曾任《朗文美國英語詞典》（*Longman Dictionary of American English*）編輯，以及美國藍登書屋詞典組的編輯指導，現職自由寫作與編輯。

2000 年我們在紐約見面時，你談到除了一些單卷本的工具書，美國傳統的工具書受 CD-Rom 型態，以及網路的影響很大。所謂「單卷本」的定義，是否可以再加以說明？是多大的單卷本？最新的情況又是怎麼樣？

CL：當時我會那麼說，是因為一些像《大英百科全書》這麼大規模的工具書，被數位版本衝擊得無以復加。而這衝擊相當一部分固然是外來的，但也有一部分是自己造成的。

就外來的衝擊來說，整個 1990 年代，微軟為了鼓勵消費者購買「Wintel」產品，也為了把競爭者殺個片甲不留，因此不是大舉免費贈送 CD-Rom 版本的 Encarta 百科全書，就是故意壓低定價，嚴重打擊了多卷本工具書的市場，美國尤然。另外，也有些傷害是出版者自己所造成的。譬如，在網路熱的高峰期，大英百科全書就曾提供免費使用資料庫的服務，結果造成紙本的滯銷。

過去幾年來，情況有所改善。大英百科全書的紙本又恢復發行，網路版也有了很不錯的付費訂戶。此外，消費者對網路上白吃的午餐的品質，似乎開始有了比較清醒的評估與懷疑，對收費內容供應者的品質，也有了比較合理的接受。不過，整體而言，就紙本百科全書來說，多卷本的銷售，再也難以回復到數位版本出現之前的水準，單卷本的銷售量，在美國也是一路大幅下跌。

可是，就紙本詞典來說（這裡指的是以母語英語讀者為對象的美語詞典），美國國內市場不但沒有下跌，還一直維持很穩定的銷售。一本大約 1,600 頁，零售定價 25 美元的案頭詞典，每年可以穩定銷售兩百萬冊左右。一本大約 800 頁，零售定價 6 美元的平裝本袖珍詞典，每年大約也可以賣這個數字。

看來大家在讀書或做研究的時候，與其上網查一個字，還是覺得拿起一本紙本的詞典要來得方便些。

在美國，數位版本的詞典至今尚未能真正侵入紙本詞典的地盤。至於未來，如果有一天我們真的可以對著隱藏在牆內的電腦說話，要一個什麼詞的意思，電腦就能口頭回答，或是顯示在我們身邊某個一薄如紙的顯示器上，那就可以想像紙本的詞典或是任何型態的工具書，都得讓位給這種新型態的數位產品了。

以母語非英語讀者為對象的 ESL 詞典，美國今天遠遠落後於英國。這種情況有沒有改變的趨勢？是什麼理由？美國科技和網路這麼發達的一個國家，語料庫的研究怎麼會落後英國？

WN：ESL 詞典的編輯工作，英國一直獨領風騷，美國只能望其項背。最主要的理由，我想是美國母語為英語的讀者市場太大，加上大家對移民人口的特殊需求無心照顧。

到二次世界大戰之前，美國盛行孤立主義，因而沒什麼出版人認為有需要去滿足國際出版市場的需求。而美國國內的教育市場又那麼大，光是專心出版以中小學讀者為對象的詞典，就利潤豐厚。相對地，英國則曾經有個大帝國版圖，後來則有大英國協，因而有一個現成需要學習英語的市場。

美國的出版者也曾覺悟到需要開發一些對母語非英語讀者的特殊教材與詞典，不過他們注重的主要還是美國本土的顧客，專長於一些教導識字的課程，或是像西班牙語對英語這種雙語教學。

詞典編輯之所以要跟得上最新的研究——譬如語料庫詞典編輯——有經濟面的因素，也有互動的因素。在英國，由於牛津與朗文的競爭，以及 COBUILD 詞典殺進市場，說明了任何人為了不被淘汰，都得跳上語料庫的列車。至於美國出版者，樂得自己專注在中小學市場，對這個新趨勢沒有採取任何行動。

發展語料庫，花費巨大。而美國根本沒有像發動 BNC（英國國家語料庫）的動力——美國政府從沒有像

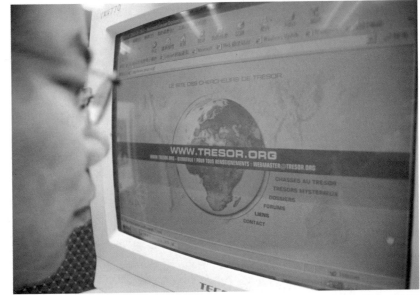

1960 年代，「法國國家科學研究中心」（CNRS）開始進行了一個巨大的詞典工作：《法語寶典》（*Le trésor de la langue française*），先是以二十多年時間出版了十六冊紙本，然後在進入 1990 年代之後，更進一步將它電子化，並於 2002 年推出網路版，簡稱 Trésor，體現了網路詞典所有完美的特質：收詞最多、速度最快、使用最方便，並且完全免費。是連英語世界也豔羨不已的一個計畫。（賀新麗攝影）

英國政府那樣支持過語料庫的學術研究，而 BNC 若不是有來自英國政府的大筆鈔票，是不可能出現的。此外，1980 年代末以及 1990 年代初，整個 ESL 出版市場一片混亂，各種合併、購併進行得令人眼花撩亂，因此美國出版社即使有人注意到了「語料庫革命」，也沒法說服他們的領導階層進行什麼大規模、長時間的資本投資。

因此，像朗文、牛津，以及劍橋這些英國教育出版社就大舉掠取了美國的 ESL 詞典市場，而美國的教育出版社卻沒法取得足夠的資金，來生產可以與之相匹敵的詞典產品。麥格羅希爾（McGraw-Hill）本來應該是有機會的，他們有錢、有人、又有規模，可是他們後來選擇了另一條路。

前面的問題和語料庫詞典編輯相關，這麼說，美國語料庫詞典編輯方面，最近有沒有改善？聽說 1999 年曾經有一個大型會議討論有關共同開發語料庫的事情，不知後來發展如何？

WN：因為取得了美、英、德、日等許多國家出版公司的足夠投資，所以現在我們成立了一個美國國家語料庫聯盟（American National Corpus Consortium），我是顧問之一。聯盟的目的就在建立一個以 BNC 為模本的美國國家語料庫。第一梯次一億字，在今年秋天就可公布。擔任發起人的投資者可以從一開始就使用這個語料庫，其他有興趣的投資者，則要等到第一梯次語料庫公布後，付四萬美元才能加入。非商業行為的教育組織及個人研究者，也可以從一開始就使用。

一般而言，美國那些大出版集團的領導階層，對詞典的出版抱著什麼樣的態度？

WN：他們只看底線。由於詞典賺不到他們希望的利潤，所以他們長期給詞典部門壓力，逼他們減縮成本。美國的詞典出版公司裡，梅里亞姆—韋氏是唯一沒有財務壓力的。藍登書屋一年前關掉了詞典部門；韋氏新世界詞典（Webster's New World）五年內換了三家出版社；就連休頓‧米富林（Houghton Mifflin）公司所擁有的美國傳統詞典（American Heritage）系列，由於公司股權的變動，現在也沒有人敢猜未來會會如何。微軟的 Encarta，是美英合作的一個語料庫基礎的詞典，本來大家以為可以給詞典帶來一股新的力量，但是因為趕著上市，草草編輯，後來大量退貨，幾近於全軍覆沒。

CL：對大眾讀物的出版者而言，他們習慣出版生命週期非常短暫的書籍，因而難以掌握需要長期投資、長期經營策略的產品，是不言而喻的。譬如說，要出一本足本詞典，或是要拿現有的某本詞典來進行修訂，動輒花上幾百萬美元。這些投資的成本沒法長期分攤，對一個股票上市的出版公司來說，不要說生產，就算是適當地維持一部重要的詞典計畫，也是很困難的。

以我的親身經歷而言，問題還只是在經濟面。就算經營得還不賴，詞典部門也總是得不到應有的尊重，不是被賣，就是被裁員。詞典出版和大眾讀物出版的價值觀的衝突，才是最嚴重的。

美國這些問題，會不會發生在英國？為什麼？

WN：英國對推廣英語的那種堅定，是美國所沒有的，因此英國的出版社也不像美國這麼急著出售詞典部門。英國現在唯一進行大規模重整的是柯林斯（Collins）公司，這應該和他們隸屬梅鐸的媒

體集團有關。他們的 COBUILD 計畫由於銷售量不佳，在 1990 年代末便停止了。雖然柯林斯仍然擁有 COBUILD，你也可以認為他們會繼續更新，不過產生 COBUILD 的詞典編輯部門已經不再運作。他們現在的詞典只集中在母語讀者，以及一些雙語出版品上。

另外，我聽說朗文也越來越不容易進行新的大規模投資案了——他們似乎也身陷「有什麼就修訂什麼吧」的模式裡。至於兩所大學出版社，牛津目前最花錢的項目是第三版的 *OED*，也需錢孔急；劍橋目前在紐約有個辦公室，也剛出版了一本要和朗文美語詞典相抗衡的詞典，不過銷售也很差。

CL：我相信英國國會非常支持也鼓勵 BNC 以及英語學習在世界各地的推廣。美國沒有這類的支持。

除了上述的情形，美國詞典編輯在整個英語世界裡最強的地方在哪裡？

WN：美國詞典離開美國，銷售就是不起眼。要說例外的話，我會提提（舊日的）藍登書屋的遠見。他們在日、韓、中國授權出版了藍登的足本以及大學詞典，使藍登這個品牌在亞洲甚受尊重。美國為母語英語讀者而編的詞典，歷史悠久又甚為輝煌，不過由於商業環境使然，使得今天這種詞典也只有在一些特別的領域才特別耀眼：譬如萊特（Jonathan Lighter）的《美國俚語歷史詞典》（*Historical Dictionary of American Slang*），或是密西根大學最近才剛完成的《中世紀英語詞典》（*Middle English Dictionary*）。

CL：據我所知，江澤民第一次訪問美國的時候，就帶了一本北京商務印書館出版的中文版藍登大學詞典送給柯林頓，當作兩國友誼的象徵。

過去，一個詞典編輯的水準，端看他所受訓練的傳承，以及自己的學養。未來會是什麼情況？要當一個出色的詞典編輯的條件會是什麼？

WN：今天看一個詞典編輯的水準，仍然要看他所具備的各種技術，以及天分。我訓練過許許多多人，他們可以學會基本概念，但就是沒法成為真正優秀、本能型（instinctual）的詞典編輯。誰都可以接受一些詞典編輯的基本訓練，不過一個人必須具備一些本能，以及對語言有特殊感受的耳朵（我會說像詩人的耳朵），這樣才能對其中的區分有所體會，並且在某種特定格式的規範下，落實到紙本（或電腦資料庫）之上！

詞典編輯仍然需要具備某種老師的特質：可以把一個複雜的東西轉化為簡單、明白又一貫的型態表達出來。詞典編輯也仍然繼續需要執著於準確無誤的文法知識以及對新詞彙、新用法的好奇心，才能對社會語言學上「語域」的變動有所警覺。他們還需要有解讀引語的能力，因為語料庫是死的，需要有人加以通讀，並在適當的地方加註語法、語義方面的標記。此外，他們還需要在細節方面有敏銳的注意力。

未來詞典編輯所需要具備的，還包括快速分析語料的能力，能夠容許語料庫可能有的偏見，進而剔除掉孤立的、非正規的用法，並由篩選後的語料找出有意義的語言規律及模式。他們還必須知道該如何給語料加上標記，並且有辦法在電子媒介裡工作，在不同的資料庫轉換遊走，熟練地處理詞條。

你們怎麼看電子詞典？

WN：市場上有些很不錯的光碟產品，也有些非常爛的產品——通常都是用很低的價格取得一些老舊資料的授權。至於掌上型電子詞典，由於記憶體的限制，功能和用途有限。不過，我認為將來的掌上無線上網型則可以解決這個問題。這就是未來所在吧。所以，誰能先把自己的資料整合成可供無線上網，又有說服力，又有彈性，又具實用性的模式，並且能和一些大廠簽下獨家合約，那就會賺大錢了。

CL：對我來說，與其談光碟，我倒對一些網路上的東西更感興趣。譬如說，如果你是「高品質平裝本讀書俱樂部」（Quality Paperback Bookclub, www.QPB.com）的會員，那你就可以免費使用網路版 *OED*。

中文世界裡，年輕人現在都喜歡用電子詞典。不過因為品質良莠不齊，所以我們對有些電子詞典也滿擔心的——收的字固然多，但是不見得有好解釋。你們怎麼看？

WN：長期以來這一直是個問題：全世界的讀者都不懂怎麼挑一部好詞典——紙本或電子詞典皆然。他們只會買號稱擁有最多詞條的產品。而許多製造商往往只挑授權費最低，而不是內容最好的。就這一點來說，唯一能訴求的只有強烈的消費者意識運動。如果有哪個製造商願意選真正高品質的內容授權（或是自行開發高品質的內容），然後以產品品質為焦點來進行強力的促銷計畫，在這個過程裡教育讀者，也許才能扭轉這個趨勢。

朗文在許多領域都擊退牛津，道理正在於此。他們搶先一步開發語料庫資源，在語料庫應用上較具創意，又有辦法在全球規模上召開教師研習營，以及各種研討會。其實，學校應該教學生怎麼選擇一本詞典。你沒法說服製造商去改善他們的行為，因此你一定要教會消費者怎樣不要買到劣質品。

CL：不過我們也可以看看光明的一面。今天不論是學生、旅行的人，還是商人，都非常歡迎多語言的掌上型電子詞典。中國人和日本人這麼熱愛，是可以理解的。電子詞典幫助越來越多的人在日常詞彙上掌握意義和發音，說它們有助於東西文化的交流也不算太誇大。至於品質，做詞典的人都應該很快就會發現：品質好的詞典，終究是會取得勝利的，而這也是沒有捷徑的。

你們怎麼看網上詞典？

WN：我覺得免費使用是不對的。那些仍享有著作權的最新版本，應該一開始就設定付費使用的機制。今天的網路讀者覺得他們有權取得免費的資訊——不論原始出版者曾經花了多大的代價開發。而像哥倫比亞大學出版社這類的出版公司，已經推出付費訂戶才能使用的網上百科全書，也甚為成功。我相信大家已經開始接受這種模式。此外，讀者對其品質必須非常小心，這和在實體世界取得任何資訊都必須小心是一樣的道理。不論紙本還是電子版本，注意原始材料的品質是關鍵。 ■

＊本文為摘錄。英文訪問稿全文刊登於 www.netandbooks.com。

朱邦復談漢字基因

中國文字從來都是以字為單位,而沒有詞。而漢字本身,是其理自明的。

以「行」字來說,左邊字首〔彳〕,指的是左腳向前跨出;右邊字身〔亍〕,指的是右腳向前跨出。左右腳都動,因此「行」這個字在動態就表示一種運動,靜態就表示一種系統。而一個字和另一個字合在一起用,什麼意思也就自然很清楚了。譬如「行囊」就是「動於途的用囊」;「行旅」就是「動態的旅客」;「行文」就是「動於文章,指寫作或傳遞」。同時,「行(ㄏㄤˊ)業」指的是「事業的系統」;「內行(ㄏㄤˊ)」指的是「在本系統之內」;「行(ㄏㄤˊ)二」指的是「系統中第二」。因此我一向主張中國只有「字典」而沒有「詞典」。

像外來語的情況,譬如「沙發」、「摩登」,這種「沙」和「發」兩個字完全組合出另一個不同的東西,的確是有所謂的「詞」。另外有些文獻、科技、醫藥方面的術語,也有這種情況。但照我的統計,除去上述術語不談,日常生活上我們真要記住的「詞」,不過一百五十來個。

因此我不同意所謂「古漢語」和「現代漢語」之分。這些區分,都是五四造成的後果,也是學西方理論系統的後果。

基本上,中國思想是歸納性的,西方思想是分析性的。中國思想的歸納,到明朝王陽明的「天人合一」,是個極致,到這個極致之後還要再歸納下去,就空了。而西方的分析,分析到一個極致之後還要再分,則碎了。所以真正的思想,應該在「歸納」和「分析」之間找到一個適中的調和。儘管這麼說,但我一直相信:精簡才能容納一切。而中國文字,正是在精簡中容納一切的代表。不從中國的「字」下手,而要像西方那樣搞什麼「詞組」等等,都是走冤枉路。為什麼中國人可以小學三年級就看各種小說,而美國人高中畢業看不懂《紐約時報》的很多,也正是因為這個道理。

所以我也完全反對語料庫,死路一條。唯一的活路就是從中國的字下手。這也是我這些年一直在搞「漢字基因」的原因。這裡說的「基因」,指的是思維基因,知道怎麼思考,怎麼組合。換句話說,用最簡單的方式弄通萬事萬物,而在弄通萬事萬物之前,一定要先弄通怎麼做人。中國人因為有具備這種思維基因的漢字在,所以才弄得通怎麼做人,進而可以通才,西方人是不可能通才的。我所整理的「漢字基因」,完全公布在網上,隨時進行調整。

如果勢必要推薦一本平面版的中文字典,我還是會推薦《康熙字典》。雖然不少人對《康熙字典》指東道西,但那都只是一些說法而已。《康熙字典》是把中國的字整理得最透徹的字典。 ∎

*漢字基因字典與漢字基因工程下載網址:http://www.cbflabs.com/book.php

朱邦復為中文字形產生器及倉頡輸入法之發明者

Interview：陳萬雄

中文詞典的未來，以及編輯與讀者的準備

陳萬雄：香港商務印書館總經理兼總編輯。

訪問／郝明義

近十幾年來，詞典是大陸出版市場一個強項，堪稱百花齊開。而台灣，則相對一片沉寂。用詞典的人少，出版詞典的人也少。除了大陸有一個廣大市場的胃納之外，你怎麼看這種現象？

大陸今天的問題，和台灣正好相反。以前大陸的編輯與出版分工，詞典只有某些出版社才能做。但是今天這些限制卻完全消失了。幾乎可以說沒有一家出版社不在做詞典。從某個方面來說，詞典的出版幾乎氾濫成災。從這裡可以看出幾個情況：

第一，是大陸改革開放之後，社會出現強烈的學習動機，有這個需求。第二，是很多出版社看到別人出版詞典賺錢，想分一杯羹。第三，各地的發行沒有規範，市場割據。第四，大家搶著做，趕著做，就出現王同億現象，拿詞典亂編、亂改。這些良莠不齊的狀況，雖然將來必定會有淘汰，但也顯示現在整體社會的判斷力不夠。

的確，一個社會的閱讀水準和層次，最終是顯示在工具書，像是詞典上面的。這麼說的理由很簡單，因為這種書不論是就供給面，也就是編輯、出版的面來看，還是就需求面，也就是閱讀、使用面來看，都是最耗時、耗神的。另外有一些書，出版起來很容易，閱讀起來也很容易，也很容易形成非常熱鬧的市場，但也就因為很容易，所以看不太出來一個社會的真正水準。

思想型的人，追求脈絡，有追根究柢的精神，才會使用詞典。一個社會也是。像中國人對詞典的認真，就遠不如日本。日本學生很慣用詞典。他們到圖書館的一個重要目的，是利用詞典和工具書去學習。不像我們把圖書館當作溫習室用。記得我自己有一次在日本演講，演講中使用了「半官僚資本主義」這個說法。結果會中日本人問我「半官僚資本主義」這個詞到底是什麼意思，我一下子愣住。一個自己掛在嘴邊講得很溜的詞，結果自己其實並沒法完全掌握它的意思，這裡面的問題多大。

最可怕的是，我們用的詞自己認為很順，很能掌握意思，聽的人也認為很順，也很能掌握意思，雙方自以為又是交集、又是交鋒地你來我往，而其實是既沒交集，也沒交鋒，只是各說各話。

閱讀也是如此。艾德勒（Mortimer Adler）就提過：閱讀就是讀者和作者要「達成共識」（coming to terms），一語雙關，也就是要找到相同的詞彙的意思。閱讀也是對話，讀者和作者的對話，所以閱讀的時候如果不好好用詞典，也會造成和作者各說各話的結果。自己以為對作者的觀念、定義、說法都

懂了，但其實沒有。

對。所以可以說：不會使用詞典，就根本不會讀書。而使用壞詞典的影響，就是沒法幫你真正掌握作者要向你傳達的訊息。

你認為應該怎麼判斷一本詞典的好壞？

選一本合用的好詞典是很重要的。因為是詞典，釋詞的準確、簡明是很重要的。信息的多寡繁簡，要適度，要符合詞典設定的定位。詞典整體結構要完整，文字表達要一致。在切合查閱功能的前提下，文字的簡練和可讀性也很重要。字典編輯的概念是否清晰，是否具有現代功能，也值得考慮。詞典是要經千錘百鍊，要水磨功夫，要積累資料和經驗，這就是為什麼詞典品牌這樣重要。

大陸的詞典，十分強調規範性。香港介於大陸與台灣之間，所編輯、出版的詞典又具有什麼特色？

香港編的詞典，要解決當前社會的需求，因此比較寬容，不像大陸那麼注重規範化。因此，我覺得有這麼幾個特色：第一，如果說大陸的詞典比較規範化，那香港的詞典就比較習慣化。第二，我們是大陸、港、台詞彙皆收。第三，我們還是以部首分類為主。第四，我們比較偏向語言加百科的綜合類語文詞典。第五，我們在編輯方法上重視創新，連漫畫也用。

今天電子詞典是很流行的。你對電子詞典有什麼看法？

繼香港、台灣很多電子詞典成功之後，北京近來也有部電子詞典，號稱收納了多少多少字，在市場上熱得不得了，銷售天文數字，公司也上市了。

電子詞典的出現，是不可阻擋的潮流。只不過今天中文世界裡的電子詞典有些特殊情況。以日本來說，日本也有很多受歡迎的電子詞典，但這些詞典一定都是原來在紙本詞典上深有聲譽的出版社所推出。日本社會只有這樣的出版社所推出的電子詞典才是值得信賴的。不像中文世界，出電子詞典的，大部分根本沒受過詞典編輯的訓練。整體社會的水平也就顯示在這裡，因為只要號稱使用方便、收錄的字多，再加上便宜、折扣低，就可以吸引大眾。未來電子詞典的編輯水平和質量一定要再提升，同時，紙本詞典的出版社也一定要加快出版電子詞典的腳步。

這好像可以套用黃仁宇對中國近代史那一段膾炙人口的比喻。紙本詞典出版社的調整，是一個層次的結構調整，電子詞典出版社的調整，又是另一個層次的結構調整。而這兩個層次的結構調整，都共同指向一個新的、未來的詞典型態。

可以這麼說。

上世紀初，商務印書館出版的《辭源》，是中國劃時代的新式詞典的起始。但是 1956 年之後，在大陸由於詞典的分工定位，《辭源》現在只扮演古漢語詞典的角色。未來在我們所談的這些變化中，《辭源》還可以扮演什麼樣的角色？

56 年之後,《辭源》真成了「辭源」。因此,未來有兩種可能,一種是可能因為科技的發展,而受到最大的衝擊。但也有另一種可能,可能加入一些新的材料後,在科技的輔助下展現另一種現在沒法想像的生命。

那麼,你會怎麼展望未來的詞典型態呢?

未來的詞典,會因為科技的大幅影響,而在四個方面產生變化:

第一,是數位化增加了互動化,再進而邁向半智能化。第二,載體發生變化。第三,載量發生變化。第四,編輯人員的構思會產生變化。這四個變化加起來,對詞典會產生革命性的變化。

第一,今天這麼多各式各樣的詞典,太瑣碎,將來是不需要的。第二,今天詞典對字詞的解釋和應用,是分立的,未來則合而為一。第三,工具與學習的本身,就可以合而為一。所以將來的詞典不用分什麼綜合詞典、同義詞詞典、反義詞詞典、成語詞典等等,也絕不只是書籍或電子詞典兩種型態,手機、PDA……什麼都可以使用。

要做到這一步,首先一定和語料庫與網路有密切的關係。語料庫的發展,在西方是近二十年的事,在中文世界裡,做的人更是寥寥無幾。我知道香港商務印書館在這方面是站在前面的,是怎樣一個過程?

我們是 1994 年做 CD-Rom,95 年去英國詞典出版機構 Collins 參觀,受到他們做語料庫的震撼,開始考慮語料庫。然後從 96 年開始啟動。這六年下來,對語料庫的幾個心得就是:一,語料庫是一定要建的;二,未來的詞典一定要用語料庫來編;三,這需要一個編詞典的軟體系統。最後,需要軟體的時候,也同時需要人腦。

用語料庫來編詞典,而不是靠剪貼別人詞典的詞條,或憑空自己創造詞條與解釋,已經是今天西方詞典的一個主流了。但未來在語料庫的運用上,應該絕不只如此。

沒錯。我常舉的一個例子,是說食譜需要詞典化。未來哪需要食譜呢?我們可以這麼想像:一個女人下班,搭地鐵回家,路上思索等一會兒回家要做什麼菜。然後她在地鐵上就拿出 PDA 上網,先查牛肉這個詞,然後再查是煮湯還是炒的,這樣一路查下去,她就知道要買什麼樣的牛肉,該怎麼切,該怎麼做了。新型態的詞典,和我們的生活可以密切結合到這種程度。

這也是我覺得今天詞典最迷人的一個地方。就某些詞典而言,還是最原始的編輯觀念、型態與方法,看來非常呆板而傳統,完全無法和其他種類書籍的編輯過程相比,但就另外一些詞典而言,所有的編輯觀念、型態與方法,早已經走在時代的最尖端,反而是其他種類的書籍完全無法望其項背的。今天的詞典同時呈現著傳統與尖端,呆板與活潑的面貌,在矛盾中透著非常迷人的風采—— 我們在一些網上的西方詞典中,特別可以感受到這種氣氛。

我相信未來中文世界的網上語料庫詞典會更迷人。我們可以這麼說:語言是一種符號。如果可以符號化,就可以智能化。但是,要能隨時隨意調動資源,才能半智能化。而需要隨時隨意調動資源,

必須數位化。

中文和英文等其他西方語文不同，不但象形，而且從部首、偏旁、熟字、俗體字、日本漢字、韓國漢字等等等等方面，都有太多太多的符號化變化。語料庫的數位化必須有兩個條件：一，語料庫很大；二，數據源必須有智能的成分。中文在這方面可以發揮很大的特色。

語料庫不只是可以用來編詞典，語料庫本身就是詞典。以中文的「綠」來說吧。「綠」有「淡綠」、「淺綠」、「墨綠」、「黛綠」等等。但是「黛綠」到底是一種什麼樣的「綠」呢？用語料庫，就可以把幾種「綠」實際的顏色調出來告訴讀者，很準確地掌握彼此之間的差異。還不只這樣，語言除了準確之外，還要有感覺。過去這要讀很多書才能培養出來。以前的人有這個時間，現在的人則沒有。但，現在的人可以用數位化的檢索來彌補。

甚至我們可以說：未來這種網路語料庫詞典的應用，也象徵了所有的寫作。

是的，組合、尋找寫作的材料，以及寫作的本身，相對之下都變得十分便利和準確。要編一套書，以往很費工夫，現在可變得很簡單。

未來這種詞典的編輯所需要具備的條件，一定會產生很大的改變。

未來詞典編輯除了要對詞典、對語言有認識之外，還要有三個條件：第一，對數位化要有認識。第二，知識面要更廣。第三，原來對某一方面的專業認識，要引伸到多方面相關的知識。也就是跨專業要求。出版的數位革命，最先最大的衝擊是詞典和工具書。通過詞典和工具書的革命，也最能促使人類新知識和新學習模式的出現。

從這一點而言，我們可以再度印證未來詞典的出版與閱讀，其實代表著所有型態的出版與閱讀。以台灣來說，差不多二十年以前吧，出版界的編輯，往往都自嘲是剪刀加漿糊的本領，相對而言，那個階段的閱讀也受到許多限制；十年前，編輯最少需要善用一種外語能力，以及對電腦與網路的知識了解，相對而言，那個階段的閱讀也大量引進各種外語及新奇的思想與知識；今後，編輯的條件裡一定要有多媒體的能力，以及跨領域的知識重整、架構能力，相對而言，未來的閱讀也必須是跨越許多專業領域的系統整合。

跨領域的知識重整、架構能力是太重要了。這種跨領域的知識重整、架構能力，還要能夠掌握和多功能資料庫之間的相互影響。

這又再度說明時代在形塑詞典，詞典也在形塑時代。

我同意。

國家圖書館出版品預行編目資料

詞典的兩個世界／黃秀如主編. --初版. --
　　臺北市：網路與書，　2002〔民91〕
　　面；　　　公分. -- (Net and Books 網路與書
雜誌書；5)

ISBN 957-30266-4-3（平裝）

1. 字典學

801.7　　　　　　　　　　　　　　91020335

如何購買 Net and Books 網路與書

0 試刊號

>特集
閱讀法國
從 4200 筆法文中譯的書單裡，篩選
出最終 50 種閱讀法國不能不讀的
書。從《羅蘭之歌》到《追憶似水
年華》，每種書都有介紹和版本推
薦。
定價：新台幣 150 元

存量有限。請儘速珍藏這本性質特殊的試刊號。

1《閱讀的面貌》

試刊號之後六個月，才改變型態推
出的主題書。第一本《閱讀的面貌》
以人類六千年閱讀的歷史與發展為
主題。包括書籍與網路閱讀的發
展，都在這個主題之下，結合文字
與大量的圖片，有精彩的展現。本
書中並包含《台灣都會區閱讀習慣
調查》。
定價：新台幣 280 元，特價 199 元

2《詩戀Pi》

在一個只知外沿擴展的世界中，在
一個少了韻律與節奏的世界中，我
們只能讀詩，最有力的文章也只是
用繩索固定在地面的熱氣球。而詩
則不然。
（人類五千年來的詩的歷史，也整理
在這本書中。）
定價：新台幣 280 元

3《財富地圖》

如果我們沒法體認財富、富裕，以
及富翁三者的差異，必定對「致富」
一事產生觀念上的偏差與行為上的
錯亂。本期包含：財富的觀念與方
法探討、財富的歷史社會意義、古
今富翁群像、50 本大亨級的致富
書單，以及《台灣地區財富觀調查
報告》。
定價：新台幣 280 元

4《做愛情》

愛情經常淪為情人節的商品，性則只
能做，不能說，長期鎖入私密語言的
衣櫃。本期將做愛與愛情結合，大聲
張揚。從文學、歷史、哲學、社會現
象、大眾文化的角度解讀「做愛
情」，把愛情的概念複雜化。用攝影
呈現現代關係的多面，把玩愛情的細
部趣味。除了高潮迭起的視聽閱讀推
薦，並增加小說創作單元。
定價：新台幣 280 元

5《詞典的兩個世界》

本書談詞典的四件事情：
1).詞典與人類歷史、文化的發
展，密不可分的關係。2).詞典的
內部世界，以及編輯詞典的人物
與掌故。3).怎樣挑選、使用適合
自己的詞典──這個部分只限於
中文及英文的語文學習詞典，不
包括其他種類的詞典。4).詞典的
未來：談詞典的最新發展趨勢。
定價：新台幣 280 元

Net and Books 網路與書
訂購方法

1. 劃撥訂閱

劃撥帳號：19542850　戶名：英屬蓋曼群島商 網路與書股份有限公司 台灣分公司

2. 門市訂閱

歡迎親至本公司訂閱。　台北：台北市 105 南京東路四段 25 號 10 樓之 1。

營業時間：週一至週五上午 9：00 至下午 5：00

3. 信用卡訂閱

請填妥所附信用卡訂閱單郵寄或傳真至台北(02)2545-2951。

如已傳真請勿再投郵，以免重複訂閱。

信用卡訂購單

本訂購單僅限台灣地區讀者使用。台灣地區以外讀者，如需訂購，請至 www.netandbooks.com 網站查詢。

☐ 訂購試刊號　　　　　　　　　　　　　　定價新台幣 150 元×＿＿＿＿冊 =＿＿＿＿＿＿元
☐ 訂購第 1 本《閱讀的風貌》　　　　　　　定價新台幣 199 元×＿＿＿＿冊 = ＿＿＿＿＿元
☐ 訂購第 2 本《詩戀 Pi》　　　　　　　　　定價新台幣 280 元×＿＿＿＿冊 = ＿＿＿＿＿元
☐ 訂購第 3 本《財富地圖》　　　　　　　　定價新台幣 280 元×＿＿＿＿冊 = ＿＿＿＿＿元
☐ 訂購第 4 本《做愛情》　　　　　　　　　定價新台幣 280 元×＿＿＿＿冊 = ＿＿＿＿＿元
☐ 訂購第 5 本《詞典的兩個世界》　　　　　定價新台幣 280 元×＿＿＿＿冊 = ＿＿＿＿＿元
☐ 預購第 6 本至第 17 本之《網路與書》（不定期陸續出版）特價新台幣 2800 元×＿＿＿＿套 = ＿＿＿＿＿元
以上均以平寄，如需掛號，
☐ 試刊號與《閱讀的風貌》、《詩戀 Pi》、《財富地圖》、《做愛情》、《詞典的兩個世界》每本加收掛號郵資 20 元
☐ 預購第 6 本至第 17 本。每套加收掛號郵資 240 元

訂 購 資 料				
姓名：	生日：		性別：☐男　　☐女	
身分證字號：	電話：		傳真：	
E-mail：	郵寄地址：☐☐☐			
統一編號：	收據地址：			

信 用 卡 付 款
卡　　別：☐VISA　☐MASTER　☐JCB　☐U CARD
卡　　號：＿＿＿＿＿＿＿＿＿＿＿＿＿＿　有效期限：200　年　　月止
持卡人簽名：＿＿＿＿＿＿＿＿＿＿＿　（與信用卡簽名同）
總 金 額：＿＿＿＿＿＿＿＿＿＿＿　發卡銀行：＿＿＿＿＿＿＿＿＿＿

如尚有任何疑問，歡迎電洽「網路與書」讀者服務部

服務專線：0800-252-500　傳真專線：＋886-2-2545-2951

服務時間：週一至週五上午 9：00 至下午 5：00　E-mail：help@netandbooks.com